KB270711

청소년을 위한
이야기 한국 문학사 2

청소년을 위한
이야기 한국 문학사 2

강혜원 · 계득성 지음

Humanist

우리의 삶 속에서 살아 움직이는
문학과 역사를 돌아보며

왜 우리는 문학 작품을 읽는 것일까? 지금 시대의 문학뿐 아니라 옛 문학을 읽어야 하는 이유는 무엇이며, 왜 배워야 할까? 우리는 문학 작품에서 어떤 재미를 느낄 수 있으며, 어떤 의미를 얻을 수 있을까?

오랫동안 중고등학교에서 국어와 문학을 가르치면서 이런 물음들을 던져 보았다. 이 물음은 교사인 내가 학생들에게 던지는 물음이었고, 학생들이 내게 묻는 물음이었으며, 나 스스로에게 되묻는 물음이기도 했다. 이런 물음 속에서 우리 문학 작품들을 돌아보고 그 흐름을 짚어 보아야겠다는 생각이 들었다. 우리의 문학이 책 속에 갇힌 글자들이 아니라 삶 속에 살아 움직이는 것이며, 그만큼 진실하고 생동감 넘치며 재미있는 것임을 학생들에게 알려 주고 싶었다. 대학 입시, 성적, 취업 등으로 생명력을 잃고 박제가 된 것 같은 우리의 문학 교실에서 벗어나 재미난 문학 이야기를 들려주고 싶었다.

문학 수업 시간에 재미난 우리 문학 이야기를 역사와 함께 들려주는 일은 쉽지 않았다. 작품을 읽고 분석해서 문제 풀이를 하는 것이 중요하게 여겨지는 분위기 속에서 역사와 문학을 아우르며 작품을 차근차근 읽어 나가는 것은 학생들에게도 교사에게도 버거운 일임에 틀림없었다.

'그래, 우리 문학사를 쓰는 거야. 문학 작품을 통해 옛사람들의 삶을 돌아보고, 우리 역사를 이야기해 보는 거야.'

그러나 막상 우리 문학사를 쓰려고 하니 막막하기만 했다. 우선 문학사를 두루 아우르기엔 나의 배움이 짧았다. 한 작품, 한 분야로 평생을 연구하는 학자가 숱하게 많지 않은가. 이와 더불어 우리 문학사를 짜임새 있게 정리한 책도 그리 많지 않았다. 조동일 선생의 《한국문학통사》를 스승처럼 여기며 우리 문학의 흐름을 더듬어 보았다. 여러 종류의 문학 교과서도 훑어보고 참고서와 인터넷 자료도 뒤져 보았지만 거기에 생생한 삶은 없었고, 청소년들이 재미나게 읽을 수 있는 맛깔스러움은 없었다.

한 작품을, 또는 한 문학 장르를 딱딱하지 않고 재미있게 풀어 줄 수는 없을까? 역시 내 재주가 모자랐다. 나는 학생들의 웃음보따리를 터지게 하는 재미난 선생님이 아니었고, 유머 감각도 부족했다. '이런 이야기를 하면, 이런 이야기와 연결 지으면 학생들이 흥미를 갖겠지?' 하며 맴맴 도는 생각들을 정리하기 위해 몇 달씩 손을 놓은 적도 있다.

물론 힘들기만 한 것은 아니었다. 책을 쓰면서 그냥 지나쳤던 작품들을 다시 읽었고, 작가들의 평전을 뒤적이기도 했다. 작품 속에서 새삼 깊은 감동을 느끼고, 작가들의 삶의 자취를 보며 교훈을 얻었다. 고려 가요를 읽으면서 고려인의 슬픔에 공감하였고, 고전 소설 주인공들이 고통을 이겨 내고 행복을 성취하는 것을 보며 인생에는 이런 역전이 있구나 위안을 받기도 했다. 정약용이나 박지원의 작품 세계에 관해 이야기할 때는 그들이 살던 시대와 그들의 불운, 그들의 빼어난 재주에 대해 깊이깊이 생각해 보기도 했다. 거기에 앎의 기쁨, 깨달음의 기쁨, 공감의 기쁨이 있었다.

우리 문학 작품들을 돌아보며 하나하나의 문학 작품에 인간의 삶이 있으며, 그것은 큰 강줄기를 이루고 있음을 새삼 느낄 수 있었다. 지금의 '나'에 이르기까지 우리의 역사가 있었다는 것, 그리고 그 역사 속에는 수많은 사람의 기쁨과 슬픔, 눈물과 웃음과 한숨이 녹아들어 있다는 것도. 우리 문학을 읽어 보는 것은 곧 우리 삶을 읽는 것이라는 생각도 했다.

〈단군 신화〉를 가르치면서 우스개처럼 떠도는 '오븐에서 구워진 인간'에 대한 신화를 이야기한 적이 있다. 아이들이 웃으면서 그 이야기를 들었고, 신화 속에서 우리가 발견해야 할 의미를 함께 이야기했다. 왜 그런 건국 신화가 나와야 했는지, 하늘에서 환웅이 내려와 사람이 된 곰과 혼인한 것은 무슨 의미가 있는지, 환웅이 비와 구름과 바람을 거느리고 온 것은 또 무슨 의미인지, 지금 현대를 살아가는 우리에게 그 신화가 어떤 의미인지를 묻고 답하면서 활기찬 문학 시간을 보낼 수 있었다. 이어지는 우리 문학의 발자취를 더듬으면서 재미난 이야기, 그리고 우리 삶과 관련된 사연들을 통해 문학 작품에 한층 다가갔다. 문학 작품이 지닌 깊은 뜻을 더 쉽게 이해하면서 흥미를 느낄 수 있었고, 그런 경험들이 이 책을 만드는 밑거름이 되었다.

이 책은 고대의 문학, 신라 시대의 문학, 고려 시대의 문학, 조선 전기의 문학, 조선 후기의 문학으로 짜여 있다. 문학사를 연구한 분들의 새로운 시대 구분에 대해서도 공감하여 책의 짜임을 다른 방식으로 해 볼까 하는 고민도 했다. 그러나 한 국가의 흥망이 사회와 역사를 반영하는 문학 작품 속에도 녹아 있으리라 생각하여 조금은 낡은 듯 여겨지는 시대 구분으로 책을 정리했다. 작품의 맛을 생생하게 느끼려면 가능한 한 그때 쓰인 말과 글을 사용해야 하지만, 학생들이 외계 언어처럼 느끼는 원문을 그대로 인용하는 것은 오히려 고전 문학에 거리감을 갖게 만드는 일일 듯하여 되도록 현대어 풀이로 정리하였다. 이미 번역되고 현대어로 풀이된 자료들을 많이 참고했음을 밝힌다.

책을 만들기까지 정말 오랜 시간이 걸렸다. 우리 문학의 흐름을 짚어 보는 책을 내 보자고 출판사와 의논하기 시작한 지 10년 가까운 시간이 흘렀다. 나의 게으름과 재주 없음으로, 이런저런 사정으로 책의 완성이 미뤄졌다. 휴머니스트의 여러분이 이 책의 집필 과정에 도움을 주었고, 긴 시간을 기다려 주었다. 그저 고마울 따름이다. 송주현, 김화숙 두 어머니께도 감사드린다. 내가 이룬 것들이 있다면 모두 그분들 덕이다. 아들 환이와 내가 가르친 학생들! 내가 이 책을 쓴 이유였고, 이 책은 그들에게 들려주고 싶은 문학 이야기이다. 나는 학생들에게 내가 준 것에 비해 넘치는 사랑을 받았다.

이 책은 훌륭한 국어 선생님이며 내 삶의 벗인 계득성 선생과 함께 기획하고 구상했다. 아쉽게도 함께하지 못하고 혼자 마무리하게 되었다. 그에게 이 책을 드린다.

인간에게 연민을 갖고 문학과 역사를 돌아보는 이들에게 작은 보탬이라도 되었으면 하는 것이 나의 바람이다. 책의 부족한 점은 앞으로 계속 채워 갈 것이며, 고전 문학에 이어지는 우리 현대 문학의 흐름도 헤아려 보려고 한다. 많은 분의 도움말과 꾸짖음을 바란다.

2012년 봄

강혜원

조선 전기 둘러보기

조선 사회를 크게 가름하는 임진왜란 이전까지를 흔히 '조선 전기'라 부른다. 새로운 왕조가 세워지고 고려를 대신하는 나라 조선이 들어섰다. 조선을 세우는 데 지대한 역할을 했던 집권 세력 신흥 사대부는 건국의 정당성을 밝히며 국가의 기틀을 다져 나갔다. 이 과정에서 크고 작은 권력 다툼도 일어났지만, 조선 사회는 세종 대를 거치며 점차 안정을 찾아 갔다. 더욱이 세종대왕의 한글 창제는 문학이 다양하게 꽃필 수 있는 기틀을 마련하면서 우리 역사 속에서 새로운 문화 창조의 원동력이 되어 주었다.

조선 전기의 문학은 사대부들이 주인공이었다. 악장, 시조, 가사 등 널리 누리던 문학 장르 모두 사대부들이 중심이 되어 짓고 불렀다. 조선 건국의 정당성을 널리 알리고 국가의 기틀을 다지고자 하는 목적이 분명한 문학이 악장이다. 악장은 조선 초 집권층이 창작했지만 그 수명이 길지 않았다.

고려 말에 그 형태가 완성된 시조는 사대부들의 의식 세계를 보여 주는 중심 문학으로 자리 잡았다. 그러다가 짧은 시조로는 담아낼 수 없었던 사대부들의 감흥을 가사 작품에 녹여내게 된다. 시조와 가사, 이 두 문학 장르는 조선 전기 사대부들의 의식 세계를 때로는 함축적으로 때로는 늘어지게 담아낸 양대 산맥이라 할 수 있다.

더 나아가 소설의 시대가 열렸다. 설화에서 가전체 문학을 거치며 서사 문학이 성장하였다. 사람들 가슴에는 언제나 이야기에 대한 욕망이 꿈틀거렸는데, 가슴에 쌓인 것들을 표출시켜야 했기 때문이다. 불운한 시대를 살다 간 김시습은《금오신화》를 써서 우리나라 소설사에 신기원을 이루었다. 이룰 수 없는 사랑의 안타까움이 큰 흐름을 이루는 이 작품은 이상과 현실의 부조화 속에서 길을 찾는 인간의 삶을 그려 낸 소설의 특성을 고스란히 보여 준다.

연대	주요 문학 작품
1438	〈강호사시가〉
1447	〈용비어천가〉
1449	〈월인천강지곡〉
1450년대	〈수양산 바라보며〉
1400년대 중반	〈동짓달 기나긴 밤을〉
1400년대 후반	《금오신화》, 〈상춘곡〉
1565	〈도산십이곡〉
1577	〈고산구곡가〉
1580	〈관동별곡〉
1585~1592	〈사미인곡〉, 〈속미인곡〉

문학과 정치의 아리송한 경계

권력자를 향한 찬양의 노래

'미실'이라는 별명을 가진 아이가 있었다. 성도 박씨여서 친구들은 그를 박미실로 불렀다. 우리의 박미실은 이런 말을 자주 했다.

"우리 가족이 해돋이 보러 갈 때였어. 눈이 많이 와서 해돋이를 못 본다는 예보가 있었지만, 내가 갔을 때는 구름이 걷히고 찬란하게 해가 솟아올랐어. 물론 내가 내려오자마자 구름이 끼어서 몇 분 뒤 그곳에 간 사람들은 먹구름만 보고 왔지."

"길이 막힐 거라고 했는데 이렇게 잘 뚫리잖아. 미실이라는 별명이 괜히 생긴 게 아니야."

"봐, 이렇게 일이 척척 맞아떨어지잖아. 내가 하는 일에 막힘이 있겠어!"

친구들은 모든 것이 자신을 위해 준비되어 있다는 박미실의 농담에 반신반의하면서도, '박미실에게는 뭔가 있는 게 아닐까? 어떤 힘이 그 애를 도와주는 건 아닐까?' 하는 생각도 들었다. 은근히 그 아이의 자신감에 기대는 아이들도 있었다. 자연히 박미실은 친구들 사이에서 우월한 존재가 되어 갔다.

박미실의 별명은 역사책 《화랑세기》에 등장하는 카리스마 넘치는 여인 미실에서 나왔다. 〈선덕여왕〉이라는 드라마에도 등장하여 실존 인물 여부로 논란을 빚은 미실은 어릴 때부터 신통력이 뛰어나 귀신을 보고, 날씨를 예측하고, 미래를 예언하는 대마법사 같은 여인이었다고 전한다. 실제 그런 것은 아니었겠지만……. 이 같은 신통력과 더불어 빼어난 미모로 미실은 여러 왕과 신라의 권력자들을 사로잡았으며, 백성들에게는 두려움의 존재였다. 하늘과 귀신이 돕는다는 '천우신조(天佑神助)'를 풍길진대 어찌 두렵지 않겠는가.

다음의 시 한 편을 읽어 보자.

한강을 넓고 깊고 또 맑게 만드신 이여
이 나라 역사의 흐름도 그렇게만 하신 이여
이 겨레의 영원한 찬양을 두고두고 받으소서.
새맑은 나라의 새로운 햇빛처럼
임은 온갖 불의와 혼란의 어둠을 씻고
참된 자유와 평화의 번영을 마련하셨나니
잘사는 이 나라를 만들기 위해서는
모든 물가부터 바로잡으시어
1986년을 흑자원년으로 만드셨나니
안으로는 한결 더 국방을 튼튼히 하시고

밖으로는 외교와 교역의 순치를 온 세계에 넓히어

이 나라의 국위를 모든 나라에 드날리셨나니

이 나라 젊은이들의 체력을 길러서는

86아세안 게임을 열어 일본도 이기게 하고

또 88서울올림픽을 향해 늘 꾸준히 달리게 하시고

우리 좋은 문화 능력은 옛것이건 새것이건

이 나라와 세계에 떨치게 하시어

이 겨레와 인류의 박수를 받고 있나니

이렇게 두루두루 나타나는 힘이여

이 힘으로 남북대결에서 우리는 주도권을 가지고

자유 민주 통일의 앞날을 믿게 되었고

1986년 가을 남북을 두루 살리기 위한

평화의 댐 건설을 발의하시어서는

통일을 염원하는 남북 육천만 동포의 지지를 받고 있나니

이 나라가 통일하여 흥기할 발판을 이루시고

쉬임 없이 진취하여 세계에 웅비하는

이 민족 기상의 모범이 되신 분이여!

이 겨레의 모든 선현들의 찬양과

시간과 공간의 영원한 찬양과

하늘의 찬양이 두루 임께로 오시나이다.

〈처음으로〉

아니, 이게 무슨 시지? 옛날 왕이 절대 권력을 지니고 있던 시절에 아첨

하는 신하가 임금을 찬양하는 시인가 했더니, 1986년이 나오고 88서울올림픽이 나오네? 그럼, 이 시가 현대에 지어졌다는 말인가? 그렇다. 이 작품은 서정주 시인이 쓴 〈처음으로〉라는 시인데, 당시 대통령이던 전두환의 생일을 축하하는 자리에서 낭송되었다고 한다. 얼굴이 화끈거릴 정도의 찬양이 아닌가.

권력을 유지하기 위해서는 그 권력을 뒷받침하는 뭔가가 있어야 한다. 그것은 정당성이나 대의명분일 수도 있고, 감히 대적할 수 없는 절대적인 힘일 수도 있다. 그리고 권력이 형성되면 그 권력에 대한 공감 또는 복종이 이어진다. 자발적인 참여일 수도 있고, 무조건적인 순응이나 아첨일 수도 있다. 앞의 두 가지 예와 똑같은 맥락은 아니지만 일부 비슷한 점을 지닌 문학이 있다. 조선 시대의 악장 문학이 그것이다.

조선 건국의 주체들은 건국과 함께 여러 면에서 새로운 정치적 기틀을 잡아 나가려고 했다. 예악(禮樂)을 정비하는 것도 그중 하나였다. 새로운 왕조를 찬양하는 노래를 짓는 사업이 광범위하게 정비되었고, 그렇게 해서 악장 문학이 탄생했다. 악장 문학은 조선 시대에 궁중에서 제사를 지낼 때 부르던 송축가라고 정리할 수 있다. 악장 문학은 다른 문학 장르처럼 이전 시기의 문학 장르에 뿌리를 두고 발전해 온 것이 아니다. 조선 초기에 불쑥 나타나서 한 시기를 누리고는 금방 소멸해 버리고 만다. 15세기에만 반짝 그 얼굴을 빛낸 문학 장르였다.

악장 문학은 문학으로서의 특성을 갖고 있지만, '권력의 합리화'와 '권력에 대한 아부'라는 두 측면을 함께 담고 있는 장르이다. 즉 문학이지만 정치적 의도가 강하며, 그렇기에 정치권력에 대한 합리화나 아부가 담겨 있다. 조선 건국을 찬양하거나 임금이 나라를 세운 거룩한 업적을 노래하

고, 선대 임금들의 위업과 공덕을 기리며, 자손의 번성을 송축한 내용이
대부분이다.

백성의 마음을 다독여야 했던 까닭─〈하여가〉, 〈단심가〉

조선 초기에 지어진 악장 문학에는 어떤 작품이 있을까? 태조의 위화도
회군을 찬양한 정도전의 〈정동방곡〉, 태조의 덕과 건국을 찬양하면서 새
로운 수도인 한양이 빼어난 곳임을 노래한 정도전의 〈신도가〉, 사헌부를
소개하며 조선 창업의 위대함을 예찬한 권근의 〈상대별곡〉, 조선 왕조의
문물을 찬미하고 태평을 기원한 윤회의 〈봉황음〉 같은 작품이 있다. 성종
때 간행된《악학궤범》, 중종이나 명종 때쯤 간행된 것으로 추정되는《악장
가사》 등에 실려 있기에 한글로 기록되어 있지만 훈민정음 이전의 작품들
이다. 한시에 우리말 토를 붙인 한시체이거나 경기체가 형태의 작품들이
다. 내용을 보면 대부분 조선 왕조의 창업에 대한 찬양 위주이다. 왜 이런
내용의 노래가 필요했을까?

　한 나라가 존재하려면 백성들이 있어야 한다. 그리고 백성들의 마음이
모아져야 한다. 백성들의 마음을 얻지 못하면 그 나라는 지탱해 나갈 수
없다. 이 땅에도 숱한 나라가 세워지고 무너져 갔다. 경제 사회적 필연성
에 의해 세워지건, 혹은 어느 집단이나 한 사람의 야망에 의해 세워지건
간에 한 나라가 세워지면 건국의 정당성을 입증하기 위한 많은 작업이 이
어지게 마련이다. 건국에 의미를 부여하는 건국 신화가 있는가 하면, 새
나라가 생길 수밖에 없었던 정치적 논리가 이어지기도 한다. 건국 때만 그
런 것은 아니다. 정치적 변동에 따라 권력이 바뀔 때도 마찬가지이다.

1392년 이성계는 새 나라의 이름을 '조선'으로 정하고 왕위에 올랐다. 찬란한 문화를 꽃피우고, 세계에 '코리아'라는 이름을 널리 알린 고려는 거듭되는 내우외환 속에서 쇠망해 갔고, 공민왕의 개혁 정치는 실패했다. 권력을 잡은 귀족들은 자기 배만 불리면서 더욱 부패해 갔고, 중국에서는 명나라가 원나라를 밀어내고 새롭게 자리 잡고 있었다. 고려는 변화와 개혁이 필요했다.

과거를 통해 새롭게 등장한 신진 사대부들과 이성계를 중심으로 한 신흥 무인 세력들은 썩어 가는 고려를 뒤집고 새 왕조를 세워야 한다는 데 뜻을 모았다. 그러나 일반 백성들은 조선 건국의 정당성을 깊이 수긍하지 못했고, 반대 세력도 만만치 않았다. 새로운 세력들에게 가장 위협적인 존재는 정몽주였다.

이성계의 다섯째 아들 이방원은 정몽주를 구슬려 자기네 편으로 만들기 위해 찾아갔다. 정몽주의 마음을 떠보기 위해 그는 시조 한 수를 지어 읊었다. '이런들 어떠하리'로 시작되는 〈하여가〉였다.

그러나 이방원은 잘못 짚어도 엄청나게 잘못 짚었다. 천하의 충신 정몽주에게 함께 영화를 누리자며 〈하여가〉를 지어 불렀으니 말이다. 정몽주의 답은 〈단심가〉에 그대로 드러난다.

이 몸이 죽고 죽어 일백 번 고쳐 죽어
백골이 진토 되어 넋이라도 있고 없고
임 향한 일편단심이야 가실 줄이 있으랴.

〈단심가〉

선죽교

개성시 선죽동 자남산 동쪽 기슭의 작은 개울에 있는 고려 시대의 돌다리이다.
그림은 세종 때 펴낸 〈삼강행실도〉 중 정몽주가 선죽교에서 죽임을 당하는 장면이다.

그날 밤 정몽주는 이방원의 심복에 의해 선지교 위에서 철퇴를 맞고 피를 뿌리며 죽어 갔다. 그 핏자국에서 절개의 상징인 대나무가 자랐다 하여 이후 다리 이름도 '선죽교'로 고쳐 부르게 되었다.

우왕을 지키다가 이성계에게 죽임을 당한 최영 장군이나 절개를 노래한 뒤 이방원에게 죽임을 당한 정몽주는 백성들에게 만고의 충신으로 추앙을 받았다. 그러나 충신들을 죽이고 마침내 왕을 죽여 왕위에 오른 이성계를 백성들이 곱게 볼 리 없었다. 이런 역사적 배경 속에서 백성들의 마음을 돌릴 수 있는 일들이 필요했다. 한편으로는 정치 개혁을 시도해야 했고, 다른 한편으로는 새로운 왕조에 대한 공감대를 확산시켜야 했다.

이성계가 꿈속에서 세 개의 서까래를 메고 갔다는 이야기며, 어떤 노인이 나타나 흙 위에 한 일(一)자를 쓰고 사라졌다는 이야기 등은 이성계가 왕이 된 것은 하늘이 정한 이치임을 널리 알리고자 꾸민 이야기일지도 모

른다. 〔서까래 세 개(三)를 진 사람(ㅣ)이니 왕(王)이며, 흙 토(土) 위에 한 일
(一)이니 또 왕(王)인 것이다.〕

정치적 합리화에 문학적 향기를 더하며―〈용비어천가〉

태조와 태종 대를 거치며 조선은 나라의 기틀을 다져 갔다. 세종 대에 이
르러 정치는 안정되었고, 국방은 튼튼해졌다. 물시계인 자격루, 해시계인
앙부일구 등을 만들면서 기술 과학도 발전되었다. 한글의 창제는 세종이
펼친 어진 정치의 정점이었다.

1445년 훈민정음이 반포되기 한 해 전 지어져 훈민정음이 반포된 이듬
해인 1447년 책으로 간행된 악장 〈용비어천가〉는 정치적 자신감을 바탕으
로 조선 왕조의 정당성을 천명한 것이며, 아울러 훈민정음으로 창작된 최

자격루
시각을 자동으로 알려 주는 물시계
로 장영실이 만들었다. 세종 때 만든
자격루는 모두 소실되고, 1536년에
만든 것의 일부만 오늘날 전한다.

측우기
1441년 세계 최초로 만들어졌
으며, 이듬해에 강우량 측정과
관련된 제도를 마련하여 서울
과 지방 관청에 설치하였다.

앙부일구
하늘을 올려다보는 솥 모양의 해시
계. 그림자의 위치와 길이에 따라 시
간과 절기를 알 수 있도록 하였다.

초의 문학 작품이다. 이 작품을 통해 조선 왕조의 성립이 하늘의 뜻에 따른 것임을 강조하여 백성들의 마음을 잡으려 했고, 왕조를 창업할 때 선조들이 보여 준 영웅적 업적들을 이야기하면서 후대 왕에게 책임감을 갖고 나라를 다스리라는 경계의 의미를 담고자 하였다. 훈민정음으로 표기한 점도 눈여겨볼 만하다. 국가의 위업을 담은 건국 서사시 〈용비어천가〉를 훈민정음으로 썼다는 것은 '나라의 문자'라는 권위를 훈민정음에 부여한 셈이다.

〈용비어천가〉는 모두 125장으로 이루어져 있다. 1장과 2장은 조선 왕조의 정당성을 밝히며 조선의 무궁한 발전을 송축하는 서사에 해당한다. 3장부터 109장은 본사로서 태조와 태종, 그 위 선대들까지 포함한 여섯 인물을 등장시켜 그들의 비범함과 탁월한 능력을 그려 내고 있다. 110장부터 끝까지는 후대 왕들을 경계하는 내용을 담고 있다.

〈용비어천가〉 몇 장을 읽으며 그 의미를 좀 더 새겨 보기로 하자.

해동(海東) 육룡(六龍)이 ᄂᆞᄅᆞ샤 일마다 천복(天福)이시니 고성(古聖)이 동부(同符)ᄒᆞ시니.

(우리나라의 여섯 성군이 나시어, 하는 일마다 모두 하늘이 내리신 복이십니다. 옛 성인이 하신 일과 부절*을 합친 것처럼 일치합니다.)

〈용비어천가〉 1장

• **부절** '부절(符節)'은 옥이나 대나무로 만든 부신(符信)을 일컫는다. 둘로 갈라 하나는 조정에 보관하고, 하나는 본인이 가지고 있다가 일이 있을 때 서로 맞추어 보는 신표로 삼는 물건으로서 '옥절'이라고도 한다.

　해동의 육룡이란 목조, 익조, 도조, 환조, 태조, 태종을 가리킨다. 태조와 태종은 실제 임금의 자리에 오른 이성계와 이방원을 가리키지만, 그 위의 네 조상은 나중에 임금으로 위치를 높여 표현한 것이다. 여섯 조상이 하늘을 날았다는 것은 임금의 자리에 올랐음을 의미한다. 여기서 옛 성인이란 주로 중국의 옛 임금을 가리킨다. 여섯 임금이 한 일들 모두 중국 옛 임금들의 행적과 꼭 들어맞는다고 노래함으로써, 하늘의 뜻에 따라 천자의 자리에 앉은 중국의 임금들처럼 우리나라의 임금들도 하늘의 뜻에 따라 왕이 되었음을 밝힌 것이다.

> 불휘 기픈 남ᄀᆞᆫ ᄇᆞᄅᆞ매 아니 뮐 씨 곶 됴코 여름 하ᄂᆞ니
> 시미 기픈 므른 ᄀᆞ므래 아니 그츨 씨 내히 이러 바ᄅᆞ래 가ᄂᆞ니
> (뿌리가 깊은 나무는 아무리 센 바람에도 움직이지 아니하므로, 꽃이 좋고 열매도 많으니.
> 샘이 깊은 물은 가뭄에도 끊이지 않고 솟아나므로, 내가 되어서 바다에 이르니.)

〈용비어천가〉 2장

　2장은 한자어나 고사를 사용하지 않은 순수한 우리말 사용이 두드러지며, 대구와 비유적 표현으로 문학적 향기를 더하고 있다. '뿌리 깊은 나무'는 나라의 기반이 탄탄함을 비유적으로 표현한 말이며, '샘이 깊은 물'은 예부터 전하는 내력이 깊음을 비유적으로 표현한 말이다. 뿌리가 깊은 나무처럼 시련에도 꿋꿋한 이 나라는 무궁한 발전을 이룩할 것이며, 마르지 않는 샘물처럼 흐르고 흘러 융성한 문화를 이룰 것이라는 강한 믿음과 바람이 담겨 있다.

중국 성현들의 고사에 맞춘 까닭

3장부터 109장까지 일관된 내용으로 이어진다. 앞부분은 중국 임금들의 이야기이며, 뒷부분은 여섯 조상의 이야기이다. 그리고 각 시에 대한 해설이 이어진다.

붉은 새가 글을 물어 (문왕) 침실의 지게문에 앉으니, 이는 그 성자(무왕)가 혁명을 일으키려 하매, 하늘이 내리신 복을 보일 것이니.

뱀이 까치를 물어 나뭇가지에 얹으니, 이는 성손(태조)이 장차 일어나려 하매, 그 아름다운 징조가 먼저 나타난 것이니.

〈용비어천가〉 7장

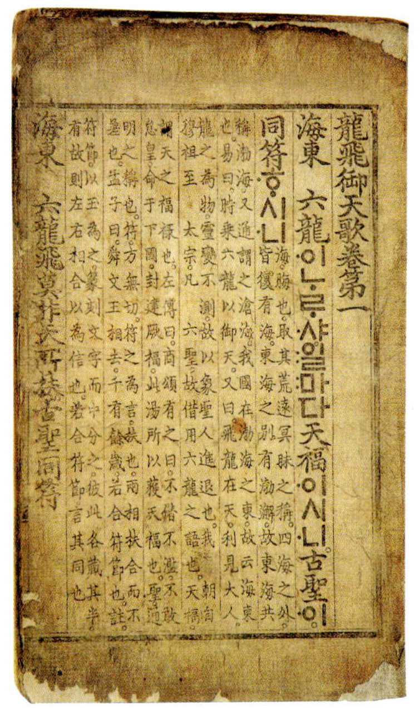

〈용비어천가〉

훈민정음으로 쓴 최초의 작품으로 조선의 건국 과정을 노래했다. 모두 125장으로 이루어져 있으며, 조선 왕조의 정당성을 천명하기 위해 목조 · 익조 · 도조 · 환조 · 태조 · 태종의 업적을 중국 고사에 비유하여 그 공덕을 기린 노래이다.

해설에 따르면 주나라 문왕(文王) 때 이미 천명을 받았는데, 그 받은 표시로 붉은 새가 '의리를 지키는 자는 흥하고, 사욕을 탐하는 자는 망한다.'는 뜻의 글을 물고 문왕의 침실 문에 앉았다는 것이다. 이성계의 할아버지인 도조(度祖)가 군영에 주둔하고 있을 때, 두 마리의 까치가 군영 안 큰 나무에 앉았는데, 도조는 멀리 떨어져 하나의 화살로 두 마리 까치를 떨어뜨렸다. 그때 큰 뱀이 나타나 이것을 물고 다른 나무에 얹어 놓고 먹지 않으니, 사람들이 모두 신기하게 생각했다. 이는 도조의 손자인 태조(이성계)가 나라를 세운다는 징조를 나타낸 것이다.

구렁에 말을 지나게 하시어 도둑이 다 돌아가니, 반 길 높인들 다른 사람이 지나가겠습니까?
석벽에 말을 올리시어 적을 다 잡으시니, 몇 번 뛰어오르게 한들 남이 오르겠습니까?

〈용비어천가〉 48장

금나라 태조가 적에게 쫓기어 골목길에서 길을 잃은 일이 있었다. 그때 앞에 한 길이나 되는 언덕이 있었으나 태조의 말은 한 번에 이 언덕을 뛰어 넘어가니, 적은 쫓지 못하고 돌아갔다.

왜적이 태조에게 쫓기어 산으로 올라가서 절벽 위에서 칼을 뽑고 창을 세우니 그 모양이 고슴도치 같았다. 태조는 다른 사람을 보내어 보았으나 도무지 오르지 못하자 자신이 칼등으로 말을 쳐서 바로 뛰어오르니, 군사들이 그의 뒤를 좇아 도적을 무찔렀다.

민심을 잡기 위해 조상들의 비범함과 하늘의 도우심을 노래할 필요가 있었음은 충분히 납득할 수 있다. 배가 없어 강을 건너지 못했는데 물이 줄었다는 이야기며, 사냥을 하다 급히 섰는데 바로 절벽 앞이었다는 이야기, 말을 타고 싸우다 높은 성벽을 넘은 이야기, 태조가 위화도에 있을 때 며칠 동안 비가 내렸는데 섬이 잠기지 않다가 회군하자 물에 잠긴 이야기, 임금을 상징하는 흰 용이 나타나 태조에게로 달려간 이야기 등 건국 신화나 영웅의 전설에 등장하는 이야기가 총망라되어 있다. 이렇게 민간에 전하는 비범하고 신이한 이야기들이 조선 왕조를 세운 조상들의 업적과 관련되어 있다는 이야기는 민심을 잡고 싶은 조선 건국 세력의 바람을 그대로 나타낸 것이리라.

그런데 왜 이런 이야기들이 꼭 중국 성왕들의 고사와 맞아떨어져야 했을까? 중국의 고사와 일치시킴으로써 누구의 마음을 다잡으려 했을까? 일반 백성들에게는 오히려 먼 나라 왕의 이야기들이 아닌가? 그러나 당시 사대부들에게 중국 성왕들의 역사는 하나의 모범이었으며, 그 같은 성왕들의 업적과 대등한 건국 시조들의 모습은 큰 공감을 살 만했다. 〈용비어천가〉의 창작자는 정인지, 권제, 안지 등 조선 왕조 건국의 주체 세력인 사대부들이었다. 그들은 자신들과 같은 사대부들을 염두에 두고 작품을 만듦으로써 사대부들의 공감을 얻는 데 힘을 기울였으리라 짐작할 수 있다.

후대 왕에 대한 경계

〈용비어천가〉의 마지막 부분은 선조들이 힘겹게 건국을 이루었음을 후대 왕들이 기억하면서 올바른 정치를 하라는 가르침을 담고 있다. 집 한 칸 없이 돌아다녔던 조상들의 노고, 갑옷을 벗을 날 없었던 치열한 삶, 백성을 위해 싸움터에 다니느라 밥 한 끼 제대로 못 먹었던 어려움들을 기억하면서 덕을 지니고 백성들의 어려움을 생각하면서 정치를 하라는 훈계가 이어진다. 이제 독자층은 백성에서, 사대부에서, 후대 임금으로까지 확대된 셈이다.

천세 전부터 미리 정하신 한수북(漢水北)에 어진 덕을 쌓아 나라를 여시어 나라의 운명이 끝이 없으시니.
성스러운 임금이 대를 이으시어도 하늘을 공경하고 백성을 부지런히 돌보셔야 왕조의 기반이 더욱 굳으실 것입니다.
후대 임금이시여, 아소서. 하나라 태강왕이 낙수에 사냥 가 있으며 할아버지를 믿었습니까?

〈용비어천가〉 125장

신라 때의 승려 도선은 예언서 《도선비결》에서 삼각산의 남쪽, 곧 한강의 북쪽에 도읍을 정하면 나라가 흥할 것이라고 적었다. '한수북'은 '한양'을 가리킨다. 한양에 도읍을 정하고 나라를 세운 것 역시 하늘의 뜻이라는 이야기다. 이어지는 내용은 중국 하나라 태강왕의 고사이다. 태강왕이 임금으로 있으면서 놀음에 빠져 백성이 모두 다른 마음을 먹었다. 그는 할아버지인 우왕(禹王)의 덕만 믿고 그 버릇을 고치지 못하고 낙수(뤄수이)로 사냥을 가 백일이 넘도록 돌아오지 않았다. 이에 궁(窮)나라 임금 예가 태강왕을 돌아오지 못하게 하고 폐위시킨다.
결국 125장은 조상의 어진 덕으로 나라를 세웠으니 국운이 영원하리라는 송축의 내용과, 태강왕의 일을 거울 삼아 백성을 다스리는 일에 힘을 써야 한다는 가르침의 내용이 함께 담겨 〈용비어천가〉 전체의 내용을 함축하여 보여 준다.

문학 그 이상의 의미

악장 문학은 그 뒤 다른 문학 장르에 큰 영향을 준 흔적 없이 소멸되어 갔다. 문학이라 말하기에는 목적성이 너무 강하고, 정치적 선언이라 하기에는 문학성을 지닌 악장은 정치와 문학의 아리송한 경계 속에 명맥을 유지하다 한 시대 속으로 사라져 갔다. 그럼에도 〈용비어천가〉로 대표되는 악장 문학의 국문학사상 의의와 역사적 의의는 분명 존재한다.

작품 창작 의도 속에 담긴 민의에 대한 경외심이 그 하나이다. 이제 힘으로 백성들 위에 군림해서는 안 된다는 자각이 담겨 있다는 것이다. 민간의 설화를 모아 건국의 타당성을 설득하려는 문민적 노력이 작품 창작 의도 속에 살아 있는 셈이다.

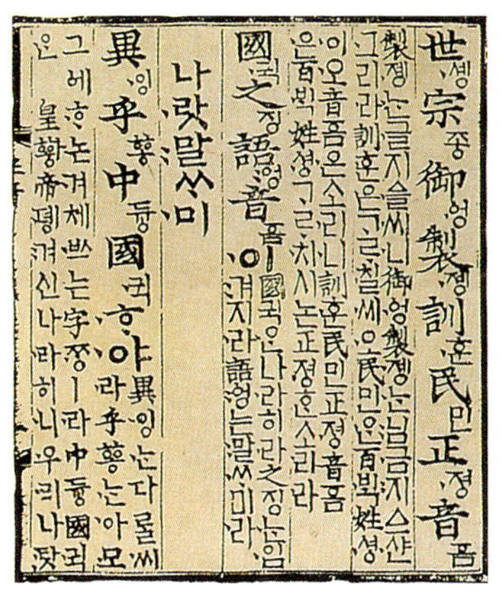

《훈민정음》
훈민정음은 창제자와 창제 시기가 정확히 알려져 있는 세계 유일의 문자이다. 1997년에 유네스코 세계 기록 유산으로 지정되었다.

훈민정음이라는 우리 민족사의 자랑과 발자취를 같이하는 문학으로서의 의미도 찾아볼 수 있다. 〈용비어천가〉는 훈민정음으로 기록된 최초의 문헌이며, 훈민정음으로 기록된 최초의 장편 영웅 서사시이다. 이는 세종 당시 국어 연구의 귀중한 자료가 된다. 특히 〈용비어천가〉의 몇 부분은 우리말의 아름다움을 제대로 살린 문학적 성과를 거두었다. 〈용비어천가〉의 전체 내용은 몰라도 우리는 "뿌리 깊은 나무는…… 샘이 깊은 물은…….' 하고 읊조린다. 탄탄히 나라의 기초를 세우고 문화를 꽃피운 강성한 나라가 되어 연면히 흘러가야 한다는 깊은 뜻은 우리 민족의 큰 경구로 자리 잡고 있다.

〈월인천강지곡〉

〈월인천강지곡〉은 '달이 천 개의 강을 비추는 노래'라는 뜻으로, 석가모니가 중생을 교화하는 내용을 담았다. 세종 29년(1447)에 지어져 1449년 간행된 악장으로 석가모니의 공덕을 기리는 노래이다. 〈용비어천가〉처럼 4구 2절의 정형성을 띤 형태로, 악장 최초의 한글 전용 문헌이라 볼 수 있으며, 15세기 국어 연구의 자료가 된다.

석가의 전생으로부터 탄생과 성장, 출가, 득도, 열반의 전 과정을 소설 구조로 써 나갔다. 영웅의 일생을 찬양하는 영웅 서사시 구조를 지니고 있는 셈이다. 1장을 읽어 보자.

높고 큰 석가모니 부처의 끝없는 공덕을 이 세상 다하도록 어찌 다 말할 수 있겠습니까?

임금을 향한 충성, 임을 향한 사랑

누군가를 향한 지고지순한 사랑

안경을 쓴 일흔의 할머니가 머리에 하얀 면사포를 둘렀다. 신부는 예단을 향해 천천히 걸음을 옮겼고, 두 손은 영정을 쥐고 있었다. 팔짱을 낀 채 걸어갈 신랑도, 함께 기뻐할 가족과 친지도 없이 먼저 떠난 남편의 사진과 함께한 48년 만의 예식…….

이는 어느 할머니의 뒤늦은 결혼식 장면이다. 할머니는 1950년 함경북도 원산에서 약혼을 한 뒤 한국 전쟁이 나면서 남편과 함께 월남하여 아들 하나를 낳고 세 식구의 단출한 가정을 꾸려 갔다.

"형편이 넉넉해지면 꼭 결혼식을 올립시다."

그러나 늘 함께하리라 굳게 약속했던 남편은 1983년 57세의 나이에 지병으로 세상을 떠났고, 불행이 겹쳐 3년 뒤 아들마저 뒤를 따랐다. 의지할 친척조차 없는 할머니는 나라에서 생계 보조금을 받아 생활했다.

"저, 남편 없이 사진만 갖고도 결혼식을 할 수 있을까요?"

김 할머니는 한 시민 단체가 식을 미뤄 온 부부들을 위해 무료로 합동결혼식을 연다는 소식을 듣고 사정을 알렸다. 영정과의 결혼식은 그렇게 해서 열렸다.

"저세상에 있는 남편도 기뻐할 겁니다……."

함께 식을 올린 다른 세 쌍의 부부와 하객들은 말끝을 잇지 못하는 할머니에게 뜨거운 박수를 보냈다.

죽은 지 15년이 넘는 남편의 사진을 안고 뒤늦은 결혼식을 올렸다는 한 할머니에 관한 신문 기사 내용이다. 그 결혼식은 먼저 세상을 떠난 남편을 향해 할머니가 보낸 그리움과 사랑이었다. 할머니의 오래 간직한 뜨거운 사랑 이야기가 감동을 준다.

이처럼 사랑을 위해, 조국을 위해, 신념을 위해 절개를 지킨 사람들의 이야기는 우리에게 인간 정신의 고귀함을 다시금 일깨워 준다. 지금까지 창작되고 있는 우리의 전통 시가 양식인 시조, 특히 개화기 이전에 지어진 고시조 중에는 인간의 고귀한 절개를 보여 주는 작품이 다수 눈에 띈다.

시조라는 문학 형식은 고려 말에 그 틀이 완성되어 조선 시대에 들어서며 크게 발전하였다. 발생 초기부터 조선 전기까지 시조의 주요 작자층은 유교적 이념이 확고한 사대부들이었다. 3장 6구의 간결한 형태가 사대부들의 절제된 정서 표현에 알맞았기 때문이다. 그러하기에 시조에는 유교적 이념이 녹아들어 있다. 임금을 향한 충성이 바로 그것이다. 이는 고시조의 뚜렷한 한 줄기를 형성한다. 그러면서 시조의 작자층은 점차 확대되었다. 사대부들의 전유물처럼 여겨지던 시조를 통해 자신의 마음을 담아낸 또 다른 계층은 기녀, 즉 기생이었다. 그들은 누군가를 향한 절절한 사랑을 시조에 담아냈다.

임금을 향한 충성, 임을 향한 사랑이라는 고시조의 두 흐름은 사대부와 기생, 남성과 여성, 귀족과 천민 등 작가가 누구냐에 따라 큰 차이를 보이며 다양한 대비를 엿볼 수 있게 한다. 그러나 두 흐름의 공통점은 어떤 시련에도 굴하지 않는 지고지순한 절개와 맞닿아 있다는 점, 누군가에 의해 변질될 수 없는 곧은 마음을 표현하고 있다는 점이다. 물론 고시조의 내용을 이 두 가지로 단순하게 가름할 수는 없다. 사대부들의 자연 귀의 사상이 담긴 시조들이 있는가 하면, 조선 후기의 사설시조에는 다양한 사회 비판 의식도 담겨 있다.

여기서는 고시조의 다양한 흐름 중 뚜렷한 줄기를 이룬 두 흐름, 임금을 향한 충성과 임을 향한 사랑을 담아낸 시조들을 살펴보기로 하자.

무너지는 왕조에 대한 안타까움

시조는 고려 말에 그 형식이 완성되었다. 우리가 익숙히 듣고 즐겨 외는 시조 작품 중에는 고려 말의 작품이 많다. 고려 시대의 시조 몇 편을 보노라면 시대를 고민했던 사대부들의 치열한 문제의식을 발견할 수 있다. 그들은 고려 사회가 무너져 간다는 사실을 의식했지만, 새로운 왕조인 조선에 대해서는 부정도 긍정도 아닌 관점에서 바라보기도 했다. 어떤 이들은 오히려 옛 왕조를 잊으려는 태도를 보이기도 했다. 그러나 시조에서만큼은 지조를 지키며 무너져 가는 옛 왕조를 안타까워하는 마음을 담아낸 작품이 주를 이루었다.

백설이 잦아진 골짜기에 구름이 험하구나.
반겨 줄 매화는 어느 곳에 피어 있는가?
석양에 홀로 서 있어 갈 곳 몰라 하노라.

(이색)

잡초가 우거진 옛 궁궐을 보며 회고의 정과 망국의 슬픔을 표현한 작품이다. 조선의 신하들을 구름에, 고려의 지조 있는 신하를 매화에 비유하고 있으나, 그 매화는 어느 곳에 피었는지 찾을 수 없어 안타깝다. 지은이의 심정은 종장에 분명하게 드러난다. 석양에 홀로 서 있다는 말은 이미 기울어진 고려의 편에 선 자신의 안타까운 심정과 처지를 고스란히 보여 주는 표현이다. 실제로 이색은 고려가 멸망하자 벼슬을 버리고 원주 치악산에 숨어 살았다고 한다. 소극적이나마 고려에 대한 충절을 지킨 것이다.

오백 년 도읍지를 한 필의 말로 돌아드니
산천은 의구하되 인걸은 간 데 없다.
어즈버 태평연월이 꿈이런가 하노라.

(길재)

이 시조 역시 망국의 한과 안타까움이 잘 드러난 작품이다. 자연은 변함없지만 인간 세상은 덧없이 변함을 안타까워하고 있다. 길재 역시 조선 개국 후 고려에 대한 충절을 지키기 위해 벼슬을 마다하고 고향에 내려가 학문에 정진하며 여생을 보냈다.

이색, 길재와는 또 다르게 고고한 절개를 문학 작품으로 그리고 자신의 삶으로 보여 준 이가 있으니, 바로 정몽주이다.

> 이 몸이 죽고 죽어 일백 번 고쳐 죽어
> 백골이 진토되어 넋이라도 있고 없고
> 임 향한 일편단심이야 가실 줄이 있으랴.

(정몽주)

일백 번을 고쳐 죽어도 자신의 일편단심은 변하지 않는다는 매서운 절개, 자신의 뼈가 먼지가 될 만큼 오랜 세월이 흘러도 충성심은 변하지 않을 것이라는 곧은 의지는 시련에 굴하지 않는 드높은 신념을 보여 준다. 이와 같은 뜨거운 기개는 단종 복위를 꾀하다 형장의 이슬로 사라져 간 사육신의 시조에서도 발견할 수 있다.

죽음을 뛰어넘는 매서운 절개

> 이 몸이 죽어 가서 무엇이 될까 하니
> 봉래산 제일봉에 낙랑장송 되어 있어
> 백설이 만건곤할 제 독야청청하리라.

(성삼문)

성삼문의 시조는 시적 발상이 정몽주의 작품과 유사하다. 자신의 죽음조차 달게 받아들이는 태도가 그것이다. 백골이 먼지가 되더라도 일편단심을 지키겠다는 정몽주, 그리고 죽어서 먼지가 아닌 소나무가 되겠다고 한 성삼문. 간신의 무리가 세상에 가득할 때라도 성삼문 자신은 홀로 푸르겠다는 의지의 표현이다.

이 같은 충절은 성삼문의 다른 작품에서도 찾아볼 수 있다. 수양산(수양대군과 수양산의 중의적 표현)에서 죽은 백이와 숙제를 소재로 삼은 시조가 그렇다. 백이와 숙제는 은나라 때의 선비이다. 주나라 무왕이 은나라를 치려 하자 이를 말렸지만 이루어지지 않자 수양산에 들어가 고사리를 캐 먹으며 살다가 죽었다고 한다. 성삼문은 절개의 대명사로 불리는 그들조차 원망한다. 실제로 그들을 원망한다기보다 자신의 의지를 드러내는 표현이라 할 수 있다.

수양산 바라보며 백이와 숙제를 원망하노라.

굶어 죽을지언정 고사리를 뜯어먹어서야 되겠는가?

비록 산에 자라는 풀이라도 그 뉘 땅에 났는가?

(성삼문)

사육신의 절개를 담은 시조는 여러 편이다. 박팽년은 까마귀와 밤에 빛나는 달을 대조시킴으로써 자신의 일편단심을 표현했고, 유응부는 간밤에 불던 바람과 눈서리로 세조가 일으킨 정난을 풍자하면서 조정의 충신들이 무너져 가고 젊은 선비들이 시련에 처한 것을 염려했다. 이개는 촛불을 자신에 빗대어 표현하면서 단종과 이별하는 슬픔을 형상화하기도 했다.

고려 유신들의 시조나 사육신의 시조에 담긴 충절은 맵고도 고귀한 것이었다. 변하기 쉬운 인간사에서 소중하게 여기는 것을 위해 자신의 안위

박팽년과 성삼문이 나눈 서한

박팽년과 성삼문은 두 임금을 섬길 수 없다는 대의를 위해 죽음을 각오하고 단종 복위
운동을 폈다. 세조는 이들을 국문하고 처형했지만 "박팽년과 성삼문 등은 당세의 난신이
요 후세의 충신이다." 하며 그들의 지조와 절개가 후세에 높이 평가될 것이라 보았다.

를 버리고, 때로 목숨을 버리기까지 하는 사대부들의 모습은 시조의 절제
된 형식 속에 녹아들어 진한 감동을 전해 주었다.

임에게 보내는 절절한 사랑과 그리움

여성 작가들은 시조 작품에 어떤 정서를 담았을까? 여성 시조 작가들은
대부분 기생이다. 조선 시대에 기생들은 사대부의 '말귀를 알아듣는 꽃'이
라는 뜻으로 '해어화(解語花)'라 불리기도 했다. 그러나 이들은 말귀를 알
아듣는 꽃 이상의 역할을 했다. 이들은 남성 사대부들처럼 역사의 전면에
서 자신의 신념을 불사르지는 못했으나, 인간의 기본적인 감정을 표현해

내는 데 충실했고, 우리 문학을 풍성하고 아름답게 만드는 데 큰 역할을
했다. 사랑과 그리움의 감정을 억누르지 않고 문학 작품에 담아낼 수 있었
다는 것은 인간의 정신과 문화가 한 단계 발전했음을 뜻하리라.

> 묏버들 가지를 꺾어 보내노라, 임에게
> 주무시는 창밖에 심어 두고 보소서.
> 밤비에 새잎이라도 나거든 나인가도 여기소서.

(홍랑)

조선 중기의 시인 최경창은 북해 평사로 경성에 가 있을 때 기생 홍랑과
가깝게 지냈다. 그 이듬해 최경창이 서울로 가게 되자 홍랑이 그를 배웅하
면서 이 노래를 지어 버들가지와 함께 보냈다고 한다. 홍랑의 시조에서
'묏버들'은 임을 그리워하는 시적 화자의 또 다른 모습이며 사랑의 표상이
라 할 수 있다.

> 이화우 흩뿌릴 때 울며 잡고 이별한 임
> 추풍낙엽에 저도 날 생각할까?
> 천 리 머나먼 길에 외로운 꿈만 오락가락하는구나.

(계랑)

기생 계랑은 깊이 사귀던 유희경이 서울로 올라간 뒤 소식이 없자 자신
의 그리움을 시조에 담아냈다. 시 속의 상황을 보자. 배꽃이 비처럼 흩날
리는 봄날이다. 화사하고 아름다운 풍경 속에서 시인은 사랑하는 사람과

눈물로 이별한다. 그런데 그 임이 가을이 되도록 소식이 없다. 낙엽은 떨어지던 배꽃을 자연스럽게 연상시키면서 그리움의 감정을 불러일으킨다. 시인은 멀리 떨어져 있는 임을 홀로 그리며 꿈속에서나 만날 수밖에 없다. 내용만 절절한 게 아니다. 배꽃과 낙엽이 주는 시간적 거리감, 천 리 먼 길이라는 공간적 거리감을 통해 시인의 외로움을 절묘하게 표현했다. 아래로 떨어지는 배꽃과 낙엽의 이미지는 떨어지는 여인의 눈물을 자연스레 연상시킨다. 이 정도면 한 기생이 자신의 그리움을 시조에 담아냈다는 정도의 평가로는 적절치가 않다. 이미 당당한 여류 시조 작가이며 문인이라 할 만한 경지인 것이다.

아아, 내가 한 일이로구나! 그리울 줄 몰랐더냐?
있으라 했다면 가랴마는
제 구태여 보내고 그리는 정은 나도 몰라 하노라.

(황진이)

임을 떠나보낸 뒤의 후회와 한스러움을 그려 낸 작품이다. 겉으로는 강한 척하지만 임을 향한 그리움이 가득하다. 있으라고 하면 떠나지 않을 테지만 구태여 임을 보내고 후회한다. 중장에서 '제 구태여'의 주체는 화자라 해석할 수도 있고, 임이라 해석할 수도 있다.

뭐니 뭐니 해도 사랑의 절창은 황진이의 다음 시조이다. 추상적 개념을 구체적 사물로 비유하면서 자신의 애타는 마음을 절묘하게 표현하였고, 우리말의 아름다움을 잘 살려냈다.

동짓달 기나긴 밤의 한가운데를 베어 내어

봄바람 이불 속에 서리서리 넣었다가

정든 임이 오신 밤이면 굽이굽이 펴리라.

(황진이)

시의 내용을 살펴보자. 초장에서 시인은 동짓달 긴 밤의 한가운데를 베어 내겠다고 노래한다. 동짓달 기나긴 밤이라는 시간은 눈에 보이거나 잡히는 구체적 사물이 아니다. 그런 시간을 실이나 헝겊 한 자락 자르듯 베어 낸다고 표현하였다. 왜 동짓달 밤이 긴 밤이며, 왜 그것을 베어 내고 싶다는 것일까? 아마도 임이 오지 않는 밤이기에 길게 느껴졌기 때문일 것이다. 그 긴 시간을 헝겊 자르듯 잘라 지루함과 외로움을 줄이고 싶다는 뜻이 초장에 담겨 있다.

중장을 보자. 그렇게 베어 낸 동짓달 기나긴 밤을 봄바람 이불 속에 차곡차곡 개켜 넣겠다고 노래한다. 봄바람 부는 날은 바로 임이 오는 날이며, 시인이 기다리는 시간이다.

종장에서 시인은 사랑하는 임이 오신 날 밤에 그렇게 접어 둔 시간들을 굽이굽이 펴겠다고 말한다. 임과 함께하는 시간은 너무나 짧게 느껴지므로 그 시간을 조금이라도 더 늘리고 싶은 마음에서 비롯한 표현이다. '서리서리', '굽이굽이'라는 의태어 표현은 또 어떤가. 국수나 실이나 새끼 등을 둥글게 돌돌 만 모양을 표현하는 서리서리, 여러 굽이로 휘어져 감기는 모양을 표현하는 굽이굽이는 참 아름다운 우리말이다.

시조의 지평을 넓히다

사대부들의 곧은 절개를 표현한 시조, 그리움의 정서를 담아낸 기생들의 시조가 조선 시대 시조의 전부는 물론 아니다. 그러나 고시조를 몇 가닥으로 나눠 보았을 때, 그 작품들이 중요한 두 줄기를 이루고 있음은 확실하다.

절개를 표현한 사대부들의 시조는 인간의 외적 조건인 정치 상황과 맞물려 있다. 고려 왕조를 향한 자신의 절개를 표현한 몇몇 선비의 시조는 고려 멸망과 조선 건국이라는 역사의 격동기에 지어진 작품들이다. 시조 작가들은 고려의 위업이 그대로 유지되고, 자신들의 절개가 지켜지는 것을 바랐다. 그러나 현실은 고려의 멸망이었고, 그것은 저항할 수 없는 운명처럼 다가왔다. 그들은 시조 속에 자신들의 지조를 표현하고 숨어 사는 길을 택하거나 온몸으로 항거하는 길을 택했다.

자신의 목숨을 걸고 절개를 지키겠다는 사육신의 시조 작품들은 수양대군이 단종의 왕위를 빼앗은 계유정난을 배경으로 한다. 왕권의 정통성 수호라는 명분과 왕권 찬탈이라는 명분의 대립 속에서 자신들의 정치적 신념을 지키려는 사육신의 의지는 시조라는 문학 장르를 통해 찬연히 빛을 발했다. 이로써 시조라는 문학 장르는 신념을 문학적으로 형상화하여 풍부한 문학적 성과를 거둘 수 있었고, 우리는 인간 정신의 고귀함을 배울 수 있는 것이다.

기생들이 창작한 사랑과 그리움의 시조는 또 어떠한가? 이 작품들은 인간의 가장 내밀한 정서를 담아낸다. 인간의 외적 상황이 인간에게 큰 영향을 드리우듯, 인간의 내밀한 정서는 인간을 인간답게 만든다. 기생들은 시조 작품에 인간의 정서를 솔직하게 표현하였고, 여성의 섬세한 감각으로 우리말의 아름다움을 살려 냈다. 그들은 시조라는 장르에 문학적 향기를 더하였으며, 사대부들이 주요 작자층이던 시조의 지평을 넓혔다. 즉 남성 중심의 시조에서 여성으로까지, 양반 사대부의 문학에서 천민에 이르기까지 작자층이 확대되었다. 이들로 인해 조선 후기 시조의 작자층은 가객과 평민층으로 크게 확대되었으며, 다양한 형태의 변화도 이룰 수 있었다.

세상이 변하고 역사가 발전하는 것처럼 문학사 역시 씨앗이 심어지고 싹이 트고 꽃이 피고 열매가 맺으면서 성장한다. 그리고 소멸의 길을 걷기도 한다. 시조의 역사 또한 세상의 모든 살아 있는 것처럼 생동하면서 변화 발전한다. 아마 사대부들의 절개를 담은 시조와 기녀들 이야기를 담은 사랑의 시조는 시조가 걸어온 길목에서 가장 크고 아름답게 핀 꽃이었을 것이다.

왕방연의 시조

천만 리 머나먼 길에 고운 임 여의옵고
내 마음 둘 데 없어 냇가에 앉았으니
저 물도 내 마음 같아 울며 밤길 가는구나.

조카인 단종에게서 왕위를 빼앗아 왕에 오른 세조. 사육신인 성삼문, 박팽년, 이개, 유응부, 하위지, 유성원은 단종 복위를 꾀하다 발각되자 세조는 단종을 영월로 귀양 보낸다. 단종이 영월 청령포로 귀양 갈 때 왕방연은 금부도사로서 단종의 호위를 맡았다. 삼면이 물로 둘러싸이고, 한 면이 절벽인 청령포에 왕을 두고 돌아오던 왕방연은 흐르는 물소리를 들으며 안타까운 심정을 시로 읊었다.

자연을 바라보는 몇 가지 태도

인간은 자연과 더불어 살아간다

들길을 지나다 무리 지어 피어 있는 꽃을 만날 때 사람들은 어떤 생각을 할까? 무심코 지나치는 사람이 있는가 하면, 그 풍경에 감탄하는 사람이 있을 것이고, 꽃의 모습을 보며 삶을 생각해 보는 사람도 있을 것이며, 꽃과 자신을 비교해 보는 사람도 있을 것이다.

'누군가에게 바치며 사랑을 고백하고 싶다.'

'꽃을 보며 한가로이 걸을 수 있는 여유 있는 생활, 이런 환경을 만들어 주신 부모님께 감사드려야지.'

'꽃은 아름다운데 나는 왜 이렇게 슬픈 걸까?'

'꽃이 스스로 피어나 비바람 속에 피었다 지듯이 인간도 시련을 이기며 살아간다.'

'붉은 꽃과 흰 나비가 어우러져 너무 아름답구나. 마치 꿈의 나라에 사는 것 같다.'

하나의 사물을 보면서도 사람들은 저마다 다른 생각을 한다. 이는 사람마다 가지고 있는 관심, 자신이 처한 상황과 삶의 조건이 모두 다르기 때문일 것이다. 세상을 바라보는 가치관의 차이 때문이기도 하다.

문득 이런 물음이 고개를 든다. 옛사람들은 자연을 어떻게 바라보았을까? 이에 대한 답을 찾기 위해서 문학 작품을 펼쳐보니, 고시조에는 자연을 노래한 작품이 많다는 것을 새삼 느낀다. 고시조는 유교적 충절을 노래한 작품과 자연 속의 삶을 노래한 작품이 하나의 줄기를 이루고, 사랑의 감정을 노래한 시조가 또 하나의 흐름이 된다. 그리고 조선 후기에 이르러서는 여기에 더 다양한 내용이 덧보태진다.

자연 속에서 지내는 삶의 모습을 담은 몇 편의 연시조가 있다. 모두 유학자들의 작품이며, 전 시대의 작품이 후대에 영향을 주기도 했다. 유학자들은 자연 속에서 무엇을 노래했으며, 그들의 자연 친화적 삶 이면에는 또 어떤 생각들이 자리 잡고 있었을까? 〈강호사시가〉, 〈도산십이곡〉, 〈고산구곡가〉, 〈어부사시사〉 작품을 통해 자연이 유학들에게 어떤 의미였는지, 그러한 까닭은 무엇이었는지 생각해 보기로 하자. (이 중에서 〈어부사시사〉는 조선 후기에 해당하는 작품이지만, 주제 면에서의 변모를 알아보기 위해 함께 살펴보도록 한다.)

자연과 충의의 조화-〈강호사시가〉

맹사성이 쓴 〈강호사시가〉는 우리나라 최초의 연시조로서 모두 4연으로 이루어져 있다.

강호에 봄이 찾아드니 참을 수 없는 흥겨움이 솟구친다.

탁주를 마시며 노는 시냇가에 싱싱한 물고기가 안주로다.

이 몸이 한가로움도 역시 임금의 은혜이시다.

강호에 여름이 드니 초당에 일이 없다.

신의 있는 강 물결은 보내나니 바람이로다.

이 몸이 서늘하게 보내는 것도 역시 임금의 은혜이시다.

강호에 가을이 찾아드니 물고기마다 살쪄 있다.

작은 배에 그물을 실어 흘려 띄워 던져두고

이 몸이 세월을 보내는 것도 역시 임금의 은혜이시다.

강호에 겨울이 드니 쌓인 눈이 한 자가 넘는다.

삿갓을 비스듬히 쓰고 도롱이로 옷을 삼아 입으니

이 몸이 춥지 아니함도 역시 임금의 은혜이시다.

〈강호사시가〉

첫 수는 봄날 강가에 나가 물고기를 안주로 탁주를 마시는 즐겁고 한가한 생활을 그리고 있으며, 둘째 수는 여름을 맞아 시원한 강바람이 불어오는 초당, 즉 작은 집에 앉아 더위를 잊고 있는 한가함을 노래한다. 셋째 수는 가을에 배를 띄워 놓고 고기잡이를 하는 즐거움을 전하며, 마지막 수는 추운 겨울에 삿갓을 쓰고 도롱이를 입고도 춥지 않다고 노래한다.

작품을 이루는 네 수는 계절별로 시상이 전개되고 있다. 각 수의 초장에

서는 계절에 따른 느낌이나 정경을 노래하고, 중장에서는 그 계절에 이뤄
지는 삶의 모습을 노래한다. 종장은 그 삶의 모습이 '역시 임금의 은혜'라
는 말로 끝맺고 있다. 각 연은 다음과 같은 짜임을 보이고 있다.

- 초장—강호에 (계절이) 오니 (어떠어떠하다)
- 중장—(계절의 정취와 삶의 모습)
- 종장—이 몸이 (어떠함도) 역시 임금의 은혜이시다.

시조 속에서 시인이 바라보는 자연의 모습은 어떠한가. 자연은 막연한
도피처도, 현실에서 소외된 자가 울분을 삭이는 곳도 아니다. 막걸리를 마

〈강상조어도〉
사대부 화가 조영석이 그린 그림. 멀리 보이는 산과
강가의 모래밭, 잔잔한 물결과 갈대가 어우러진 바
위를 배경으로 배를 띄우고 낚싯대를 드리운 풍경
이 삶의 여유를 느끼게 한다.

시고 안주가 되는 쏘가리가 노니는 맑은 시냇가, 시원하게 더위를 식혀 주
는 신의 있는 강바람이 불어오는 곳, 그물을 싣고 한가로움을 즐기게 하는
곳, 한 자 넘게 흰 눈이 쌓인 곳……. 풍성함과 여유가 넘치는 곳이다.

자연 속에서 한가로이 지내는 풍류의 생활 모습과 같은 무게로 임금의
은혜에 감사하는 마음이 자리하고 있다. 이러한 조화는 어디에서 비롯할
까? 이는 작가가 살았던 시대적 배경과 함께 그가 처한 삶의 조건 때문일
것이다.

이 시조의 창작 시기에 관한 한 여러 논의가 있지만, 맹사성이 은퇴한
뒤 쓰였다고 볼 때 조선 초 세종 때쯤으로 추측할 수 있다. 이 시기는 고려
를 딛고 새롭게 선 조선 왕조가 자리를 잡아 가는 시기였으며, 문화적으로
정치적으로 태평성대를 노래하던 시기이다.

작자 맹사성은 고려 말부터 조선 세종조에 이르기까지 몇 번의 시련기
속에서도 우의정, 좌의정까지 지내고 벼슬에서 물러났다. 이렇게 성공적
인 정치 생활을 누렸기에 자연 속의 생활과 임금에 대한 감사, 자연에 대
한 사랑과 유교적 이념의 조화가 가능했으리라. 결국 맹사성이 노래한 자
연은 임금의 은혜에 감사할 수 있는 조건이다. 임금을 향한 충의와 자연에
대한 사랑은 떼려야 뗄 수 없는 것이었으며, 자연 속의 삶은 곧 임금에 대
한 감사의 조건인 셈이었다.

맹사성의 〈강호사시가〉는 자연 속에서 안빈낙도를 추구하는 시조의 한
기풍인 '강호가도'의 효시가 될 만한 작품이며, 뒤에 〈도산십이곡〉과 〈고
산구곡가〉 등에 영향을 주었다.

학문의 길을 향한 자연 속의 삶–〈도산십이곡〉

〈강호사시가〉에서 엿보이는 자연애와 유교 사상의 조화는 이황의 〈도산십이곡〉, 이이의 〈고산구곡가〉 등의 연시조로 이어진다. 다만 〈강호사시가〉가 담고 있는 유교 사상의 핵심이 임금에 대한 충성이라면, 뒤의 두 작품은 학문과 수양의 중요성이라는 점에서 차이가 있다.

〈도산십이곡〉은 조선 명조 때(1565) 이황이 벼슬에서 물러나 안동에 도산 서원을 세우고 후진을 양성할 때 쓴 12수의 연시조로 '전 6곡', '후 6곡'으로 이루어져 있다. 전 6곡은 '언지(言志)'라 하여 자연을 대할 때 일어나는 감흥을 담고 있고, 후 6곡은 '언학(言學)'이라 하여 학문과 수양에 힘써야 함을 노래하고 있다. 그중 두 수를 살펴보자.

이런들 어떠하며 저런들 어떠하리.
시골에 사는 어리석은 선비가 이렇다 어떠하리.
하물며 천석고황(泉石膏肓)을 고쳐 무엇하리오.

〈도산십이곡〉 전 6곡의 첫 수

당시에 가던 길을 몇 해나 버려두고
어디(벼슬길)에 가서 다니다가 이제야 돌아왔는가?
이제라도 돌아왔으니 다른 곳에 마음을 두지 않으리라.

〈도산십이곡〉 후 6곡의 넷째 수

전 6곡의 첫 수에서 눈에 띄는 핵심어는 '천석고황'이다. 이는 자연을 사랑함이 지극하여 마치 치료할 수 없는 병에 걸린 것같이 되었음을 뜻한

이황
조선을 대표하는 성리학자이며 문신이다. 제도 개혁보다는 정치를 담당한 이들의 도덕성을 중요시하였으며 도산 서원을 세워 제자를 길렀다.

다. 자연애의 극치를 보여 주는 표현이다. 세상의 공명이나 시비를 떠나 자연에 묻혀 사는 자기 삶에 대한 긍지를 담고 있다.

후 6곡의 넷째 수는 대체 무슨 의미일까? '당시에 가던 길'이란 젊었을 때 세운 학문 수양의 길이라 할 수 있다. 그 길을 저버리고 벼슬길에 올랐던 자신을 돌아보며 이제 다른 데 마음 쓰지 않고 학문 수양에 전념하겠다는 뜻이다.

자연에 동화된 삶의 예찬과 학문에 정진하는 자세의 추구, 즉 자연에 대한 사랑과 학문에 대한 사랑이 작품 속에 양적으로 균형을 이루고 있다. 그러나 이황은 자연을 노래하매 자연 자체에 목적을 둔 것이 아니라, 도학적 이념을 전하기 위한 매개체로 삼았던 듯하다. 그는 〈도산십이곡발〉에서 한시는 노래할 수 없는 것이기에 우리말 노래를 찾는다며 다음과 같이 말한다.

〈계상정거도〉
이황이 머물던 당시의 도산 서원과 주변 산수를 담은 정선의 풍경화이다.

우리 동방의 가곡(歌曲)이 무릇 음란한 노래가 많아서 이야기할 만하지도 못하다. 〈한림별곡〉 같은 것들은 문인의 입에서 나왔지만 으스대며 마음대로 하고, 게다가 외람되고 버릇없이 하니 더욱 군자가 마땅히 높일 바가 아니다. 오직 근세의 이별(李鼈)의 〈육가六歌〉가 세상에 널리 전하고 있는 바라 오히려 그것이 이것보다 나은 바 되나, 또한 안타깝게도 그것에 세상을 놀려 대며 삼가지 아니하는 뜻이 있고, 따사롭고 부드러우며 도탑고 두터운 탐스러움이 적으니라. 그러므로 일찍이 대략 이별의 〈육가〉를 본떠서 〈도산육곡〉 둘을 지으니 하나는 언지(言志)이고 하나는 언학(言學)이다. 아이들로 하여금 아침저녁으로 익혀서 부르게 하고, 궤석에 비기어 듣는다. 또한 아이들로 하여금 스스로 노래 부르고 스스로 춤추며 뛰게 해서 비루한 마음을 거의 다 씻어 버리고 느낌이 일어나 마음이 녹아 서로 통하게 한다. 노래 부르는 사람이나 듣는 사람이 서로 유익함이 없을 수 없다.

〈도산십이곡발〉

이황은 뜻을 바르게 하고 배움의 길을 찾는 데 유익하기에 시조를 창작했다고 볼 수 있다. 자신의 사상을 표현할 수 있는 중요한 수단으로 시조라는 형식을 사용했고, 자연을 매개로 삼아 도학의 길이라는 목적지를 향해 갔다. 이황에게 자연은 도학과 연결되어 존재하는 자연이었던 것이다.

자연의 아름다움 속에 담긴 성인의 가르침 – 〈고산구곡가〉

〈고산구곡가〉는 선조 때인 1577년 이이가 황해도 해주 고산 석담에 은병정사를 세워 후학을 가르칠 때 쓴 연시조로서 모두 10수로 이루어져 있다. 첫 수는 자신의 다짐을 밝히고 있으며, 둘째 수부터는 관암, 화암, 취병, 송애, 은병, 조협, 풍암, 금탄, 문산 아홉 계곡을 차례로 노래한다.

> 고산구곡담을 사람들이 모르더니
> 띠풀을 베고 집터를 잡아 살아가니 벗님네 다 오신다.
> 어즈버 무이를 상상하면서 주희가 주창한 성리학을 공부하리라.

〈고산구곡가〉 첫 수

> 이곡은 어디인가? 화암에 봄이 가득하다.
> 푸른 파도에 꽃을 띄워 야외에 보내노라.
> 사람들이 경치 좋은 곳을 모르니 알게 한들 어떠리.

〈고산구곡가〉 셋째 수

첫 수에서 지은이는 고산 아홉 계곡의 아름다운 자연 속에서 주자가 살던 무이를 상상하며 학문에 정진하겠다는 다짐을 한다. 이어지는 시조들에서는 담담하고 꾸밈없는 어조로 자연의 아름다움을 읊은 듯하다. 그러나 곰곰이 뜻을 음미해 보면 또 다른 의미로 확대됨을 알 수 있다.

'화암'을 노래한 셋째 수는 화암에 봄이 가득하니 푸른 물결에 꽃을 띄워 들 밖으로 보내서 사람들이 이 아름다운 경치를 알게 하면 어떤가 하는 내용이다. '꽃바위'라는 이름처럼 봄이 되어 꽃이 만발한 화암의 경치가 눈에 그려지는 듯하다. 붉은 꽃과 푸른 물결이 색채의 대조를 이루도록 표현한 점도 빼어나다. 물결에 꽃을 던지는 화자의 모습이 보이는 듯하고,

이이

이황과 쌍벽을 이루는 조선의 성리학자이자 문신이다. 《동호문답》, 《시무육조》 등을 통해 조선 사회의 제도 개혁을 주장하였다.

〈고산구곡시화도〉 중 〈관암도〉
이이가 은거하던 황해도 고산의 아홉 경치를 1803년 궁중 화가와 문인 화가들이 그린 뒤 문신들이 여기에 시를 적은 것을 모아 표구하였다.

이토록 아름다운 명승지를 알리고 싶어 하는 화자의 심정도 느껴진다.

그러나 화자가 노래하고 있는 것이 화암의 아름다움 그 자체일까? 그가 알리고 싶은 것이 꽃 만발한 화암의 풍경뿐일까? 그렇지는 않은 듯하다. 화자는 아름다운 곳을 알리고 싶은 마음만큼이나 백성들에게 아름다운 덕을 알리고 싶은 마음이 크다. 백성을 교화하고 싶은 성리학자의 마음이 담겨 있다. 그것이 아니라면 전체 주제를 담고 있는 첫 수에서 성리학을 공부하리라는 다짐을 하지는 않았을 것이다. 그렇다면 '화암'은 고산구곡의 하나이고 빼어난 경치이면서 동시에 백성에게 전하고 싶은 '도'이다. 이 같은 중의적 표현은 작품 전체에서 계속된다.

이이의 문학관 역시 이황처럼 '재도지기론'의 입장에 서 있다. 재도지기(載道之器)란 말 그대로 '도를 담는 그릇'이라는 뜻으로 문학을 가리킨다. 즉 문학이란 도를 담는 그릇이라는 생각이다. 글은 도를 표현하기 위한 매개체인 셈이다. 이런 맥락에서 〈고산구곡가〉는 단순히 자연을 예찬하는 작품이 아니다. 자연 예찬과 함께 성리학자로서 백성을 성인의 가르침으로 이끌고자 하는 글쓴이의 심정이 담겨 있다.

자연 속에 몰입하다 - 〈어부사시사〉

〈강호사시가〉, 〈도산십이곡〉, 〈고산구곡가〉 등의 작품을 읽으면서, '유학자들이란 참 대단하군. 자연 속에 살면서도 마음 한가운데를 차지하는 것은 자연 자체가 아니야. 임금이거나 학문의 세계가 아닌가. 자연 속에 빠져들어 자연의 정취만을 노래한 작품은 없을까?' 하는 생각이 든다. 이에 대한 답은 윤선도의 〈어부사시사〉에서 찾을 수 있겠다. 시기적으로 앞의 세 시조는 조선 전기 작품이며, 〈어부사시사〉는 조선 후기의 작품이다.

〈어부사시사〉는 윤선도가 효종 때 벼슬을 그만두고 전라남도 보길도 부용동에서 지은 40수의 연시조이다. 그러니까 창작 연대는 1651년 이후일 것이다. 고려 때부터 전하던 작자 미상의 〈어부가〉를 이현보가 9장으로 고쳐 〈어부사〉를 지었고, 이를 바탕으로 윤선도가 시조 형식에 여음을 넣어 완성하였다. 〈어부사시사〉는 이현보의 〈어부사〉와는 달리 한자어로 된 시구를 우리말 시구로 바꿔 사용하였고, 다양한 시적 표현을 담아 어부의 생활을 아름답게 그려냈다.

봄, 여름, 가을, 겨울 각 10수씩이다. 각 계절의 10수는 배를 띄워 바다에 나갔다가 돌아올 때까지의 일과를 시간 순서로 읊었다. 각 연의 초장과 중장, 중장과 종장 사이에 붙은 여음도 그 과정에 따라 붙여졌다. '배 떠라－닻 들어라－돛 달아라－이어라(어잇차)－돛 내려라－배 세어라－배 메어라－닻 내려라－배 붙여라' 같은 순서이다. 계절별로 한 수씩 읽어 보자. 한 편 정도는 원문도 읽어 보도록 하자.

우는 거시 벅구기가 프른 거시 버들 숩가

이어라 이어라

어촌(漁村) 두어 집이 닛속의 나락들락

지국총 지국총 어ᄉ와

말가ᄒᆞᆫ 기픈 소희 온갇 고기 뛰노다.

(우는 것이 뻐꾸기인가 푸른 것이 버들 숲인가.

배 저어라 배 저어라

어촌 두어 집이 안개 속에 들락날락

찌그덕 찌그덕 어잇차

맑고도 깊은 연못에 온갖 고기 뛰노는구나.)

〈어부사시사〉 봄 넷째 수

연잎에 밥 싸 두고 반찬은 장만하지 마라.

닻 들어라 닻 들어라

삿갓은 이미 썼다만 도롱이(비옷)는 가져오는 거냐.

찌그덕 찌그덕 어잇차

무심한 갈매기는 내가 저를 쫓아가는 건가 제가 나를 좇는 건가.

〈어부사시사〉 여름 둘째 수

세속을 떠난 곳에서 좋은 일이 어부 생활이 아니겠는가.

배를 띄워라 배를 띄워라

고기 잡는 늙은이라고 비웃지 마라, 그림마다 (늙은 어부가) 그려져 있지 않더냐.

찌그덕 찌그덕 어잇차

사계절 흥이 다 좋지만 그중에도 가을 강이 으뜸이다.

〈어부사시사〉 가을 첫 수

간밤에 내린 눈이 갠 뒤 세상 경치가 달라졌구나!

닻 들어라 닻 들어라

앞에는 넓고 맑은 바다, 뒤에는 겹겹 둘러싼 흰 산

찌그덕 찌그덕 어잇차

신선 세계인지 부처 세계인지 속세는 아닌 것 같구나.

〈어부사시사〉 겨울 넷째 수

봄의 넷째 수, 배에서 바라본 어촌의 풍경이 아름답다. 뻐꾸기의 울음소리가 청각적 이미지를, 푸른 버들 숲이 시각적 이미지를 떠오르게 하면서 평화로운 봄 경치가 펼쳐진다. 이와 더불어 물안개 속에 어렴풋이 나타났다 사라졌다 하는 어촌의 풍경은 신비롭기까지 하다.

여름 둘째 수, 자연과 하나가 되어 노니는 화자의 모습을 느낄 수 있다. 삿갓을 쓰고 도롱이를 입고 거닐 때 흰 갈매기가 날아간다. 갈매기가 나를 좇는 것인지, 내가 갈매기를 좇는 것인지 구별할 수 없는 물아일체의 경지에 이르렀다.

가을 첫째 수, 번거로운 속세를 벗어나 몸과 마음이야말로 깨끗한 생활이 어부의 삶이 아닌가 하고 노래한다. 또한 낚싯대를 든 노인을 그린 그림이 많다고 노래하면서 자신의 삶을 마치 한 폭의 동양화처럼 느껴지도록 표현하고 있다.

겨울 넷째 수, 눈이 내려 온 세상이 하얗게 덮인 바다 풍경이다. 유리처럼 펼쳐진 넓은 바다와 흰 눈에 덮여 백옥 같은 산들이 펼쳐진 풍경을 보며 이곳이 신선이 사는 곳인지 부처가 사는 곳인지 모르겠다고 노래한다.

계절별로 한 수씩 살펴본 작품 속에서 우리는 자연에 몰입한 작가의 모습을 느낄 수 있다. 이 시에서 자연은 그저 감탄스럽고 아름다운 자연 자체일 뿐이며, 내가 빠져들어 살아가는 곳이다. 현실에 대한 미련이나 갈망, 유학자로서의 다짐, 백성을 교화하겠다는 사명감 같은 것은 없다. 그저 자연 속에서 나와 자연이 하나가 되는 몰입의 상태를 만나게 된다.

스스로 존재하지만 다양한 의미로 다가오는 자연

윤선도가 자연 속에 푹 빠져 자연 속의 삶 그 자체를 예찬하며 살 수 있었던 것은 무엇 때문일까? 윤선도 삶의 자취에서 그 답의 실마리를 찾아볼 수 있을 것 같다. 26세 때 진사에 합격한 뒤 그의 삶은 출세와 유배, 성공과 좌절이 교차하였다. 짧은 벼슬살이와 긴 유배(귀양), 은거(자연 속에서 숨어 지내듯 살아감)가 반복되었다. 유배가 끝나면 또 한참 동안 자연 속에 묻혀 살기도 했다. 현실 정치는 그에게 시련을 안겨 주었고, 그 상처를 자연을 통해 치유해 간 것이다.

윤선도가 아무런 근심 없이 자연 속에 빠져 흥취를 느낄 수 있었던 것은 그의 윤택한 삶 덕분이기도 했다. 많은 재산을 소유한 그는 유배와 은거 속에서도 부족함이 없었다. 현실에서 밀려났을 때 생활의 팍팍함에 부닥친다면 그것이 또 하나의 갈등 요소가 될 것이다. 그러나 윤선도에게는 그런 짐이 없었다. 결론적으로 〈어부사시사〉는 당쟁과 전란의 소용돌이에서 물러났으나 자연을 즐길 여유가 되는 유학자가 그려 낼 수 있는 흥취 가득한 세계였던 것이다. 이는 〈어부사시사〉에만 해당되는 것은 아니었다. 사대부들이 그려 낸 풍류 가득한 자연 예찬의 문학 작품들은 그러한 토대가 있기에 가능했다.

네 편의 연시조를 통해 사대부들이 어떻게 자연을 그려 냈고, 어떻게 받아들였는지 살펴보았다. 작품 속의 자연은 시대와 작가에 따라 다르게 그려진다. 맹사성의 〈강호사시가〉는 자연 생활의 풍류와 임금에 대한 감사를 담아내면서 현실과 자연이 조화를 이루는 경지를 보여 주었다. 평생 성공의 길을 걸어온 사대부에게 자연은 삶을 누리게 하는 조건이며, 임금에게 감사할 수 있는 조건이다.

이황의 〈도산십이곡〉은 자연을 매개로 삼아 학문 수양이라는 유학자의 다짐을 그려 낸다. 이이 역시 〈고산구곡가〉에서 자연을 노래하는 듯하나 그 이면에 도학자의 사명감을 그려 냈다. 두 사람에게 자연은 도를 실천해 가는 매개였다. 그것은 격동의 역사 속에서 자기 몫을 고민한 유학자들에게 비춰진 자연이었다.

자연 속에 몰입하여 자연의 아름다움을 그려 낸 것은 〈어부사시사〉이다. 좌절을 거듭하는 현실 속에서 자연은 현실을 잊게 만들며 상처를 치유하도록 한다. 이에 자연의 비중은 커질 수밖에 없고, 작가는 자연 속에 몰입할 수밖에 없다.

이렇게 다른 양상으로 나타나는 고시조 속의 자연을 보면서 우리는 '지금 나에게 자연은 어떤 의미인가?' 하고 묻게 된다. 조건인가, 도구인가, 대상인가? 아니면 함께하는 존재인가?

생각의 갈피를 찾는 물음

1 조선 전기의 사대부들에게 자연은 어떤 의미를 지니는가?

2 윤선도의 〈어부사시사〉가 조선 전기에 자연을 노래한 시조들과 차이점이 있다면 어떤 면에서 그러한가?

〈한거십팔곡〉

조선 선조 때 권호문이 지은 연시조이다. 벼슬길과 은거 생활의 갈등, 자연 속에서 안분지족하는 생활 모습, 현실을 초월한 자신의 모습을 차례로 담아내고 있다. 마지막 수에 이르러 모든 갈등이 해소된 듯하지만, 실상은 현실에 대한 불만을 자연 속에서 위로하고자 하는 마음이 담겨 있다.

계교(計巧, 서로 견주어 살펴봄) 이렇더니 공명이 늦었세라

부급동남(負笈東南, 이리저리 공부하러 감)하여 여공불급(如恐不及, 시키는

대로 실행하지 못할까 두려워함)하는 뜻을

세월이 물 흐르듯 하니 못 이룰까 하여라.

둘째 수

청산이 시냇가에 있고, 시내 위에 안개 낀 마을이라.

초당의 마음을 백구(흰 갈매기)인들 제 알랴.

대나무 창 고요한 밤 달 밝은데 거문고가 있구나.

아홉째 수

충절의 시대, 모든 것은 임금을 향해

무엇을 노래해도 결국은 '자연'과 '충성'

시 창작을 위해 마인드맵 그리기를 하는 중학교 국어 시간. 선생님이 '바다'라는 글감을 주고 마인드맵을 그려 보라고 하신다. '바다'에서 시작하여 자유롭게 떠오르는 말들을 적어 간다. 한 남학생이 열심히 마인드맵을 그려 간다.

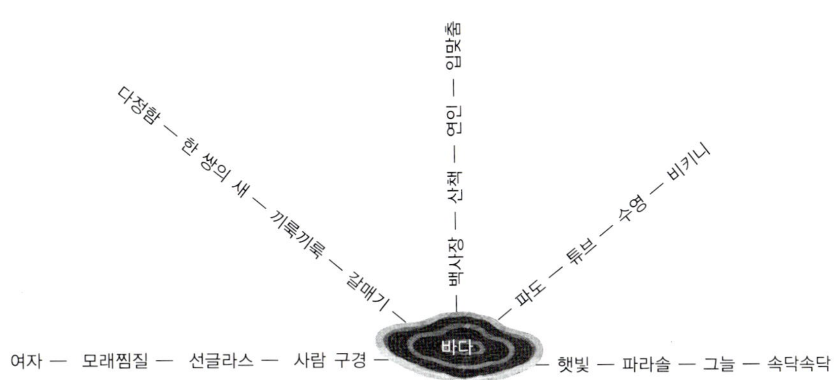

아이들이 키득키득 웃기 시작했다. 바다에서 시작하여 그려 간 마인드 맵의 끝자락은 한결같았다. 누군가를 사귀고 싶은 사춘기 남학생의 열망이 흠씬 묻어났다.

"하하, 어떤 제목을 줘도 너의 시는 똑같겠구나. 누군가와 다정히 걷고 싶다거나 예쁜 여자애를 만나고 싶다거나 내 처지가 외롭다거나……. 종착역은 늘 같을 거야."

〈춘향전〉에도 똑같은 끝맺음이 반복되는 부분이 있다. 춘향의 그네 뛰는 모습을 보고 돌아온 이 도령이 춘향을 그리워하며 어쩔 줄 모르는 대목이다.

저녁상이 들어왔으나 이 도령은 입맛이 없었다. 이리 뒹굴 저리 뒹굴 관청의 공무가 다 끝날 시간만을 학수고대하고 있었다. "물러가라는 영(令)을 기다리라." 하고 방자에게 분부하고는 책상에 놓인 책을 뒤적인다. 《중용》, 《대학》, 《논어》, 《맹자》, 《시경》, 《주역》이며 《고문진보》, 《통감》, 《사략》, 이백과 두보의 시, 천자문까지 내놓고 글을 읽는데 무슨 글을 읽어도 다 춘향이었다.

《시경》을 읽는데, "'끼룩끼룩 우는 징경이는 물가에 노니는데 요조숙녀는 군자의 좋은 짝일레라.' 아서라, 그 글도 못 읽겠다."

《대학》을 읽는데, "'《대학》의 도는 밝은 덕을 밝히는 데 있고 백성을 새롭게 하는 데 있으며' 춘향이에게 있도다."

춘향이 나오자 그만 덮고 이번에는 《주역》을 읽는다.

"원은 형코 정코 춘향이 코 딱 댄 코 좋고 하니라. 그 글도 못 읽겠다."

《등왕각》을 읽는데, "'남창은 옛 고을이요 홍도는 새 고을이로다.' 옳다.

그 글은 그럴듯하다.”

　다시 《맹자》를 읽는데, “‘맹자가 양혜왕을 뵈니 왕이 말하기를 어른께서 천 리 길을 멀다 않고 찾아 주시니’ 춘향이 보시러 오셨습니까?”

〈춘향전〉 일부

　《사략》을 읽어도 춘향이 만날 생각, 〈적벽부〉를 읽어도 춘향이 생각, 천 자문을 읽어도 글자 한 자 한 자가 남녀 만남과 관련되었다.

　이처럼 뭘 해도 한 곳으로, 무슨 내용을 노래해도 한 곳으로 이어지는 시가가 있으니, 바로 사대부의 가사 문학이다. 그들의 가사는 자연 속의 한가로움을 노래하거나 임금을 향한 충성으로 귀결되었다. ‘자연’과 ‘충성’ 두 단어로 정리될 수 있다는 말이다. 이는 시조도 마찬가지였다. 사대부들이 주요 창작자들이기에 생겨날 수밖에 없는 현상이다. 특히 조선 초기 가사 문학의 으뜸이라 일컫는 송강 정철의 가사 작품은 무엇을 노래해도 ‘임금을 향한 충성’으로 이어졌다.

가사 문학의 흐름

　세속에 묻혀 사는 분들이여, 나의 삶이 어떠한가? 옛사람의 풍류를 따를 것인가 못 따를 것인가? 세상에 남자의 처지가 나만한 사람이 많건마는, 산림에 묻혀 있어 지극한 즐거움을 모른다는 말인가? 초가삼간을 푸른 시냇물 앞에 두고 소나무 대나무 울창한 곳에 자연을 즐기는 사람이 되었구나.

〈상춘곡〉 첫 부분

남아 있는 가사 중 최초의 작품이라 일컬어지는 정극인의 〈상춘곡〉 첫 부분이다. 조선 성종 때 지어진 이 가사는 작가가 벼슬에서 물러나 고향 태인에 머물며 자연과 더불어 살아가는 즐거움을 노래한 작품이다. 이후 송순의 〈면앙정가〉, 정철의 〈성산별곡〉 등으로 이어지는 '은일 가사(자연에 묻혀 사는 즐거움을 담은 가사)'의 효시라고 볼 수 있다.

이 정도로 끝나는가 싶은데 계속 이어진다. 짧은 가사임에도 위에 인용한 부분의 대여섯 배쯤 되는 분량이다. 소리를 내어 읽어 보면 4음보의 율격이 반복된다. 산문이라고 하기엔 4음보의 율격이 음악성을 느끼게 하고, 운문이라고 하기엔 3·4, 4·4조가 지루하게 반복된다. 그래서 가사를 '시가와 산문의 중간적 형태', '운문으로 된 수필', '운문으로 된 교술 문학'이라고 정의하기도 한다.

가사의 첫 작품으로는 고려 말 나옹 화상의 〈서왕가 西往歌〉를 들고 있지만, 그 작품은 문헌에 전할 뿐이다. 앞에서 인용한 조선 초 정극인의 〈상춘곡〉이 남아 있는 가사 중 첫 작품이라고 말할 수 있다. 후대의 가사와 비교하여 손색이 없는 정제된 형식으로 보아 가사는 고려 말에 이미 그 형태가 완성되었으리라 보고 있다.

가사 작품은 그 이전의 고려 가요와는 사뭇 다른 모습을 보인다. 3음보의 운율을 갖추고 여러 연으로 되어 있으며, 평민들의 진솔한 감정을 담아낸 고려 가요에 비해 운율이 있는 수필처럼 느껴지는데다가 서정적인 문학은 아니기 때문이다. 이전 시대의 문학과 유사한 장르가 있다면 바로 경기체가이다. 경기체가는 4음보로 이어지고 사대부들이 자신의 식견을 뽐내며 사물을 나열하는 내용을 보이는데, 가사는 이를 좀 더 발전시켜 전개한 듯한 느낌을 주고 있다.

〈상춘곡〉에서 확고하게 자신의 모습을 드러낸 가사는 자연 친화적 삶의 모습, 임금을 향한 충성, 유배지에서의 안타까운 심정 등을 드러내는 사대부들의 문학 장르로 자리 잡았다. 사대부들 삶의 굴곡이 그대로 가사의 모습이 된 것이다. 벼슬살이, 벼슬살이의 역경(유배) 속에서 자연을 즐기며 사는 삶 등이 그들의 삶이었기 때문이다. 이 같은 내용에 '임금을 향한 충성'이 양념처럼, 때로는 요리를 완성시키는 필수 장식처럼 들어간다.

〈상춘곡〉, 〈면앙정가〉, 〈성산별곡〉으로 이어지는 은일 가사의 흐름

송순의 〈면앙정가〉는 중종 19년(1524)쯤 지어졌다. 그가 관직에서 물러나 지은 은일 가사로서 〈상춘곡〉의 뒤를 잇는 작품이다. 전남 담양의 제월봉에 면앙정이라는 정자를 짓고 주변 산수의 아름다움을 노래했다.

첫 부분(서사)에서는 면앙정이 자리한 제월봉의 위치와 형세를 노래한다. 무등산 한 줄기가 제월봉이 되었고, 거기에 세운 면앙정은 푸른 학이 날개를 펼친 듯하다는 내용이다. 이어지는 본사에서는 아름다운 경치를 가까운 데서부터 먼 데로 이동하며 묘사한다. 이어 사계절의 경치가 펼쳐진다. 봄에는 푸른 버드나무에서 우는 꾀꼬리가 아양 떨며 우는 모습이 아름답고, 여름에는 녹음이 우거지며 시원한 바람이 불어온다. 가을에는 산빛이 수놓은 비단 같으며, 누렇게 익은 곡식이 넓은 들에 가득하다. 겨울은 흰 눈이 내려 옥으로 장식한 궁궐, 옥으로 된 바다, 은으로 된 산처럼 멋진 눈세계가 된다.

이런 멋진 경치 속에서 신선 같은 삶을 누리느라 겨를이 없을 정도라고 노래하던 작가는 자연을 즐기면서도 임금의 은혜를 잊지 않는 사대부 본연의 자세로 작품을 마무리한다. '충'이라는 유교적 덕목은 사대부가 지녀야 할 기본이었기 때문이다.

인간 세상을 떠나와도 내 몸이 한가로울 겨를이 없다. 이것도 보려 하고 저것도 들으려 하고, 바람도 쐬려 하고, 달도 맞으려 하고. 밤은 언제 줍고 고기는 언제 낚고, 사립문은 누가 닫으며 떨어진 꽃은 누가 쓸 것인가.

(중략)

복희씨도 태평성대를 모르고 지냈더니 지금이야말로 그때로구나. 신선이 어떤 것인가, 이 몸이야말로 신선이로구나. 아름다운 자연을 거느리고 내 한평생을 다 누리면 악양루 위에 이태백이 살아온들 넓고 끝없는 정다운 회포야 이보다 더하겠느냐. 이 몸이 이렇게 지내는 것도 역시 임금의 은혜이시도다.

〈면앙정가〉 일부

면앙정

송순이 1533년 고향에 세운 정자로 전라남도 담양군 봉산면 제월리에 있다. 송순은 이곳에서 만년에 벼슬을 떠나 후학을 가르치며 여생을 보냈다.

은일 가사의 흐름을 잇는 작품으로 1560년(명종 15) 정철이 25세에 지은 〈성산별곡〉이 있다. 전라남도 담양군 남면에 있는 성산에 정철의 먼 친척뻘인 김성원이 서하당 식영정을 세워 많은 사람이 모여들었다. 〈성산별곡〉은 이곳을 배경으로 지었는데, 계절에 따라 아름다운 성산의 모습을 생생하게 담아냈다.

첫 부분은 묻고 답하는 형식으로 김성원의 풍류와 기상을 노래하고, 신선이 사는 곳처럼 아름다운 식영정의 자연 경치를 묘사하고 있다.

어떤 지나가는 나그네가 성산에 머물면서, 서하당 식영정의 주인아 내 말을 들어 보소. 인간 세상에 좋은 일이 많건마는 어찌 한 강산을 갈수록 낮게 여겨 적막한 산중에 들어가고 아니 나오시는가. 솔뿌리를 다시 쓸고 대나무 침대에 자리를 보아 잠시 올라앉아 어떤가 하고 다시 보니, 하늘가에 떠 있는 구름이 서석(광주 무등산의 경치 좋은 봉우리)을 집을 삼아 나가는 듯 들어가는 모습이 주인의 풍류와 어떠한가. 푸른 시내의 흰 물결이 정자 앞에 둘러 있으니, 하늘의 은하수를 누가 베어 내어 잇는 듯 펼쳐 놓은 듯 야단스럽기도 야단스럽구나. 산속에 달력이 없어서 사계절을 모르고 지냈더니, 눈 아래 펼쳐진 경치가 철을 따라 절로 생겨나니, 듣고 보는 것이 모두 신선이 사는 세상이로다.

〈성산별곡〉 서사

이어지는 내용은 사계절 경치이다. 봄이면 매화 핀 창가에 아침 볕이 비치고, 매화 향기가 풍겨 잠을 깬다는 서정적인 내용이다. 복숭아꽃이 떠가는 시냇물이며 꽃 같은 풀이 우거진 물가는 무릉도원 같다고 노래한다. 꽃

잎 흩날리는 봄날의 식영정이 눈에 보이듯 아름답게 묘사하였다. 여름은 녹음이 우거지고 꾀꼬리가 노래한다. 물 위에 세워진 식영정에서 한가롭게 여름을 보내는 모습이 펼쳐지며, 붉고 흰 연꽃들이 둥둥 떠 있는 연못이며 주인처럼 무심하고 한가하게 날아다니는 흰 갈매기가 아름답다. 가을 풍경은 오동나무에 비친 가을 달을 묘사하는 것에서 시작한다. 달빛으로 더욱 아름다워진 식영정은 그야말로 옥황상제가 사는 궁궐 같다. 겨울은 조물주가 옥으로 꽃을 만들어 멋지게 꾸몄다고 노래하면서, 아름다운 구슬로 된 굴의 은밀한 세계를 찾을 이가 있을까 두렵다는 말로 성산의 비경을 표현했다. 마지막 부분에서는 자연에 묻혀 풍류를 향유하는 식영정 주인을 칭송하면서 전원생활의 멋을 찬탄하고 있다.

정철이 벼슬과 권력의 맛을 아직 못 보아서일까. 그의 다른 가사 작품에서 볼 수 있는 임금을 향한 강렬한 사랑과 충성의 맹세가 아직 이 작품에는 나타나지 않고 있다.

생동감 넘치는 표현의 절정-〈관동별곡〉

1561년(명종 16) 정철은 진사시에 장원 급제하였고, 이듬해 27세로 별시 문과에 장원 급제하여 여러 관직을 거쳐 승지에 오른다. 승지는 정3품 당상관으로 왕명을 전달하고 왕의 자문을 맡기도 하는 등 영향력을 발휘하는 자리였다. 서인이었던 정철은 동인의 공격을 받아 잠시 관직에서 물러나기도 하지만, 1580년(선조 13)에 강원도 관찰사로 임명되었다.

다시 관직을 얻어 정치적 포부를 펼치게 되었으니 얼마나 신명이 넘쳤을까? 강원도 관찰사에 부임하던 해인 1580년, 정철의 나이 45세 때 지은

〈관동별곡〉에는 그의 신명, 임금에 대한 충성, 정치적 포부, 도선적 풍류, 자만심까지 두루 담겨 있다.

〈관동별곡〉은 금강산과 관동 지방의 빼어난 경치를 두루 담아낸 기행 가사이다. 295구로 이루어져 있으며 다른 가사들처럼 서사, 본사, 결사의 3단 구성을 취하고 있다. 서사 부분은 강원도 관찰사로 임명받아 임금의 은혜에 감사하며 부임지를 향해 가는 여정이 박진감 있게 그려진다.

본사의 앞부분은 금강산 유람이다. '만폭동 폭포의 장관―금강대 위의 선학―진헐대에서 바라본 금강산―개심대에서의 조망과 비로봉을 바라본 감회―화룡소에서의 감회―십이 폭포의 장관'이 역동적으로 펼쳐진다.

〈도원문진도〉

조선 시대 문인화에서 즐겨 그렸던 도연명의 〈도화원기〉를 주제로 한 그림이다. 정철이 〈성산별곡〉에서 노래한 무릉도원의 탈속적 세계가 안중식의 화폭에서 이처럼 펼쳐지고 있다.

본사 뒷부분은 동해의 명승지를 기행한 부분이다. '산영루에서 동해로 향하는 감회―총석정의 장관―삼일포에서 신선이 되었다는 네 명의 화랑 생각―의상대에서 본 일출의 장관―경포의 장관과 강릉의 미풍양속―죽 서루에서의 객수―망양정에서의 파도 조망' 등으로 이어진다.

결사 부분에서는 망양정에서 달이 뜨는 것을 바라보며 신선과 술을 나 누는 꿈을 꾸고 선정을 펴겠다는 포부를 다진 뒤, 임금의 은혜를 생각하며 끝을 맺는다.

〈관동별곡〉이 대부분의 국어 교과서와 문학 교과서에 실려 있으며 대표 적 가사 작품으로 손꼽히는 까닭은 무엇일까? 〈구운몽〉의 작가 김만중이 〈관동별곡〉과 〈사미인곡〉과 〈속미인곡〉을 '동방의 〈이소 離騷〉'라 하고, '좌해진문장(左海眞文章)'이라고 말한 까닭은 무엇일까? 동방이나 좌해는 우리나라를 가리키는 말이며, 〈이소〉는 초나라 굴원의 대표적 이별가이 다. 대체 〈관동별곡〉이 지닌 문학적 빼어남은 무엇일까?

〈관동별곡〉의 뛰어난 문학성으로는 먼저 박진감 넘치는 시상 전개를 꼽 을 수 있을 것이다. 〈관동별곡〉의 서사를 보자.

자연을 사랑하는 병이 깊어 대숲(창평)에서 지내고 있는데 (임금님께서 나 를) 800리나 되는 강원도 관찰사로 임명하시니, 아아! 임금님의 은혜는 갈 수록 끝이 없도다. 연추문으로 달려 들어가 경회루 남쪽 문을 바라보며 (임 금님께) 하직하고 물러나니 관찰사의 신표가 앞에 서 있다. 평구역(양주)에서 말을 갈아타고 흑수(여주)로 돌아드니, 섬강(원주)은 어디인가, 치악산(원주) 이 여기로구나. 소양강(춘천) 흘러내리는 물이 어디로 흘러 들어간단 말인 가? 임금님 곁을 떠나는 외로운 신하가 나라에 대한 걱정 가득해 흰머리가 많아지는구나. 동주(철원)에서 밤을 겨우 새운 후 북관정에 오르니, (임금님이 계신 한양에 있는) 삼각산의 제일 높은 봉우리가 웬만하면 보일 것 같구나. 옛날 궁예 왕이 살았던 대궐 터에 까마귀와 까치만 지저귀고 있으니, 먼 옛날의 흥망성쇠를 까마귀와 까치 너희는 아느냐 모르느냐? 회양이라는 네 이름이 옛날 중국의 지명인 회양과 마침 같구나. 중국 회양의 태수로 선정을 베풀었던 급장유의 모습을 이제 다시 볼 수 있지 않겠는가?

〈관동별곡〉 서사

정철이 고향에서 지내던 중 관동 지방의 관찰사로 부름을 받아 임금의 은혜에 감사하며 선정의 포부를 지니고 부임지에 가서 관내를 순시하는 과정이 단 몇 줄에 박진감 있게 전개되고 있다. 생략을 통한 속도감과 운율감이 느껴진다.

작품 전편에 걸쳐 생동감 있는 표현도 이어진다. 금강산의 첫 여정지인 만폭동을 노래한 부분에서 작자는 만폭동 폭포의 장관을 "은 같은 무지개 옥 같은 용의 꼬리 섞어 돌며 뿜는 소리 십 리에 퍼져 있으니 들을 제는 우렛소리 같더니 가까이서 보니 눈이로구나." 하고 노래한다. 나라면 어떻게 폭포를 표현했을지 생각해 본다면 정철의 묘사가 얼마나 빼어난지 느낄 수 있을 것이다. 폭포의 물줄기를 용의 꼬리에, 폭포의 소리를 우렛소리에, 폭포의 모습을 눈에 비유하고 있다. 적절한 비유를 사용할 뿐 아니라, 청각과 시각이 어우러져 폭포의 장관을 생동감 있게 전한다.

망양정의 파도를 보면서는 "가뜩이나 노한 고래를 누가 놀라게 하였기에 불기도 하고 뿜기도 하면서 어지럽게 구는 것인가? 은으로 된 산을 꺾어 내어 온 세상에 흩어내리는 듯 오월의 아득한 하늘에 흰 눈이 무슨 일인가?" 하고 노래한다. 파도의 모습이 고래처럼 덮치는 것 같지 않은가! 파도가 마치 은으로 만든 산 같지 않은가! 또한 거기서 떨어지는 물보라는 5월 하늘에 내리는 배꽃 같지 않은가!

박진감과 생동감 넘치는 묘사, 자연스러운 장면 변화 등을 통해 작가가 가는 곳곳이 실감나게 표현되었으며, 작가의 생각이 절묘하게 드러난다. 우리말의 아름다움을 한껏 살린 멋진 문학 작품인데, 이 작품에 그려진 곳을 찾아갈 때마다 어쩌면 그리도 절묘하게 표현했을까 감탄하게 될 것이다.

〈관동별곡〉의 멋진 표현에 감탄하면서 그 내용을 훑어보면 사대부들의 가사나 시조 작품에서 흔히 찾아볼 수 있는 충절, 자연 친화 사상 등이 이

〈금강전도〉
겸재 정선이 1734년(영조 10)에 겨울 금강내산의 전경을 그린 것이다. 우리나라 경치를 직접 보고 그린 금강산 그림의 걸작으로, 정철의 〈관동별곡〉에 나타나는 금강산 묘사의 영향을 받았다고 한다.

어진다. 서울의 삼각산 제일 높은 봉우리가 잘하면 보이겠다는 표현이며,
차라리 한강의 남산에 닿고 싶다는 표현 등은 한양에 있는 임금에 대한 그
리움을 드러낸 것이다.

금강산 봉우리들을 바라보며 봉우리 끝마다 서린 맑고 깨끗한 기운을
흩어 내어 인재를 만들고 싶다던가, 의상대 해돋이를 바라보며 지나가는
구름(간신)이 해(임금)를 가릴까 봐 걱정하는 표현들은 신하로서 나라를 걱
정하는 마음을 담은 대목이다.

관찰사라는 직함에 맞게 백성들을 사랑하는 마음과 어진 정치를 베풀고
싶다는 포부도 곳곳에 나타난다. 부임지를 돌아다닐 때 회양에 이르러서
는 중국의 회양에서 어진 정치를 베풀었던 급장유를 떠올리며 다시 그 모

〈만폭동도〉
겸재 정선이 금강산 내금강 만폭동 계곡의
풍경을 실감나게 표현한 작품. 드넓고 경이
로운 자연 앞에 서면 상념이 모두 사라진다.
어느새 자연과 하나 된 자신만 남을 뿐이다.

습을 볼 수 있을 거라고 자신한다. 화룡소라는 물웅덩이에 이르러서는 굽이쳐 흐르는 물줄기를 보며 천년 묵은 용을 떠올린다. 용이 좋은 때를 만나 승천할 때 비가 오듯, 자신도 선정을 베풀어 그늘진 벼랑에 시든 풀 같은 백성들을 다 살려 내고 싶다고 노래한다.

여행이 길어질수록 작가의 흥취는 고조된다. 스스로 신선이 된 듯 도취되어 있는 표현이 자주 눈에 띈다. 금강대에서 학을 바라보며 학들이 서호에 살았던 임포처럼 자신을 반긴다고 생각한다. 임포는 매화를 부인으로 삼고 학을 자식으로 삼아 신선처럼 노닐었다는 중국의 시인이다. 금강산에서 동해로 갈 때는 자신을 취한 신선으로 표현하며, 망양정에서 달을 기다리다 얼핏 잠이 들어서는 꿈속에서 신선을 만나 자신이 신선이었다는 이야기를 듣고 북두성(국자)을 기울여 바닷물을 술 삼아 마신다.

사실 정철이 정치가로서 빼어난 업적을 남겼다는 기록은 없다. 목민관으로서 백성들의 아픔을 함께 나누었던 흔적도 찾기 힘들다. 〈관동별곡〉을 읽을 때도 '아, 그가 백성의 아픔을 절절하게 느꼈구나.'라는 생각이 들지는 않는다. 관직에 오른 사대부의 자부심과 자연 속에서 자아도취에 빠져 신선인 양 행세하는 풍류적 모습만이 다가온다.

사계절 한결같이 임을 그리며 - 〈사미인곡〉

〈관동별곡〉에서 백성들을 사랑하는 마음이 피부에 와 닿지 않는 까닭은 이어지는 그의 작품들에 백성이 아닌 다른 대상을 향한 사랑이 절절하게 녹아 있기 때문이다. 〈사미인곡〉과 〈속미인곡〉은 임을 그리는 한 여인의 애절한 심정을 노래하고 있는 작품이나, 실상 그 대상은 임금이다. 정철이 동인의 탄핵을 받아 사직하고 고향인 창평에서 은거 생활을 할 때 지은 작품들이다.

〈사미인곡〉의 제목 '사미인'은 중국 초나라 때의 시인 굴원이 쓴 〈이소〉 9장에 나온다. 사랑하는 임을 그리워하며 그 마음을 결코 바꾸지 않겠다는 발상은 비슷하지만, 내용이나 표현 면에서 두 작품은 사뭇 다르다. 〈사미인곡〉은 임을 그리워하며 자신을 다시 불러 주기 바라는 내용을 담은 고려의 〈정과정곡〉과 맥을 같이한다. 〈정과정곡〉은 고려 때 정서가 쓴 시가로 충신연군지사의 효시처럼 여겨진다. 이와 함께 1498년(연산군 4) 매계(梅溪) 조위(曺偉)가 지은 〈만분가〉의 영향을 받았다고도 볼 수 있다. 〈만분가〉는 작가가 순천에 유배되었을 때 지은 가사로 우리나라 최초의 유배 가사(流配歌辭)이다. 간신히 죽음을 면하고 유배되어 귀양살이하는 원통함을, 천상에서 하계로 추방된 처지에서 옥황상제로 비유된 성종에게 하소연한 내용이다. 자신이 귀양 간 처지를 천상백옥경에서 인간 세상으로 추방된 것에 비유한다. 〈정과정곡〉이나 〈사미인곡〉처럼 임을 잃은 여성이 임을 향해 하소연하는 형식으로 이루어졌다.

〈사미인곡〉은 서사, 본사, 결사의 구성을 취하고 있다. 그중 본사는 봄, 여름, 가을, 겨울의 한을 담고 있다. 서사 부분을 보자.

이 몸이 태어날 때 임을 따라서 태어나니 한평생 함께 살아갈 인연이며, 이것을 하늘이 어찌 모를 일이던가? 나는 오직 젊었고, 임은 오직 나를 사랑하시니, 이 마음과 이 사랑을 비교할 곳이 다시 없구나. 평생을 원하되 임과 함께 살아가려 하였더니, 늙어서야 무슨 일로 외따로 두고 그리워하는고? 엊그제는 임을 모시고 광한전에 올라 있었더니, 그동안에 어찌하여 속

세에 내려와 있는가? 내려올 때 빗은 머리가 헝클어진 지 삼 년일세. 연지
와 분이 있네마는 누구를 위하여 곱게 단장할꼬? 마음에 맺힌 근심이 겹겹
으로 쌓여 있어서 짓는 것이 한숨이요, 흐르는 것이 눈물이라. 인생은 끝이
있는데 근심은 한이 없다.

〈사미인곡〉 서사

임과 이별한 여인이 화자가 되어 그리움을 노래한다. '광한전'은 달나라
선녀가 사는 상상 속의 궁전이다. 〈만분가〉처럼 화자는 임이 있는 천상의
세계에서 쫓겨난 여인이다.

이어 봄, 여름, 가을, 겨울 계절별로 사물에 자신의 마음을 담아 임을 향
한 그리움을 표현한다. 봄에는 매화를 보면서 그 매화를 임금에게 보내고
싶다고 노래한다. 여름에는 옷을 지어 백옥함에 넣어 임에게 보내고 싶어
한다. 그러나 임 계신 곳을 가자 하니 산인지 구름인지 험하기도 하며 멀
기도 멀다. 임이 날 반가워할지도 걱정스럽다.

가을에 임에게 보내고 싶은 것은 달빛(청광, 淸光)이다. 임금이 그 달빛
을 누각에 걸어 놓고 온 세상을 비추길 바라는 마음은 아마도 선정을 베풀
기 바라는 마음일 것이다. 겨울은 모든 것이 얼어붙어 새의 자취도 없다.
화자는 따뜻한 봄볕(양춘, 陽春)을 임 계신 곳에 쬐게 하고 싶다.

결사에서는 차라리 죽어서 벌이나 나비가 되어 꽃나무에 앉았다가 향기
를 묻혀 임의 옷에 앉겠다는 비장한 생각까지 보여 준다. 죽어서라도 임을
따르겠다는 변함없는 충성을 노래한 것이다.

정말 절절하지 않은가! 봄, 여름, 가을, 겨울 오로지 임 생각만 하는 한
여인의 일편단심! 그것은 바로 임금을 향한 변하지 않는 마음이다. 조선

시대 사대부들이 지닌 최고의 가치관은 '충'이었다. 명분만 그러한 게 아니라, 사대부들의 생존을 쥐고 있는 이는 임금이기에 중요하지 않을 수 없는 덕목이었다. 당파에 속해 서로 반목하면서 권력의 흥망이 오락가락하던 사대부 세계에서 때로 강약이 있긴 했지만, 임금이야말로 사대부들의 생과 사를 가름하는 존재였다. '충'이라는 유교적 명분, 그리고 자신들의 가문과 당파의 생존이라는 절대적 실리 앞에서 사대부들은 우러나오는 충성심을 노래할 수밖에 없었으리라.

아직도 못다 한 말-〈속미인곡〉

임과 이별한 한 여인이 죽어도 임을 못 잊겠다고 노래했지만, 그래도 못다 한 말이 있었다. 〈속미인곡〉은 그 못다 한 말을 두 여인의 대화 형식으로 전개해 나간 가사이다. 한 여인이(갑녀) 다른 여인에게(을녀) 천상백옥경을 떠난 이유를 묻는다. 여인은 조물주의 탓이라고 대답한다. 갑녀는 을녀를 위로한다. 을녀는 한이 맺힌 사연을 토로한다. 임이 추위와 무더위는 잘 견디시는지, 진지는 잘 잡숫는지, 잠은 어떻게 주무시는지 궁금하기만 하다. 임의 소식을 알고 싶지만 산은 높고, 높은 산에 올라가니 구름과 안개가 잔뜩 피어 있고, 사방이 어둡기만 하다. 차라리 달빛이 되어 임을 비추고 싶다고 한다. 갑녀는 을녀에게 차라리 궂은비나 되라고 한다. 슬픔은 비가 되어 임에게 다가갈 것이라는 뜻이리라.

이렇게 〈속미인곡〉은 두 여인의 대화라는 참신한 발상을 통해 더욱 직설적이고 절절하게 그리움을 토로했다. 〈사미인곡〉에 비해 좀 더 적극적인 화자의 모습을 보여 주면서 우리말의 아름다움을 잘 살려 내고 있다.

김만중은 〈속미인곡〉에 대하여, "송강의 〈관동별곡〉과 전후 미인곡은 우리나라의 〈이소〉이다. 예부터 우리나라의 참된 문장은 오직 이 세 편뿐인데, 다시 이 세 편에 대하여 논할 것 같으면 그중에서 〈속미인곡〉이 더욱 뛰어났다. 〈관동별곡〉과 〈사미인곡〉은 오히려 한자음을 빌려서 그 가사 내용을 꾸민 데 지나지 않는다."라고 평했다. 한편 조선 중기의 문인 홍만종은 〈순오지〉에서 "〈속미인곡〉은 〈사미인곡〉에서 다 말하지 못한 것을 다시 서술해 놓은 것으로 말이 더욱 절실하여 가히 제갈공명의 출사표에 비길 만하다."라고 하였다.

사대부들의 의식 세계

앞에서 살펴본 것처럼 조선 전기 가사는 자연의 아름다움을 노래한 은일 가사이거나 유배지에서 임금을 향한 충성을 노래한 유배 가사, 자연의 아름다움과 정치적 욕구가 결합된 기행 가사 등으로 나뉜다. 이들 가사의 내용은 모두 '나아가서는 입신출세, 돌아와서는 자연 친화'라는 몇 마디로 정리할 수 있다.

사대부로 태어나 이름을 드날려 관리가 되고 정치적 포부를 펼치는 것은 사대부들의 현실적 목표였다. 정치 지향적인 인간이 아니더라도 자신의 학문을 세상을 바로잡는 데 쓰고 싶어 했던 것은 모든 사대부의 소망이었다. 이를 모두 이룬 뒤에는, 혹은 완전히 좌절되었을 때는 자연 속에 숨어 그로부터 위안을 얻었다. 아직 정치적 포부가 남아 있다면 임금을 향한 충성을 노래함으로써 새로운 재기의 발판을 마련했다.

결국은 모두 '충성', '자연'으로 돌아왔다. 이를 좀 더 절실하게 전하기 위해 사대부들은 사계절 변화무쌍한 자연을 노래하기도 하고, 임을 그리워하는 여인네가 되기도 했다. 멋진 경관을 읊으면서도 임금을 결코 잊지 않았음을 보여 주었고, 때로 시흥이 무르익으면 스스로 신선이 되어 노닐었다. 사대부들이 백성들의 아픔에 공감하고 그 아픔을 문학 작품 속에 녹여낸 전통이 없었던 것은 아니다. 고려 시대의 소악부나 농민시 등은 백성들의 고된 삶을 얼마나 절절하게 묘사했던가. 그러나 조선 전기의 가사 작가들은 백성들의 아픔보다는 자신이 누리는 것과 누리고 싶은 것에 더 큰 관심을 두었나 보다.

〈만분가〉

1498년(연산군 4) 조위가 무오사화에서 겨우 죽음을 면하고 전라남도 순천으로 귀양살이 가서 지은 작품이다. 자신의 슬픔과 원통함을 선왕인 성종에게 하소연하듯 읊은 것으로, 우리나라 최초의 유배 가사라 할 수 있다.

천상백옥경(옥황상제가 사는 궁전) 십이루가 어디인가. 오색구름 깊은 곳에 신선의 궁궐이 가렸으니, 구만 리 먼 하늘을 꿈에라도 갈동말동. 차라리 죽어서 억만 번 변하여 남산 늦은 봄에 두견의 넋이 되어 배꽃 가지 위에 앉아 밤낮으로 못 울거든, 신선이 사는 마을에 저문 하늘 구름 되어 바람에 흩날려 자미궁에 날아올라 옥황상제 앞에 놓인 상까지 지척에 나가 앉아 마음속에 쌓인 말씀 실컷 사뢰리라. 아아 이내 몸이 천지간에 늦게 나니 황하수 맑다마는 초객의 후신인가. 상심도 가없고 가태부(중국 한나라 때 대신들의 시기를 받아 벼슬에서 물러난 신하)의 넋이런가. 한숨은 무슨 일인고 형강은 고향이라. 십 년을 유락하니 백구와 벗이 되어 함께 놀자 하였더니, 어르는 듯 괴는 듯 남 없는 임을 만나 금화성 백옥당의 꿈조차 향기롭다.

〈규원가〉

현전하는 작품 중 최초의 규방 가사(여성이 쓴 가사)로 알려져 있다. 일명 '원부사(怨夫詞, 怨婦詞)'라고도 부르는데, 봉건 제도 아래서 고통받는 여성의 한을 읊었다. 허난설헌이 썼다고 하나 허균의 첩이었던 무옥의 작품이라는 설도 있다. 행실이 가벼운 남자에게 시집와서 남편의 사랑을 잃고 속절없이 늙어 가는 삶에 대한 안타까움이 절절하게 담겨 있다.

엊그제까지 젊었더니 어찌 벌써 이렇게 다 늙어 버렸는가. 어릴 적 즐겁게 지내던 일을 생각하니 말해도 소용이 없구나. 이렇게 늙은 뒤에 서러운 사연 말하자니 목이 멘다. (중략) 열다섯 열여섯 살 겨우 지나 타고난 아름다운 모습 저절로 나타나니, 이 얼굴 이 태도로 평생 살 것을 약속하였더니, 세월이 빨리 지나고 조물주마저 시샘이 많아서 봄바람과 가을 물, 곧 세월이 베틀의 베올 사이에 북이 지나가듯 빨리 지나가 꽃같이 아름다운 얼굴 어디 두고 모습이 밉게도 되었구나. 내 얼굴을 내가 보고 알거니와 어느 임이 나를 사랑할 것인가. <u>스스로 부끄러워하니 누구를 원망할 것인가.</u>

이루지 못한 사랑,
갈 수 없는 세계에 대한 안타까움

김시습의 《금오신화》
– 〈만복사 저포기〉, 〈이생규장전〉, 〈용궁부연록〉, 〈취유부벽정기〉, 〈남염부주지〉

안타깝고 서글픈 귀신 이야기

귀신 하면 어떤 모습이 떠오르는가? 머리를 풀어헤치고 입에는 피를 줄줄 흘리면서 달밤에 공동묘지를 배회하는 처녀의 모습? 눈이 위로 쭉 찢어지고 얼굴은 푸르둥둥하며 사람을 해치는 망나니 같은 모습? 오래된 성안의 관 속에서 튀어나와 산 자를 기다리며 눈을 빛내는 드라큘라 백작의 모습? 흔히 귀신은 우리에게 공포의 대상이며 죽음을 느끼게 하는 존재이다. 그러나 그런 귀신들을 만나 이야기하고, 사랑하고, 그리워하는 이야기가 있다. 이렇게 말하면 죽은 사람이 산 사람의 몸을 빌려 나타나는 최근의 드라마나 영화 등을 떠올릴 것이다. 그러나 수백 년 전 우리나라에서 나온 소설 작품 속에 이처럼 슬프고도 안타까운 귀신 이야기가 담겨 있다. 바로 《금오신화》이다.

우리나라 전기체 소설의 효시라 일컬어지는 《금오신화》는 매월당 김시습의 작품으로 알려져 있다. 여기에는 〈만복사저포기〉, 〈이생규장전〉, 〈취유부벽정기〉, 〈용궁부연록〉, 〈남염부주지〉가 수록되어 있다.

《금오신화》 속의 기이한 이야기

〈만복사저포기 萬福寺樗蒲記〉

남원에 양씨 성을 가진 서생(글 읽는 선비를 가리키는 말)이 살았다. 그는 일
찍이 부모님을 여의고 만복사에서 홀로 지내고 있었다. 어느 날 그는 소매
속에 저포(주사위 같은 것)를 넣고 가서 부처님께 소원을 말했다. 저포놀이
에서 부처님이 이기면 자신이 불공을 드리고, 자기가 이기면 아름다운 배
필을 구해 달라는 것이었다. 저포를 던지니 양생이 이겼다.

얼마 뒤 한 아가씨가 나타나 부처님께 축원문을 드리는 것이었다. 왜구
가 침범해 왔을 때 피난도 못 가고 숨어 있다가 정절을 지킨 이야기, 자신
의 외로움을 한탄하는 이야기 등이 담겨 있었다. 아가씨와 양생은 마음이
통해 만복사에 있는 방에서 하루를 함께 보낸다. 새벽녘에 아가씨는 양생
에게 자기 집으로 가자고 권한다. 아가씨 집으로 가는 도중 동네 사람들을
만났으나 양생만 알아보고 아가씨는 알아보지 못했다.

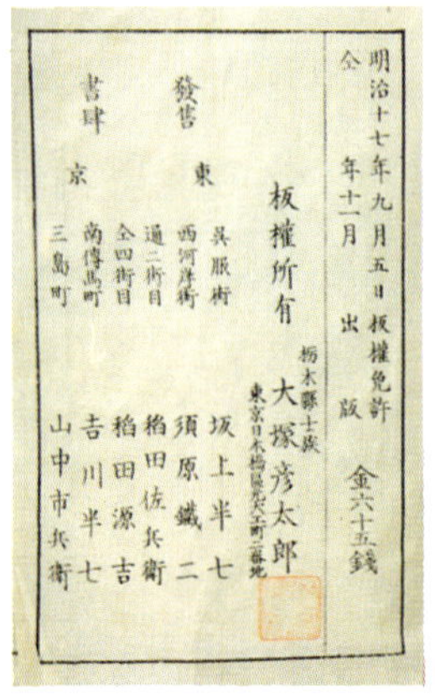

《금오신화》
《금오신화》는 필사본만 전해지다가 1927년
최남선이 《계명》을 통해 1884년에 나온 일
본판을 소개하여 국내에 널리 알려졌다.

양생은 그 아가씨 집에서 꿈같은 사흘을 머물렀다. 사흘 뒤 아가씨는 양생에게 이별을 고하며 주발 하나를 내어 준다. 다음 날 자기 부모님이 보련사로 올 테니 그 주발을 증거 삼아 인사를 드려 달라고 했다.

알고 보니 그 아가씨는 왜구들이 쳐들어왔을 때 죽은 사람이었다. 그날이 바로 죽은 지 1년 되는 날이라 아가씨의 부모님이 제사를 지내러 오는 길이라고 했다. 나중에 아가씨가 나타났지만 양생의 눈에만 보일 뿐이었다. 둘은 부모님의 허락을 받고 절에 있는 방에서 함께 지낸 뒤 슬픔 속에서 이별을 나눈다.

아가씨의 무덤을 찾아 정식으로 장례를 지낸 뒤 양생은 재산을 다 팔아 절로 가서 제를 지냈다. 그러자 아가씨가 나타나더니 양생의 은덕을 입어 자신이 다른 나라에서 남자의 몸으로 다시 태어나게 되었다며 감사하다고 했다.

양생은 그 뒤 다시 장가가지 않고 지리산에 들어가 약초를 캐면서 살았다고 한다.

〈이생규장전 李生窺牆傳〉

송도에 이씨 성을 가진 서생과 최씨 성을 가진 아가씨가 살고 있었다. 어느 날 이생이 최 처녀 집 담 밖에 있는 나무 아래서 쉬다가 문득 담 안을 엿보았다. 이생은 아름다운 여인이 수를 놓다가 시를 읊는 모습을 보았다. 바로 자신을 향한 그리움이 담긴 시였다. 이생도 답시를 적어 담 안으로 던져 보냈다. 이렇게 해서 둘은 사랑을 약속하는 사이가 되었다.

아들의 행실을 이상히 여긴 이생의 아버지는 이생을 영남으로 쫓아 보냈다. 최 처녀는 너무나 상심하여 병에 걸려 자리에 누웠다. 최 처녀의 부모는 딸에게서 둘의 사귄 이야기를 듣고는 이생 집에 청혼을 한다. 이렇게 하여 부부가 된 두 사람은 서로 극진히 사랑했다. 이생은 과거에 급제하여 벼슬길에 올랐다.

그러던 중 홍건적이 서울을 점령하여 이생 가족도 피난을 가게 되었다. 하지만 부인은 남편과 헤어져 그만 도적에게 사로잡히고 말았다. 도적들 앞에서 당당하게 그들을 꾸짖던 부인은 결국 죽임을 당하였다.

난리가 끝난 뒤 집에 돌아온 이생은 옛날 최 처녀를 만나던 작은 누각에 올라가 추억에 잠겼다. 그때 사랑하는 아내가 다가오는 게 아닌가. 자기 부인이 죽은 사람인 걸 알면서도 이생은 반가운 마음뿐이었다. 둘은 몇 년 간 바깥출입을 하지 않고 행복하게 지냈다. 그러던 어느 날 부인은 이별을 고하였다. 이생도 부인을 따라 황천에 가겠다고 했지만, 그럴 수는 없는 일이었다. 부인이 떠난 뒤 두서너 달 만에 이생도 세상을 떠났다.

〈취유부벽정기 醉遊浮碧亭記〉

한가윗날 배를 타고 잔치를 벌이던 부자 상인 홍생은 취하여 평양의 부벽정에 오른다. 경치에 취해 낭랑한 목소리로 시를 읊고 나니 아름다운 여인이 나타났다. 그 여인은 은나라 임금의 후손이며 기씨의 딸로, 나라가 어지러워 정절을 지키며 죽기만을 기다리던 중 한 선인에게 이끌려 선녀가 되었다.

홍생은 선녀와 사랑에 대해, 고국의 흥망성쇠에 대해 시를 나눈다. 선녀와 헤어진 뒤 홍생은 꿈같은 그날 일들을 그리워하다가 죽어 신선이 되어 마침내 선녀를 만나게 되었다.

〈남염부주지 南炎浮洲志〉

경주에 살고 있던 박생은 천당이나 지옥, 귀신 등을 믿지 않았다. 어느 날 그는 꿈속에서 불이 활활 타는 염부주라는 곳을 보았다. 말하자면 지옥이었다. 그곳에서 그는 공자, 석가 등 성인에 대해서, 귀신에 대해서, 이승과 저승의 이치에 대해서 염라대왕과 대화를 나눈다. 이로 인해 박생은 사람이 주어진 본성에 따라 어질게 살아야 한다는 것을 깨달았다. 염라대왕은 박생에게 자기의 자리를 맡아 달라고 말한다. 꿈에서 깬 박생은 자신이 죽을 것을 예감하고 죽음 맞을 준비를 한다.

〈용궁부연록 龍宮赴宴錄〉

천마산에 박연이란 폭포가 있었다. 용신이 살고 있다는 이야기가 전하는 곳이었다. 어느 날 한생이라는 젊은이가 글을 읽던 중 용왕의 초대를 받고 용궁으로 가게 되었다. 그곳에서 극진한 대접을 받은 한생은 자신의 글재주를 마음껏 발휘하였다.

집으로 돌아온 한생은 용궁에서 받은 진주와 비단을 귀하게 간직하였다. 그 뒤 한생은 어디로 갔는지 자취를 찾을 수 없었다.

운명과 전쟁과 인습에 맞서다

'우리나라 최초의 한문 소설'이라고 우리의 뇌리에 박혀 있는 《금오신화》. 그러나 이 작품을 최초의 한문 소설이라고 단언할 수는 없다. 이야기의 문학이 소설다운 모습을 띠기 시작한 초기 작품 가운데 가장 빠른 것으로 여겨지는 것이 이 작품이기 때문에 그렇게 말하는 것이다. 《금오신화》를 소설이 형성되던 시기의 초기 작품 정도로 생각하면 될 것이다.

김시습이 쓴 《금오신화》에는 모두 다섯 편의 작품이 실려 있다. 〈만복사 저포기〉, 〈이생규장전〉(이생이 담 안의 아가씨를 엿본 이야기), 〈취유부벽정 기〉(홍생이 부벽정에서 취하여 논 이야기), 〈남염부주지〉(남쪽 염부주의 이야 기), 〈용궁부연록〉(용궁 잔치에 초대받은 이야기)으로 이루어져 있다. 각 소 설은 요즘의 단편 소설 분량이다. 《금오신화》는 김시습이 31세에서 36세 쯤, 즉 1465년에서 1470년 사이 금오산에 들어가 살 때 지은 작품이라고 한다. 이 다섯 편 외에도 몇 작품 더 있다고 하지만 전하는 것은 이뿐이다.

《금오신화》에 관한 한 예전에는 명나라 사람 구우가 지은 《전등신화》를 모방했다고 평했지만, 최근의 연구 결과에 따르면 오히려 《삼국유사》 등 에 실린 우리 설화가 그 바탕이 되었다는 견해가 우세하다. 김시습은 이 작품을 세상에 발표하지 않고 석실에 감추어 두었는데, 나중에야 손으로 베낀 작품들이 전해져 읽혔고, 임진왜란 때 일본으로도 전해졌다. 최남선 이 《계명》이라는 잡지 19호에 이 작품들을 소개하기도 했다.

《금오신화》 속에 실린 다섯 작품은 모두 비현실적 내용이다. 귀신과 사 랑을 나누는 이야기, 죽은 아내와 다시 만났다가 헤어지는 이야기, 선녀와 만난 이야기, 염라대왕과 만나서 토론하는 이야기, 용궁에서 용왕과 만나 는 이야기 같은 비현실적 소재들이다.

이 이야기 속의 주인공들은 고대 소설의 주인공들이 흔히 그렇듯 뛰어 난 재주와 학식, 출중한 외모를 지녔다. 너무나 빼어났기에 오히려 인간 세상과 어울릴 수 없는 비범한 분위기를 풍기고 있다. 그리고 그들은 한결 같이 시련 속에서도 굴하지 않는 의연함을 지니고 있다.

《금오신화》의 작품들이 다른 한글 고대 소설과 다른 점은 비극적 세계관을 담고 있다는 점이다. 흔히 고대 소설의 특징으로 꼽는 '행복한 결말'이 이 작품들에는 잘 나타나지 않는다. 죽음이나 이별, 현실을 달관하는 모습들이 작품의 결말이다. 현실에서 복 받고 행복을 누리는 다른 고대 소설과는 확연히 다른 셈이다.

이 소설에는 왜구의 침입이나 홍건적의 난리 등 전쟁으로 인한 비극, 죽음이라는 비운, 인습의 굴레, 절개를 저버리는 세태 등 인간의 참삶을 방해하는 요소에 저항하는 인물들이 등장하고 있다.

〈박연폭포〉
17세기 조선의 뛰어난 화가 정선이 그려 낸 박연폭포. 힘 있고 세찬 물줄기의 모습을 보면 어디선가 폭포 소리가 들리는 듯하다. 〈용궁부연록〉의 배경으로 등장한다.

죽음을 뛰어넘는 사랑

삶과 죽음은 서로 건널 수 없는 강을 사이에 둔 것으로 비유되어 왔다. 죽음은 삶의 단절이요, 죽은 자와 산 자는 결코 다가갈 수 없는 거리를 두고 있다는 의미이다. 죽은 사람의 장례 의식을 영원한 이별의 의식이라 여기는 것도 같은 생각이다.

그러나 《금오신화》의 작품 속에서 죽음이란 결코 단절이나 끝이 아니며 영원한 이별도 아니다. 오히려 사랑을 더욱 굳게 하는 매개체 역할을 하고 있다. 또한 이승과 저승, 현실과 비현실이라는 벽조차 뛰어넘는다.

〈만복사저포기〉에서 양생은 처녀 귀신과 사랑을 나눈다. 산 사람이 귀신을 만나는데도 으스스하다거나 두렵다거나 하는 마음은 그려져 있지 않다. 〈이생규장전〉의 이생도 죽어 귀신이 된 부인을 만났지만 두려움보다는 반가움을 느낀다. 죽은 부인과 다시 나누는 사랑은 죽음으로 인한 이별을 인정하고자 하지 않는 강인한 사랑을 보여 준다. 〈취유부벽정기〉의 홍생 역시 지상의 사람이 아닌 죽어 선녀가 된 이와 사랑을 나눈다. 〈용궁부연록〉에서도 비현실적 이야기가 등장한다. 뭍에 사는 인간이 물속 세계에 들어가 신비한 체험을 하는 내용이다. 〈남염부주지〉 역시 비현실적 내용을 담은 것은 마찬가지다.

우리네 삶은 죽음 이전의 삶이다. 이는 곧 현실이다. 그런데 《금오신화》 속의 인물들은 죽음 이후의 삶을 살고, 산 자와 죽은 자의 이별을 뛰어넘으면서 현실과 비현실 세계를 오간다. 이유는 무엇일까? 바로 인간 운명의 한계를 극복하고자 하는 의지, 이루어질 수 없는 고귀한 세계에 대한 갈망, 어떤 역경에서도 굴하지 않는 강인한 사랑을 보여 주고 싶었기 때문일 것이다. 《금오신화》의 세계관은 바로 이런 의지와 열망에 바탕을 두고 있다.

인생의 덧없음을 깨닫다

그러나 역설적이게도 이러한 의지는 곧 인생의 허무로 이어진다. 소설 속의 인물들은 사랑이 죽음보다 강함을 보여 주었고, 비현실 세계와 현실 세계를 오갈 수 있는 신비함을 보여 준다. 불가능한 일들을 열망하여 소설 속에 실현시켰으나, 결국 그것은 의지이고 열망일 뿐 현실은 아닌 것이다. 그렇기에 소설은 인생의 허무로 이어진다.

처녀 귀신과 꿈같은 사랑을 나누었던 〈만복사저포기〉의 양생은 여인의 죽음에 얽힌 모든 진실을 알게 된 뒤 절에 들어가 약초를 캐며 산다. 여인의 강인한 의지와 절개가 있어 죽음이라는 운명도 극복하고 사랑을 나누었지만, 그것은 지속될 수 없는 것이었다. 그렇기에 더욱 안타깝고 애절하다. 인간 삶의 한계를 뛰어넘을 수 없다는 걸 알았기에 곧 인생의 허무를 느낄 수밖에 없다.

〈이생규장전〉에서도 마찬가지다. 주인공들의 강인한 사랑과 의지는 잠시 운명을 뛰어넘어 비현실적인 사랑을 가능하게 했다. 그러나 이 역시 이루어질 수 없는 것이었다. 이생은 죽음을 뛰어넘는 여인의 의지와 아름다운 사랑에 감동하고 자신 역시 헤어짐 없는 사랑을 열망하지만, 그것은 이루어질 수 없는 일이었다. 의지와 열망이 강한 만큼 현실에서 느끼는 허무는 클 수밖에 없다.

《금오신화》의 내용에서 비현실적인 부분은 바로 작가 김시습과 많은 독자가 열망했던 지고지순한 세계였다. 그러나 현실은 그것을 용납할 수 없었기에 마지막 부분은 인생의 허무, 속세에서 벗어남으로 끝난다.

절개와 지조의 인간상

《금오신화》에 등장하는 인물들은 하나같이 빼어난 재주와 외모를 지녔고, 꼿꼿한 절개를 지키며 살다 갔다.

〈만복사저포기〉에서는 왜구가 쳐들어왔을 때 정절을 지키다 죽은 처녀가 귀신이 된다. 그 맺힌 한과 슬픔을 가슴에 품고 있다가 죽은 귀신의 몸으로 양생과 아름다운 사랑을 이룬다. 여인의 의지와 절개는 죽음을 뛰어넘는 것이었다.

〈이생규장전〉에서도 우리는 두 주인공의 꿋꿋한 사랑을 만나게 된다. 특히 최 처녀의 굳센 의지와 정절은 절개를 지키며 살아가는 인간의 표상으로 그려진다. 게다가 최 처녀는 자신을 솔직하게 드러낼 줄 아는 사람이었다. 둘의 만남에서 먼저 마음을 표현한 사람은 최 처녀였다. 여자의 몸이지만 결코 책임을 회피하지 않겠다는 말로 앞날을 걱정하는 이생을 나무라기도 한다.

나중에 부모님이 둘의 교제 사실을 알았을 때 이생은 부모님의 명령을 따르고 시골로 내려갔지만, 최 처녀는 자기 부모에게 솔직한 심정을 고백하여 결혼을 성사시킨다. 최 처녀의 절개가 가장 빛을 발하는 대목은 도적들을 만나 그들을 꾸짖는 부분이다. 죽음의 위협 앞에서도 두려움 없이 의연하다. 그런 의지와 절개를 지녔기에 죽음을 뛰어넘어 못다 한 사랑을 이룬 것이다.

〈취유부벽정기〉에서 홍생이 부벽정에서 만난 선녀 역시 나라가 혼란스러울 때 절개를 지키다 선녀가 되었다. 〈남염부주지〉에서는 올바른 임금의 모습을 이야기하면서 인간이 지켜야 할 도리가 무엇인가를 생각하게 한다.

나라를 다스리는 이가 폭력으로 백성을 위협해서는 안 됩니다. 백성들이 두려워 따르는 것 같지만, 마음속으로는 반역할 뜻을 품고 있습니다. 날이 가고 달이 가면 커다란 재앙이 일어납니다. 덕이 있는 사람은 힘을 가지고 임금 자리에 나아가지 않습니다. 하늘이 비록 (임금이 되라고) 간곡하게 말하는 것은 아니지만, 그가 올바르게 일하는 모습을 백성들에게 보여 (백성들의 뜻에 의하여) 임금이 되게 합니다.

〈남염부주지〉 일부

〈남염부주지〉의 이 대목은 조카를 죽여 가며 왕위에 오른 세조의 불의를 질타하는 내용이라고도 볼 수 있다. 이는 바로 김시습의 생각이었고, 삶 자체였다.

김시습은 사랑하는 남녀의 모습을 통해 좌절하지 않는 사랑의 힘을 보여 주었고, 불의에 꺾이지 않는 아름다운 인간의 모습을 그려 내었다. 그 뛰어난 재주를 가지고도 평생 벼슬길에 오르지 않고 산과 들에 묻혀 지낸 김시습의 굳은 절개, '생육신'이라 불렸던 그의 그 매서운 기상이 작품 곳곳에 녹아 있을 수밖에 없다.

비극적 결말의 의미

《금오신화》의 다섯 작품 모두 기이하여 흥미를 주지만 결말은 모두 비극적이다. 주인공들은 하나같이 세상을 등지고 숨어 살거나 아무도 모르게 현실을 떠나거나 죽음을 맞는다. 고대 소설에서는 잘 찾아볼 수 없는 비극적 결말이다. 슬퍼서 눈물을 흘리게 만든다기보다는 인생을 되돌아보게 하고, 인생의 의미를 되묻게 한다.

그렇다면 영원한 사랑을 불가능하게 하고, 절개와 의리를 지닌 사람을 죽음으로 몰아가는 우리의 현실은 무가치한 것일까? 유한한 인간의 삶이란 헛된 것일까? 정말 김시습이라는 사람은 불의가 판치는 현실을 떠나고 싶었던 것일까?

언뜻 생각하면 이 같은 물음들에 다 고개가 끄덕여진다. 작품의 주인공들은 비현실 속에서는 꿈같은 사랑을 나누고 극진한 즐거움을 누린다. 귀신이나 선녀와 만났을 때 나눈 시들은 문학적 향기가 드높은 아름다운 작품들이다. 용궁을 방문했을 때 만나는 풍경들은 진기하고 신비롭고 귀한 것들이었다. 염라대왕과 나누는 토론 내용은 올바른 왕도에 관한 것이고, 인간의 도리에 관한 것들이었다.

반면 비현실에서 벗어났을 때는 다시 그리움에 사무쳐야 한다. 자신이 경험한 바를 잊지 못하고 현실의 남루한 모습을 깨닫는다. 그런 꿈같은 일들이 있었기에 주인공들은 인생이란 참 허무하고 하찮구나 하고 느끼며 세속을 떠나는 것 같다.

그러나 우리는 그 속에서 작가가 추구하는 가치가 무엇인지, 드높은 이상이 무엇인지, 정말 아름다운 사랑이 무엇인지를 생각해야 한다. 죽음에도 굴하지 않고 절개를 지키는 사람, 그 사람들은 인간의 운명을 뛰어넘었다. 비록 그것이 어느 순간이었거나 한시적인 것이라 해도 한 인간이 그 시간에 모든 것을 걸 만큼 소중했다.

이렇게 우리는 《금오신화》 속에서 참된 인간의 길, 아름다운 사랑의 모습, 인간의 강인한 의지, 끝내 지켜야 할 지조가 무엇인가를 배운다. 단순히 귀신과의 사랑 이야기가 아님을 다시금 깨닫는다.

절개의 의미를 되새기며

중국 고사에 백이와 숙제 이야기가 있다.

백이(伯夷)와 그의 동생 숙제(叔齊)는 중국 은나라 때 숨어 살던 선비이다. 그들은 주나라 무왕이 은나라를 치려 하자 임금에게 신하로서 군주를 치는 것은 옳지 않다며 말렸지만, 결국 무왕은 은의 주왕을 평정했다. 천하가 무왕에게 고개를 숙였으나 백이, 숙제는 주나라 곡식 먹는 것을 부끄러워하며 수양산으로 들어갔다. 그곳에서 고사리를 캐 먹으며 살다가 죽음을 맞이했다.

백이와 숙제의 이야기는 정치적 격변기에 지식인이 어떤 선택을 해야 하는지 여러 각도에서 생각하게 한다. 전통적으로 이 이야기는 인간의 절개, 의리를 이야기할 때 많이 언급되어 왔다. 《사기》를 쓴 사마천은 백이와 숙제처럼 덕이 있고 고결한 사람도 굶어 죽었다면서, 착한 사람은 이렇게 굶어 죽는데 포악하고 무도한 사람이 천수를 누리며 평생 편안하고 자손 대대로 잘사는 일이 있다고 말한다. 백이와 숙제를 절개 있는 이, 올바른 삶을 살아간 이로 칭송한 것이다.

이와는 조금 다른 각도에서 백이와 숙제를 평가하는 사람도 있을 것이다. 무왕은 신하로서 은의 주왕을 징벌했다. 그 사실만 놓고 본다면 무왕은 의리를 저버린 신하이며, 반역자이다. 그러나 다른 각도에서 본다면 새로운 세상을 연 혁명가일 수도 있다. 은나라 마지막 왕인 주는 달기라는 첩을 두고 방탕한 생활을 즐겼으며, 백성들의 고혈을 짜냈다. 주왕이 저지르는 악행은 이루 말할 수 없어 민심은 은나라를 떠나 있었다. 이러한 때 무왕은 강태공을 군사로 삼아 은을 무너뜨렸다. 이 같은 시대적 상황을 고려해 본다면 절개를 지킨 백이와 숙제의 행동을 부정적으로 볼 수도 있을 것이다.

《금오신화》를 지은 김시습의 삶에 그늘을 드리운 '세조의 왕위 찬탈' 사건을 보자. 세조는 조카를 죽이고 왕위에 오른 찬탈자라는 오명을 썼지만, 왕위에 올라 업적을 많이 남긴 왕으로 평가되기도 한다. 왕권을 강화하고 토지 제도를 정비했으며, 많은 서적을 편찬하고, 인재를 널리 등용하는 등 업적을 많이 남겼다. 그러나 세조의 치적에도 불구하고 후세 사람들은 성삼문 같은 사육신의 절개, 평생 벼슬길에 오르지 않았던 김시습의 절개를 높이 칭송한다. 그렇다고 해서 세조의 왕위 계승이 올바르고 합법적이었다고 평가하는 것은 결코 아니다.

자유로운 영혼의 방랑 시인, 김시습

김시습은 1435년부터 1493년까지 살았던 조선 시대의 학자이며 문학가이다. 호는 매월당(梅月堂), 동봉(東峯) 등이다. 서울에서 태어난 그는 어릴

김시습
조선 전기의 학자로서 탁월한 문장가였다. 《금오신화》
와 함께 《탕유관서록》, 《탕유관동록》 등을 정리했으며
《산거백영》을 썼다.

때부터 뛰어난 글재주를 보여 신동이라는 소리를 들었다. 김시습이 다섯 살 되던 해, 그의 재주에 대해 들은 세종대왕은 그를 불러 하문하였는데 그 답을 듣고 칭찬을 아끼지 않았다. 이는 김시습 생애에 두고두고 잊지 못할 일로 새겨졌다.

15세에 어머니를 잃고 외가에서 지내기도 했으며, 아버지가 중병에 드는 등 가정적으로 순탄하지 못한 유년 시절을 보냈다. 김시습은 삼각산 중흥사에서 공부하던 중 수양 대군이 단종을 내몰고 왕위에 올랐다는 소식을 듣고는 읽던 책을 태워 버리고 9년 동안 방랑의 길을 떠났다.

1463년(세조 9) 잠시 불경 언해 사업을 돕기도 했으나, 1465년 경주 남산에 '금오산실'을 짓고 입산하였다. 몇 차례 세조의 부름을 받았으나 거절하고 《금오신화》를 썼다. 끝내 벼슬길에 나가지 않았던 그의 삶은 끝없는 방랑의 연속이었다.

끝까지 절개를 지킨 그를 사람들은 생육신(조선 세조가 단종으로부터 왕위를 빼앗자 벼슬을 버리거나 벼슬의 길을 버리고 절개를 지킨 여섯 사람)의 한 사람이라 부른다. 죽은 뒤 수백 년이 지난 1782년(정조 6) 이조 판서의 벼슬을 받기도 했다.

〈아생〉

김시습이 자신의 삶을 돌아본 시이다. 삶에 대한 회한, 안타까움이 담겨 있다. 그러면서도 천 년 뒤에는 자신의 마음을 알아줄 이가 있으리라 노래한다. 600년 세월이 흐른 지금, 우리는 꼿꼿했던 그의 절개를 헤아리고 못다 한 김시습의 꿈에도 고개를 끄덕인다.

태어나 사람꼴 취하였거늘	我生旣爲人
어찌해서 사람 도리 못다 하였나.	胡不盡人道
젊어서는 명리를 일삼았고	少歲事名利
장년이 되어선 자빠지고 넘어졌네.	壯年行顚倒
고요히 생각하면 부끄러운 걸	靜思縱大恧
진작 깨닫지 못하였나니.	不能悟於早
후회해도 지난 일을 돌이킬 수 없기에	後悔難可追
잠 못 이루고 가슴을 방아 찧듯 쳐 댄다.	寤擗甚如擣
충도 효도 못 이루었거늘	況未盡忠孝
이 밖에 또 무엇을 구하고 찾으랴.	此外何求討

살아서는 하나의 죄인	生爲一罪人

죽어서는 궁귀가 되리라만	死作窮鬼了

헛된 이름 또 일어나서	更復騰虛名

돌아보면 번뇌만 더하누나.	反顧曾憂悶

나 죽은 뒤 내 무덤에 표할 적에	百歲標余壙

꿈꾸다 죽은 늙은이라 써 준다면	當書夢死老

나의 마음 잘 이해했다 할 것이니	庶幾得我心

품은 뜻을 천 년 뒤에 알아주리.	千載知懷抱

조선 후기 둘러보기

그야말로 새로운 시대가 열렸다. 임진왜란, 병자호란 등 조선 사회를 강타했던 두 전란 이후 조선은 거친 물결 속에서 변화의 기슭을 향해 갔다. 그 변화의 물결은 한마디로 '평민의 시대를 향하여'라 할 수 있겠다.

정치와 경제, 예술 등 모든 면에서 주도권을 잡았던 양반의 힘은 무너져 갔다. 양반들 스스로도 자신의 무능과 부패를 반성하였으며, 공리공론에서 벗어나 실제적으로 사회를 변화시킬 수 있는 새로운 학풍을 찾고 있었다. 그것이 바로 실학이었다. 한편 농업과 상업의 변화 발전으로 인해 생산력이 확대되었고, 평민들은 자신들의 세계를 넓혀 나갔다.

조선 후기 사대부 문학의 대표 격인 시조와 가사 작품에서도 변화가 일었다. 《금오신화》에서 싹을 보여 주었던 소설이 다양한 내용과 형식으로 창작되어 본격적으로 소설의 시대를 열었다. 판소리, 탈춤 등 새로운 공연 예술의 등장도 눈여겨볼 만하다.

시조의 변화가 가장 다채로웠다. 작자층, 내용, 형식 면에서 변화와 확대를 이루었다. 사대부의 전유물이면서 임금을 향한 충성의 바탕 속에서 자연을 노래하던 시조의 작가가 평민, 기생 등으로 확대되었다. 내용도 자연 예찬이나 임금을 향한 충성 등 유교적 덕목을 노래하던 데서 인간 본연의 끓어오르는 감정, 사회 비판 등으로 그 영역을 넓혀 갔다. 형식 면에서도 파괴가 일어난다. 3장 6구 45자 안팎의 정형화된 틀로는 다 담아낼 수 없는 맺힌 사연들이 있었기에 사설시조 같은 형식의 변화가 일어난 것이다.

조선 후기 문학의 모습은 바로 '새로운 지평이 열리다'라는 말로써 가장 잘 설명해 줄 수 있을 것이다. 조선 후기 문학은 전반적인 사회 경제적 변화와 자취를 같이하였다.

연대	주요 문학 작품
1605	〈선상탄〉
1611	〈누항사〉
1608~23	〈홍길동전〉
1600년대 초반	〈운영전〉, 〈임진록〉
1621	〈최척전〉
1687	〈구운몽〉
1600년대 말~1700년대 초	〈박씨부인전〉
1728	《청구영언》
1700년대 중엽	〈임경업전〉
1700년대 중후반	〈춘향전〉, 〈흥부전〉, 〈심청전〉, 〈토끼전〉, 〈장끼전〉, 〈까치전〉
1757	〈양반전〉
1800년대	〈홍계월전〉, 〈방한림전〉
1803	〈애절양〉
1800년대 후반	봉산 탈춤

세계관의 확대, 자연관의 변화

가사 작품의 변모 – 〈선상탄〉, 〈누항사〉, 〈일동장유가〉, 〈용부가〉

체험은 사람을 변화시킨다

마크 트웨인의 소설 중에 〈왕자와 거지〉가 있다. 똑같은 날에 태어난 왕자 에드워드와 거지 톰. 둘은 쌍둥이처럼 얼굴이 닮았다. 어느 날 우연히 만난 두 사람은 서로 옷을 바꿔 입고 역할도 바꾼다. 바깥세상이 궁금했던 에드워드 왕자는 거지 옷을 입은 채 밖에 나갔다가 궁에 돌아오지 못하고 거지로 살게 된다.

에드워드는 거지가 되어 구박을 받으며 밑바닥 인생을 체험한다. 사람들이 가난하게 살 수밖에 없는 이유에 대해서도 깊은 깨달음을 얻는다. 전쟁과 과중한 세금 등 잘못된 정치가 민중의 삶을 피폐하게 만드는 가장 큰 원인이었던 것이다.

그러던 어느 날, 왕이 죽고 왕자의 왕위 계승 소식이 전해진다. 거지 톰이 왕위에 오르게 된 것이다. 대관식 날 에드워드 왕자는 톰의 머리에 왕관이 씌워지려는 순간 그 자리에 나타나 "왕자는 나라고!" 하고 외친다. 신하들은 거지 복장을 한 에드워드가 진짜 왕자라는 것을 믿지 못한다. 그

러나 톰은 에드워드 왕자를 반기고, 에드워드는 다이몬드 목걸이를 증거
물로 삼아 자신이 왕자임을 입증한다.

기나긴 고난의 시간, 왕자의 몸으로 겪었던 밑바닥 인생, 배고픔의 시간
들, 처절한 민중의 삶! 이러한 체험들은 궁전에서 화려하게 살았던 왕자
를 변화시켰다. 왕자는 이전의 왕자가 아니었다.

진실한 삶의 체험은 사람을 변화시킨다. 아픔을 겪은 사람은 다른 사람
의 아픔을 이해한다. 이별을 겪은 사람이라면 사랑 뒤에는 이별의 아픔이
있음을 깨닫고, 사랑에 대해 더욱 진중한 자세를 갖게 될 것이다. 전쟁의
비극을 겪은 사람은 평화의 소중함을 알게 된다. 사랑하는 이의 죽음을 지
켜본 사람은 삶에 대해 더욱 진지한 성찰을 하게 될 것이다.

임진왜란과 병자호란의 전란을 겪으며 사대부들의 의식도 변했다. 물론
이전 시대와 마찬가지로 자신의 탐욕을 채우고 자기 집안의 안위와 권력만
을 추구하는 사대부도 많았지만, 격동의 역사는 사대부들의 삶의 조건을
변화시켰고 의식도 변화시켰다. 사대부들의 전유물로 그들의 의식 세계를
담아내던 가사 작품도 그 내용이 변할 수밖에 없었다.

조선 전기의 가사를 되돌아보자. 자연 속에서 꽃과 바람과 물과 산을 즐
기는 은일 가사, 유배지에서 자신의 억울함과 충성을 호소하는 유배 가사,
자연 풍광을 읊으며 사대부의 자세를 다지는 기행 가사 등이 조선 전기 가
사 작품의 주류였다. 그러나 임진왜란을 겪은 조선 후기의 가사는 큰 변모
를 보여 주었다. 자연을 벗 삼아 사는 삶을 노래해도 자연의 아름다움을
찬탄하는 음풍농월적인 성격은 아니다. 자연과 더불어 사는 삶 속에 현실
의 고통이 있다. 자긍심 가득 안고 자연을 노래했던 기행 가사는 현실적
문제에 관심을 가진 기행 가사가 되었다.

작자층에도 변화가 일어난다. 이제 사대부들뿐이 아니라 일반 서민들도 가사 작가가 되었다. 부녀자들의 애환을 노래한 내방 가사가 많아졌으며, 평민들의 삶을 노래한 평민 가사도 확대되었다. 평민 가사 작품의 내용은 당연히 현실 생활의 이야기이며, 그 속에서 피어난 정서를 노래한 것들이다.

내용과 함께 형식에서도 많은 변화를 이룬다. 조선 전기의 가사들이 맨 마지막 부분을 시조처럼 끝내는 정격 가사였다면, 후기의 가사들은 그 형식에 변화를 준 가사가 많다. 또한 운문적 특성이 강했던 전기 가사에 비해 후기에는 산문적 성격이 두드러진다. 실제적이고 사실적인 체험을 담은 가사가 많아진 것이다.

전쟁의 아픔을 돌아보며 태평성대를 기원하는 〈선상탄〉, 자연을 벗 삼아 살아가지만 현실의 고통을 겪고 있는 사대부의 삶을 다룬 〈누항사〉, 농가의 1년 행사와 세시 풍속을 읊은 월령체 장편 가사 〈농가월령가〉, 일본 여행을 소재로 한 장편 기행 가사 〈일동장유가〉, 청나라 연경 기행을 소재로 한 〈연행가〉, 평민들의 삶을 풍자한 〈용부가〉 등의 가사 작품이 그 변화를 고스란히 보여 주고 있다.

전쟁의 아픔을 겪은 사대부의 비장함 – 〈선상탄〉

〈선상탄 船上嘆〉은 임진왜란이 끝난 뒤인 선조 38년(1605)에 노계 박인로가 45세 때 일본에 대한 적개심과 분노, 태평성대에 대한 염원을 담아 노래한 전쟁 가사이다. 임진왜란이라는 전쟁 체험은 '전쟁 가사'라는 새로운 내용의 가사가 나오도록 한 뼈아픈 체험이다. '선상탄'이라는 제목은 '배 위에서의 탄식'이라는 뜻이다. 박인로는 무엇을 탄식했을까?

작가는 수군 통주사로 임명받아 부산에 내려간다. 병선에 올라 눈을 부릅뜨고 적진 대마도를 바라보는 것으로 가사를 읊어 간다. 그는 배 위를 서성이며 배를 만든 헌원씨를 원망한다. 배가 아니면 어느 오랑캐가 이 땅을 엿보았겠느냐는 탄식이다. 이어 그는 진시황을 원망한다. 배가 있더라도 왜적이 없었다면 이 같은 근심은 생기지 않았을 거라고 탄식한다. 이는 진시황이 불로초를 구하기 위해 신하 서불을 어린 남녀 아이들과 함께 보냈으나, 불로초를 못 찾은 그들이 일본 쪽으로 건너가 일본의 시조가 되었다는 고사와 관련된 이야기이다. 그러면서 그는 지난 일을 탓해 무엇하겠느냐며 배가 아니면 어찌 흥이 나겠으며, 어찌 풍류를 즐길 수 있겠느냐고 배의 유용함을 말한다. 그러나 이제 배에는 술상과 칼과 긴 창뿐이라고 노래한다.

이제 지은이는 왜적에게서 당한 나라의 수치를 한탄하며 우국충정을 밝힌다.

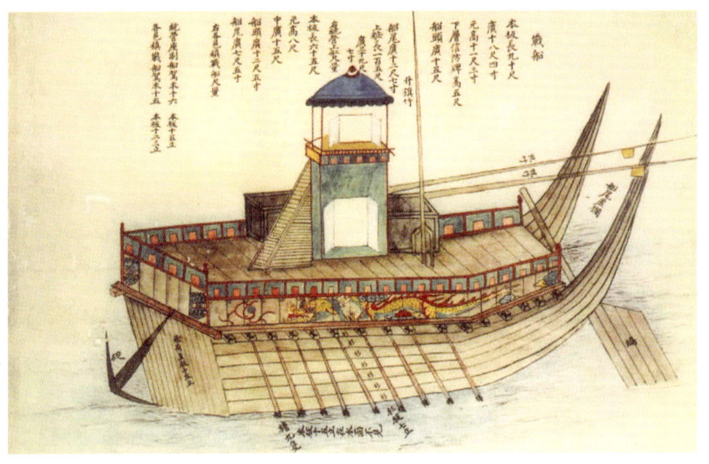

판옥선

임진왜란 때 크게 활약한 전투함이다. 2층으로 되어 있어 적군이 기어오르기 어렵고, 함선 밑바닥이 넓고 평평하여 방향 전환이 잘 되었다. 당시 조선 수군의 전투함은 몇 척의 거북선을 제외하면 오직 판옥선뿐이었다고 한다.

때때로 머리 들어 임금님이 계신 곳을 바라보며 시국을 근심하는 늙은이
의 눈물을 하늘 한 모퉁이에 떨어뜨린다. 우리나라의 문물이 중국의 한나라,
당나라, 송나라에 뒤지랴마는 나라의 운수가 불행하여 왜적의 흉악한 꾀에
영원히 씻을 수 없는 수치를 안고서 그 백분의 일도 아직 씻어 버리지 못했
거든, 이 몸이 변변치 못하지만 신하로 있다가 신하와 임금의 신분이 서로
달라 못 모시고 늙었다 한들 나라를 걱정하는 충성스러운 마음이야 어느 때
라고 잊었을 것인가?

〈선상탄〉 일부

이어지는 가사 내용은 무인의 서릿발 같은 기개를 보여 준다. 왜적을 향
해 직접 꾸짖는 듯하다. 그러면서 평화로운 태평성대를 기원하며 마무리
하고 있다.

꾸물거리는 저 섬나라 오랑캐들아, 빨리 항복하려무나. 항복한 자는 죽이
지 않는 법이니, 너희를 구태여 모두 죽이겠느냐? 우리 임금님의 성스러운
덕이 너희와 더불어 살아가고자 하시느니라. 태평스러운 천하에 요순시대
와 같은 화평한 백성이 되어 해와 달 같은 임금님의 성덕이 매일 아침마다
밝게 비치니, 전쟁하는 배를 타던 우리도 고기잡이배에서 저녁 무렵을 노래
하고, 가을 달 봄바람에 베개를 높이 베고 누워서 성군 치하의 태평성대를
다시 보려 하노라.

〈선상탄〉 일부

배를 만든 헌원씨 이야기, 진시황과 서불 이야기 등 옛 사실을 인용했으

며 한문 투의 문장이 많아 낯설게 느껴지기도 하지만, 결의에 찬 무인의 기상이 느껴지는 표현이며 왜적을 향한 적개심을 생생하게 보여 준다. 임진왜란이 끝난 지 7년 정도밖에 되지 않은 당시 우리 민족의 왜적에 대해 적개심이 얼마나 컸는가를 여실히 보여 주는 작품이다. 개인의 감상을 주로 다루었던 조선 전기의 가사와 달리, 당시 민족 공동체의 집단적 고민을 담고 있다는 데 의의가 있다.

박인로는 조선 중기의 문학가로 1561년(명종 16) 경상북도 영천에서 태어나 1642년(인조 20)까지 살았다. 호는 노계 또는 무하옹이다. 그는 9편의 가사와 70여 수의 시조를 남겼으며 정철, 윤선도와 더불어 조선 3대 시가인으로 꼽힌다. 그는 임진왜란이 일어나자 직접 의병에 참가했고, 성윤문이란 사람의 휘하에 참전한 무인이었으며, 45세 때 부산의 통주사(統舟師)로 부임해 〈선상탄〉을 지었다. 인생 후반부에는 시골에 살면서 안빈낙도의 삶을 추구했다. 한음 이덕형이 시골에서의 생활을 묻자 그 대답으로 쓴 가사가 〈누항사〉이다.

이제 음풍농월에만 머물러 있을 수 없네 – 〈누항사〉

〈누항사 陋巷詞〉는 이전 시기의 〈상춘곡〉이나 〈면앙정가〉, 〈성산별곡〉 등의 은일 가사와는 다른 면모를 보여 주고 있다. 이전 시기의 작품들이 고향 땅에 살면서 자연의 아름다움을 경탄한 한가로운 내용이라면, 〈누항사〉는 자연 속에서 가난한 삶에 만족하며 살길 바라면서도 현실의 매정한 세태를 괴로워하는 내용을 담고 있으니 말이다.

'누항'이란 《논어》에 나오는 말로 '좁은 거리'라는 뜻인데, 가난하게 살면서도 학문과 도를 즐기며 살아가는 곳이라는 의미이다. 공자의 제자 안회는 가난했어도 오히려 즐거이 지냈다. 이에 공자는 그를 찬탄하면서, "참으로 어질구나, 안회여! 하나의 도시락밥을 먹고 한 잔의 표주박 물을 마시는 누항의 삶에 남들은 그 걱정을 견디지 못하거늘 안회는 이를 즐기니 매우 어질구나."라고 말했다. 여기서 유래한 말로 노래를 지을 만큼 작가는 안빈낙도를 실천하며 살고 싶었으리라. 그러나 그런 삶 속에 가난의 고통이 있다.

어리석고 세상 물정에 어둡기는 나보다 더한 이가 없다. 길흉화복을 하늘께 맡겨 두고 누추한 고장 깊은 곳에 초가집을 지어 놓고 바람 부는 아침과 비 내리는 저녁에 썩은 짚이 땔감이 되어서 홉 밥 닷 홉 죽이지만 연기는 많기도 하구나. 조금뿐인 밥에 초라한 모습을 한 자식들은 덜 데운 숭늉으로 빈 배를 속일 뿐이로다. 내 생활이 이러하다 하여 대장부의 뜻을 바꿀 수 있겠는가? 가난에 처해서도 평안한 마음을 적게나마 지니고서 옳은 뜻대로 살고자 하니 날이 갈수록 모든 일이 어긋나는구나. 가을철에도 부족한데 봄이라고 여유가 있겠으며 주머니가 비었는데 술병인들 담겨 있으랴? 빈곤한 사람이 이 세상에 나뿐이로구나. 장기판에서 졸을 밀 듯이 나아오니 사람의 도리로서 차마 혼자 먹을 수 있으랴? 덜 데운 숭늉에 빈 뱃속뿐이구나. 살림살이가 이렇다고 사내 뜻을 바꿀 수 있으랴? 한결같은 마음을 적을망정 품고 있어 옳은 일을 쫓으며 살려 하니 날이 갈수록 어긋난다.

〈누항사〉 일부

〈누항사〉의 앞부분이다. 자연 속에서 살아가는 삶을 신선처럼 표현하던

〈밭갈이〉

소를 이용해 논밭을 가는 것은 한 해
농사의 시작을 위한 중요한 준비 작
업이었다. 밭 가는 농부와 나무 아래
에 앉아 이를 지켜보는 양반의 모습
이 대조적이다. 김홍도 그림.

이전 시기 작품들에 비해 초라한 삶의 모습이 고스란히 나타나는 대목이
다. 모든 것을 하늘에 맡기고 가난 속에 만족하며 살고 싶으나 현실은 그
렇지 않다는 고민이 담겨 있다. 이런 고민과 함께 작가는 전쟁 때를 생각
한다. 지금 고통스럽지만 굶주리는 이는 자기뿐이 아니라는 것이다. 전란
중에 제 목숨을 돌보지 않고 죽을 고비를 넘긴 때를 기억한다. 이제 농사
를 지어 줄 종이 있는 것도 아니니 스스로 농사를 지어 자기 삶을 꾸려 가
야 한다.

　이어지는 대목은 농사지을 소를 빌리러 갔다가 수모를 당하고 오는 내
용이다. 이 대목은 마치 연극의 한 장면을 보는 듯하다.

　　닫힌 문 앞에 한 남자가 '에헴!' 인기척을 내며 서 있다.

　　"누구시오?"

　　"염치없는 저입니다."

“무슨 일이신가요?”

“부끄럽지만 소 좀 빌려 주십시오.”

“그러고 싶지만 어제 다른 집에 소를 빌려 주마고 약속했습니다. 꿩고기
와 좋은 술을 대접받았거든요. 죄송하네요.”

남자는 헌 모자를 눌러 쓰고 축 없는 짚신을 신은 초라한 몰골로 돌아 나
온다. 이 모습에 개만 컹컹 짖는다.

〈누항사〉의 한 장면

작가는 가난하니 벗도 없는 무정한 세태를 한탄한다. 밭 갈기를 포기하
고 이제 소도 빌리지 않겠노라고 다짐한다. 이제 그는 밝은 달, 맑은 바람
을 벗 삼아 임자 없는 자연 속에서 늙어 가겠노라고 다짐한다. 마지막 부
분에서는 유교적 덕목을 실천하며 자연 속에서 살겠노라고 끝을 맺는다.

이처럼 박인로의 가사 작품은 전쟁 이후의 현실을 절절하게 담아내고
있다는 데 의의가 있다. 농가의 고통을 직시하면서 그것을 극복하겠다는
의지는 아직 없다. 그러나 바람을 읊고 달을 예찬하며 자연 속에서 신선처
럼 살아가던 사대부들이 현실의 힘겨움을 몸소 겪은 바를 표현해 냈다. 전
쟁 중 왕도 굶주려야 했던 고통을 겪었으니 전란 후 피폐한 땅에서 관직에
서 물러난 낮은 신분의 사대부들이야 오죽했으랴. 게다가 민중은 전란을
겪으며 왕이나 양반들에 대해 불신도 갖게 되었기에 무조건 굽실거리지만
은 않았을 것이다.

훨씬 후대의 작품이긴 하나 사대부의 농촌 생활이 새로운 경지에 이르
렀음을 보여 주는 작품으로 〈농가월령가〉를 들 수 있다. 1816년에 지어진
이 작품은 농촌에서 열두 달 동안 달마다 해야 할 일들과 풍속에 대해 노

래한 월령체 가사이다. 서사를 포함하여 모두 열세 부분으로 나뉘어 있는데, 각 부분의 구성은 '절기 소개—작가의 감회—농사 관련 일들—세시 풍속' 등으로 이어져 있다.

작가 정학유는 중농주의 실학자인 정약용의 둘째 아들로 경기도 양주에서 직접 농사를 지으며 아버지의 실학 정신을 계승하였다. 〈농가월령가〉를 읽어 보면 당시 농촌에서 어떤 일들을 하며 지내는지, 농촌의 농사 방법이 어떻게 변하고 있는지, 무엇이 농촌 사회의 덕목인지를 두루 알 수 있다. '정월령'은 이렇게 시작한다.

정월은 이른 봄이니 입춘 우수 절기로다. 산속 깊은 골짜기에 눈과 얼음 남았으나 평야 마을 넓은 들은 풍경이 바뀌도다. 어와! 우리 임금 백성을 사랑하고 농사를 중히 여기시어 농사에 힘쓰라는 간절한 교서를 온 나라에 널리 알리시니. 슬프다! 농부들아 아무리 모른다 해도 네 몸을 돌본다고 임금 뜻을 어길쏘냐. 논과 밭을 서로 나눠 있는 힘 다하리라. 일 년 풍흉은 미리 알지 못하여도 있는 정성을 다하면 하늘 재앙 벗어나니 모두 노력하여 게으름 부리지 말아라.

〈농가월령가〉 정월령

이어서 1년 농사는 봄에 달렸으니 농기구도 정비하고, 소도 보살피고, 거름 준비도 하라는 등의 실제적인 농사 관련 내용이 전개된다. 정월의 세시풍속으로는 설날에 새 옷을 입고 세배하기, 널뛰기, 윷놀이 같은 놀이가 소개되고 보름의 풍속과 음식, 놀이도 이어진다.

정학유에게 농촌은 일하면서 삶을 꾸려 가야 하는 삶터이지, 자연을 벗 삼아 즐기는 곳이 아니다. 농민들에게 부지런히 일하라는 교훈을 전하기는 하지만 무위도식하는 양반의 모습도, 자신의 처지를 한탄하는 양반의 모습도 아니다.

더 넓은 세계로 눈을 돌리다 - 〈일동장유가〉

일본의 침입, 명나라의 군대 파견, 청의 침입 등 다른 나라와의 관계 속에서 세상을 보는 시야도 넓어졌을 것이다. 이제 기행 가사들은 우리나라의 명승지만을 읊지 않는다. 영조 때의 문인 김인겸이 쓴 〈일동장유가〉는 1763년(영조 39)부터 그 다음 해까지 약 11개월 동안 일본에 머물면서 보고 듣고 느낀 점을 기록한 장편 기행 가사이다.

영조 39년 조엄이 통신사로 일본에 갈 때 김인겸은 삼방서기(통신사를 보좌하여 기록하는 역할)로 따라가 이 가사를 지었다. 이 작품은 그 길이가 〈관동별곡〉의 30배 정도이며, 모두 4권으로 되어 있다. 1권은 일본에서 친선 사절을 청하여 서울에서 안동, 경주를 거쳐 부산에 이른 여정이다. 2권은 부산에서 배를 타고 배가 떠나는 장면부터 대마도(쓰시마)에서 적간관(시모노세키)에 이르는 여정이다. 3권은 오사카, 교토, 오다하라, 시나카와를 거쳐 에도(도쿄)에 도착하는 내용이다. 4권은 다시 부산으로 와서 서울에 이르러 영조께 일본에 다녀온 결과를 보고하는 내용이다.

일생을 살아감에 성품이 어설퍼서 입신출세에는 뜻이 없네. 진사 정도의 청렴하다는 명망으로 만족하는데 높은 벼슬은 해서 무엇하겠는가? 과거 공부에 필요한 도구를 모두 없애 버리고 자연을 찾아 놀러 다니는 옷차림으로 전국을 두루 돌아다니며 명산대천을 다 본 뒤에 음풍농월하며 금강 유역에서 은거하고 지내다가 서재에서 나와 세상 소식을 들으니 일본의 통치자 도쿠가와 이에시게가 죽고 우리나라에 친선 사절단을 청한다네. 이때가 어느 때인고 하면 계미년(1763년) 팔월 삼일이라. 경복궁에서 임금님께 하직하고 남대문으로 내달아서 관우의 사당 앞을 얼른 지나 전성서에 다다르니, 사신 일행을 전송하려고 만조백관이 다 모였네.

(중략)

굿을 보는 왜인들이 산에 앉아 굽어본다. 그 가운데 사나이들은 머리를 깎았으되 뒤통수 한복판은 조금 남겨 고추같이 작은 상투를 하였으며, 발 벗고 바지 벗고 칼을 하나씩 차고 있으며, 여자들은 머리를 깎지 않고 밀기름을 듬뿍 발라 뒤로 잡아매어 족두리 모양처럼 둥글게 꾸려 있고, 끝은 둘로 틀어 비녀를 찔렀으며, 노인과 어린이, 부자와 가난한 사람을 막론하고 얼레빗을 꽂았구나.

〈일동장유가〉 일부

같은 기행 가사라 해도 〈관동별곡〉과는 사뭇 다르다. 〈관동별곡〉은 경치를 멋지게 노래하면서 고사와 함께 자신의 감흥을 담아냈다. 우국충정과 애민 사상, 신선 사상이 두루 어우러져 자기 기분에 취한 듯한 느낌도 없지 않았다. 그러나 〈일동장유가〉는 작가의 감상과 함께 출발에서 도착까지의 여정과 견문이 사실적으로 기록되어 있다. 〈관동별곡〉이 서정적 가사라면, 〈일동장유가〉는 서사적이며 운율이 담긴 기행 수필 같다. 통신사의 기록 담당이라는 책임 때문에 여정이며 일본에서 보고 들은 것들을 소상히 기록하기도 했겠지만, 사대부 개인의 감흥을 담아내는 가사에서

한 걸음 더 나아가 당시 우리 사회의 관심사와 세계관의 확대를 이루어 냈다는 점에서 상당한 의미가 있다.

100년쯤 뒤의 작품이긴 하지만 고종 때 홍순학이 주청사(奏請使)의 서장관으로 청나라 연경에 갔다가 지은 장편 가사 〈연행가〉도 사실적인 기행 가사로 꼽을 수 있다. 1866년(고종 3) 4월부터 8월까지의 일정을 담은 가사로서 다른 나라의 풍물과 인물 등에 대한 묘사가 사실적인 작품이다.

녹색 창과 붉은 문의 여염집은 오색이 영롱하고, 화려한 집과 난간의 시가지는 만물이 번화하다. 집집마다 만주 사람들은 길에 나와 구경하니 옷차림이 괴이하여 처음 보기에 놀랍도다. 머리는 앞을 깎아 뒤만 땋아 늘어뜨려 당사실로 댕기를 드리고 마래기라는 모자를 눌러쓰며, 일 년 삼백육십 일에 양치질 한 번 아니하여 이는 황금빛이요 손톱은 다섯 치라.

〈연행가〉 일부

몇 줄만 읽어 보아도 중국의 문화 풍속에 대해 자세히 관찰하고 기록했음을 알 수 있다. 반면 청의 문물과 풍속에 대해서는 부정적이고 비하하는 시각이다. 이는 서구 문명에 대해서도 마찬가지이다. 작가는 명을 존중하고 청이나 서양을 비하하는 '모화사상'을 곳곳에서 드러낸다. 작가의 의식과 의도를 가다듬지 않고 드러낼 때 작품은 날음식처럼 느껴진다. 게다가 격동기에 변화를 이끌어 가는 진보적 의식도, 세태에 대한 진지한 관찰도 아닐 경우 더더욱 그렇다. 〈연행가〉는 드넓은 세상을 기록한 기행 가사이긴 하지만, 시대를 반영함과 동시에 시대를 이끌고, 전망을 제시해야 할 문학 본연의 임무를 제대로 수행하지는 못하고 있다.

가사, 사대부의 전유물에서 벗어나다

정극인, 송순, 정철, 박인로……. 쟁쟁한 사대부 가사 작가들의 이름이다. 그러나 조선 후기에 이르러 누가 지었는지 알 수 없는 가사 작품이 다수 눈에 띈다. 유교 사상에 입각한 사대부들의 의식 세계를 담아내는 문학 장르였던 가사가 이제는 몰락하는 양반들의 삶을 보여 주는가 하면, 민중의 정서를 담아내기도 한다. 염치없고 막돼먹은 부인네의 생활상을 그려 낸 〈용부가 庸婦歌〉가 있는가 하면, 역시 어리석은 남자들을 다룬 〈우부가 愚夫歌〉도 있다. 〈용부가〉를 보자.

> 시집간 지 석 달 만에 시집살이가 심하다고 친정에 편지하여 시집 흉을 잡아내네. 계염한 시아버지에 암상스러운 시어머니라. 고자질 잘하는 시누이와 엄숙한 맏동서여. 요사스럽고 간악한 아우 동서와 여우 같은 시앗년에 드세구나 남녀 하인 들며 나며 흉보기에 남편이나 믿었더니 열 번 찍은 나무가 되었구나.

〈용부가〉 일부

〈용부가〉의 내용을 보면 등장하는 부인은 양반이라고 되어 있지만, 그 생활상으로는 크게 구별이 되지 않는다. 또한 화자의 말투는 익살이 넘치고 토속적이어서 점잖은 체하기 좋아하는 양반들하고는 다르다. 얼핏 보면 인륜과 도덕에서 벗어난 어리석은 여자를 마구 흉보는 것 같기도 하다. 그렇다고 해도 여자가 처한 상황을 미화하지는 않는다. 작품 속의 여자는 다른 사람보다 고달픈 시집살이를 하며 살아가는 듯 보인다.

또 다른 부분에서는 소금에서 녹아 나오는 쓰고 짠 물을 담은 병을 기울이며 죽겠다고 엄살을 부리고, 도망질하고, 미신을 믿고, 남의 험담을 하고, 싸움질에 음담패설까지 일삼는 천박한 여인의 모습을 비난하며 경계한다. 한편으로는 부녀자로서 지녀야 할 유교적 덕성을 추구하면서, 건전하게 살아가지 못하는 삶의 모습을 풍자하는 듯도 하다.

〈우부가〉에는 세 명의 남자가 등장한다. 남촌의 한량 개똥이와 꼼생원, 꼥생원이 그들이다. 개똥이는 부모덕에 잘 먹고 잘사는 사람이며, 꼼생원도 생활이 넉넉하다. 꼥생원은 몰락하여 다른 이에게 빌붙어 살아가는 양반이다.

> 내 말이 미친 소리인가 저 인간을 구경하게. 남촌의 한량 개똥이는 부모덕에 편히 놀고 호의호식하지만 무식하고 미련하여 소견머리가 없는데다가 눈은 높고 손은 커서 대중없이 주제 넘어 유행에 따라 옷을 입어 남의 눈만 즐겁게 하네.

〈우부가〉 일부

이렇게 시작하여 무위도식하면서 망나니짓을 하는 양반의 모습이 그려진다. 작품 속의 개똥이는 명문가의 종손으로 태어나서 잘 먹고 잘살아 간다. 그러나 재산을 모두 날려 가난뱅이가 된다. 가난뱅이가 된 다음에도 자기 분수를 지키지 않아 더욱 비참한 비렁뱅이 꼴이 되어 버린다. 이제 개똥이는 체면도 없이 남의 집에 밥을 얻어먹으러 다니는 극단적 상황에 이르렀다.

그렇다면 이 작품은 자신을 잘 추스르고, 집안을 잘 다스리며, 제 분수를 잘 지켜 살아가라는 교훈을 주려 한 것일까? 그렇지만은 않다. 물론 표면적으로는 이 같은 교훈을 전하지만, 그 속을 깊이 들여다보면 풍자 정신이 녹아 있다. 〈우부가〉는 임진왜란 이후 격동의 역사 속에서 몰락해 가는 양반과 변하는 시대상을 아울러 담아낸 작품이라 할 수 있다.

조선 후기의 가사의 산문 정신

확실히 조선 후기의 가사는 변모하고 있었다. 이는 분명 사회의 변화와 그 흐름을 같이한다. 사대부의 감상을 담아내는 역할을 했던 가사에는 유교적 정신과 사대부의 자연관 및 자긍심이 담겨 있었지만, 시대의 변화는 사대부의 자리를 흔들었다. 그들이 살고 있는 사회를 흔들었고, 그들 삶의 양상도 흔들었다.

조선 후기에 이르러 가사는 내용이 달라지고, 그 성격도 달라진다. 전쟁 체험을 담은 전쟁 가사가 창작되고, 자연의 아름다움을 노래하는 은일 가사가 아닌 사대부의 농촌 생활을 담은 가사들이 창작되었다. 국내 기행에서 한 걸음 더 나아가 외국 기행을 소재로 한 가사도 창작되었다.

학문에 몰두하든가 자연에 숨어 지내며 고고하게 살아가는 사대부들 삶의 내용만이 아닌, 몰락하는 양반의 모습을 풍자적으로 담아낸 가사도 생겨났다. 이와 함께 작자층의 변화도 일어난다. 문장을 드날리던 사대부들이 주로 지었던 가사를 이제는 이름 없는 평민들도 짓는다.

가사 작품 전반에 일어나는 변화는 '서사성의 확대'라는 말로 정리해 볼 수 있다. 개인의 감상, 감탄, 감격의 표현은 점차 줄었다. 실제 일들을 사실적으로 담아내거나, 어떤 상황을 이야기하거나, 해야 할 일들을 산문적으로 풀어 주는 가사가 대부분을 차지했다. 이제 가사는 운문 문학이라기보다 산문 문학에 가까워졌다. 그만큼 무언가를 말하고자 한 사람들이 늘어난 것인지도 모른다. 격동의 시기에 맺힌 것이 많고 해야 할 말도 많아지는 게 당연하리라. 그래서 가사는 길어졌고, 가사만으로는 안 되겠기에 사설시조와 소설, 탈춤 등 다양한 이야기 방식이 생겨났을 것이다.

〈태평사〉

조선 선조 31년(1598)에 박인로가 지은 가사이다. 임진왜란이 끝나고 다시 태평성대를 구가한다는 내용을 담고 있다. 다음은 〈태평사〉의 앞부분으로서 왜적의 침입으로 피해가 컸지만 명군의 도움으로 그들을 내쫓았다는 내용이다.

　나라가 한쪽으로 치우쳐서 해동에 버려져 있어도, 기자 조선 때부터 끼친 풍속 고금 없이 순박하고 인정이 두터워, 이백 년 간 예의를 숭상하니, 우리의 모든 문화가 한, 당, 송과 같이 되었더니, 섬나라 오랑캐의 많은 군사가 하루아침에 갑자기 쳐들어와서, 수많은 우리 겨레가 놀라 죽은 넋이 칼빛 따라 생겨나니, 들판에 쌓인 뼈는 산보다 높아 있고, 큰 도읍과 큰 고을은 승냥이와 여우의 소굴이 되었거늘, 처량한 임금 행차 의주로 바삐 들어가니, 먼지가 아득하여 햇빛이 엷었더니, 거룩한 명나라 천자 무술이 빼어나시어 한 번 크게 성을 내시어, 평양의 모든 흉적 한칼 아래 다 베어서, 바람같이 휘몰아 남쪽으로 내려와서 남해가에 던져두고, 궁지에 빠진 왜구를 치지 않고 몇 해를 지냈는고?

〈노처녀가〉

조선 후기의 가사로 사대부의 체면과 가난 때문에 혼인 기회를 놓친 노처녀의 슬픔을 노래한 작품에는 두 종류가 있다. 사대부의 체면과 가난 때문에 혼인의 기회를 놓친 노처녀가 신세를 한탄하는 내용의 〈노처녀가〉와, 국문 고소설집인 《삼설기 三說記》에 실려 있는 작품으로 추녀이며 갖은 병신인 노처녀가 결국 시집을 가게 된다는 내용의 〈노처녀가〉이다. 조선 후기 양반층의 몰락을 엿볼 수 있게 하며, 답답한 자신의 심경을 진솔하게 표현하고 있다.

옛적에 한 여자가 있으되 일신이 갖은 병신이라. 나이 사십이 넘도록 출가치 못하여 그저 처녀로 있으니 아름다운 얼굴이 스스로 늙어 가고, 눈꽃 같고 연꽃 같은 용모가 공연히 없어지니 설움이 골수에 맺히고, 분함이 심중에 가득하여 미친 듯 취한 듯 좌불안석하여 세월을 보내더니 하루는 가만히 탄식하기를, '하늘이 음양을 내시매 다 각기 정함이 있거늘 나는 어찌하여 이러한고. 섧기도 헤아릴 길 없고 분하기도 그지없네.' 하였다. 여기저기 방황하더니 문득 노래를 지어 말하듯 노래하기를, "어와 내 몸이여 섧고도 분한지고 이 설움을 어이하리. 인간 만사 설운 중에 이내 설움 같을쏜가." 하였다.

삶의 애환을 실타래 풀 듯 풀어 가며, 미움과 아픔을 웃음으로 뛰어넘으며

품은 이야기가 쉴 새 없이 나오는 까닭은

말이 없는 내성적인 친구가 주변에 한 사람쯤 있을 것이다. 통 말이 없어서 어떤 생각을 하고 있는지, 어떤 감정을 품고 있는지 알 수가 없다. 쉬는 시간이면 저마다 텔레비전 드라마를 보고 감동받은 이야기, 선생님께 섭섭했던 이야기, 억울했던 이야기, 안타까웠던 이야기를 쏟아 내느라 정신이 없는데, 아무 말도 하지 않고 가만히 앉아 있기만 하는 친구가 있다.

그 친구는 마음에 하고 싶은 말이 정말 없는 걸까? 맺힌 것도 없는 걸까? 마음에 맺힌 설움이나 억울함, 슬픔이나 감동이 있다면 무언가 말을 할 텐데…….

그런데 이런 궁금함이 풀리는 날이 있다. 조금씩 조금씩 웃음을 주고받고 한두 마디 말을 나누며 마음 한 귀퉁이를 보여 주다가 서로 가까워진 어느 날, 친구는 자기 속마음을 이야기하기 시작한다. 때가 된 것이다. 친구의 말은 흐르는 시냇물처럼 졸졸졸 끝없이 이어진다.

때가 되어 이야기를 풀어내는 친구처럼, 해야 할 이야기가 가슴에 쌓이고 때가 무르익어 자연스럽게 등장하게 된 문학 장르가 있다. 바로 사설시조이다.

사설시조는 조선 후기인 17세기 말엽쯤 모습을 보이기 시작하여 18세기에 다양한 작품이 창작되어 활짝 꽃을 피웠다. 김천택이 편찬한 《청구영언》에 111수 정도의 사설시조가 실려 있으며, 현재 남아 있는 사설시조 작품은 600여 수이다. 평시조에서 2구 이상, 때로 시조의 몇 배 이상 길어진 사설시조는 어떻게 세상에 나오게 되었을까?

조선 사회의 큰 분수령을 이루는 것은 바로 임진왜란이다. 임진왜란을 겪으며 이 사회의 중요한 세력으로 군림했던 양반들은 그 힘을 잃어 갔다. 양반 계급은 흔들렸고, 양반의 권위는 추락했다. 돈을 주고 양반 계급의 지위를 사는 일이 허다하게 일어났고, 경외심의 대상이던 양반은 우스꽝스러운 모습으로 또는 비판의 대상으로 변모했다. 양반의 지위를 뒤흔든 새로운 계층은 경제적으로 힘을 갖게 된 상인층과 중인층이었다.

양반의 신분만 흔들린 것이 아니다. 양반이 독점하다시피 창작했던 시조를 상인과 중인 같은 중간 계층이 짓기 시작했고, 평민들도 시조 작가로 등장했다. 그러나 이들의 시조는 이전의 시조와 다른 모습을 보였다. 초장, 중장, 종장의 3장 6구 45자 안팎의 고정된 틀을 갖춘 시조의 형식이 흔들리기 시작한 것이다.

양반 위주의 사회를 거치고, 그 모순이 고스란히 드러난 전쟁을 거치면서 평민들은 마음에 맺힌 게 많아졌다. 쌓인 한도 많고, 자신을 표현하고 싶은 욕구도 커졌으며, 비판하고 싶은 일도 많아졌을 것이다. 이를 표현하기에 시조라는 틀은 한계가 있었다. 길이도 짧은 데다가 형식도 정해져 있어, 구체적인 감정과 생활 모습을 담아내고 맺힌 이야기를 풀어내기엔 갑

126

갑함이 있었을 것이다. 또한 전쟁을 거치며 평민들의 의식도 한층 성장했으니, 사설시조라는 새로운 시조의 모습이 필요했던 것이다. 이렇게 사설시조는 시조의 틀을 깨고 길어진 모습으로 나타났다.

손에 잡힐 듯 구체적인 표현

다음 두 편의 시조를 읽어 보자.

흰 눈이 잦아진 골짜기에 구름이 험하구나
반겨 줄 매화는 어느 곳에 피어 있는가?
석양에 홀로 서 있어 갈 곳 몰라 하노라.

(이색)

창(窓) 내고자 창을 내고자 이내 가슴에 창 내고자
고모장지 세살장지 들장지 열장지 암톨쩌귀 수톨쩌귀 배목 걸쇠
크나큰 장도리로 뚝딱 박아 이내 가슴에 창 내고자
이따금 하도 답답할 때면 여닫어나 볼까 하노라.

앞의 시조는 고려의 신하로서 조선 왕조에 끝내 협력하지 않고 숨어 살던 이색의 작품이다. 시조의 기본 형태인 '3·4·3·4, 3·4·3·4, 3·5·4·3'의 형태에 거의 들어맞는 평시조이다. 두 번째 시조는 지은이를 알 수 없는 사설시조이다. 안타까움과 답답함을 느끼고 있다는 점에서 앞 시조의 시적 화자가 품고 있는 심정과 유사한 면이 있다. 그러나 길이 면에서 시

조의 기본형과 사뭇 다르다. 중장이 두 배 이상 길어졌다.

이렇게 길어진 까닭은 무엇일까? 사실 안타까운 심정이 어느 누가 더하고 덜하다 말할 수는 없을 것이다. 그러나 앞의 시조가 상징적 표현과 추상적 표현으로 자신의 속마음을 비출 듯 말 듯 나타내고 있다면, 뒤의 시조는 구체적으로 무엇인가를 쏟아 내듯 자기감정을 풀어내고 있다.

답답하고 안타까운 심정은 사실 추상적인 것이다. 눈에 보이지도 않고 손에 잡히지도 않는다. 그러나 그 답답한 마음을 풀기 위해 창문을 만들어 달겠다는 발상은 참으로 기발하다. 그리고 그것을 한 번 이야기해서는 성에 차지 않는다. 몇 번이고 창을 내겠다는 말을 반복해야 답답함이 줄어든다. 그 창문의 종류를 죽 열거한 것도 깊은 인상을 남긴다. 그냥 창이 아니라 기대어 놓는 문, 가는 창살 문, 들어 올려서 매달아 놓는 문, 미는 문 등 다양한 문과 문에 달린 돌쩌귀와 문에 꿰는 쇠 이야기까지 한다. 문을 만드는 과정도 생생하게 들려준다. 이런 구체적 이야기를 통해 화자의 답답한 심정이 생생하게 전해진다. 숨은 뜻을 머리로 생각하게 하는 표현이 아니라, 생활 속의 사물과 구체적 몸짓을 통해 눈에 보이듯 실감나게 묘사했다. 이처럼 생생한 표현은 다른 사설시조에서도 얼마든지 찾아볼 수 있다.

나무도 바위도 없는 산에 매에게 쫓긴 까투리 마음과

넓은 바다 한가운데 일천 석 실은 배가 노도 잃고 닻도 잃고 돛대에 매는 줄도 끊어지고, 돛대도 꺾이고 키도 빠지고 바람도 불어 물결치고 안개가 뒤섞여 자욱한 날에 갈 길은 천 리 만 리 남았는데 사방이 어둑어둑 저물고 천지는 적막하여 사나운 파도가 떴는데 해적을 만난 도사공의 마음과

엊그제 임과 이별한 내 마음이야 어디에다 비교할 수 있겠는가.

이 시조의 화자가 처한 상황은 임과의 이별이다. 막막하고 참담한 심정일 것이다. 조선 전기의 시조 작가들은 "이화우 흩뿌릴 제 울며 잡고 이별한 임 추풍낙엽에 저도 날 생각는가 천 리에 외로운 꿈만 오락가락 하노매."(계랑)처럼 곱고 격조 높게 이별의 슬픔을 노래했다. 황진이처럼 "임 없는 동짓달 밤을 베어 내어 넣어 두었다가 임이 오면 펴리라." 하고 운치 있는 표현을 하기도 했다.

하지만 앞의 사설시조는 그렇게 함축적으로 이별의 슬픔을 말하지 않는다. 길고도, 아주 생생하게 자기 심정을 표현한다. 그냥 표현할 길이 없기에 비유를 하고, 간단한 한두 가지 비유로는 다 전할 수 없기에 막막하고 참담한 심정을 나타낼 만한 비유를 계속 나열하고 있다. 독자인 우리도 이 시조를 읽으며 그러한 화자의 심정을 헤아리게 된다. 숨을 곳도 없는 산에서 매에 쫓기는 까투리는 얼마나 절박할까? 노도 잃고, 닻도 잃고, 키도 빠지고, 날씨는 험하고, 갈 길은 먼데 해적까지 만난 도사공은 또 얼마나 참담할까? 이런 생각을 하면서 우리 자신이 까투리가 된 것 같고, 도사공이 된 것 같고, 결국은 임을 잃은 화자의 절박하고 참담하고 애타는 심정을 이해하게 되는 것이다.

한 번 말하는 것보다는 두 번 말해 줄 때, 추상적으로 말하는 것보다는 생동감 넘치는 현실 상황을 비유하여 이야기할 때, 관념 속의 것보다는 우리 생활 주변의 소재로 이야기해 줄 때 많은 사람이 그 상황을 실감하게 된다. 이처럼 맺힌 게 너무 많아 답답했기에, 이제는 하고 싶은 말을 할 수 있는 때가 되었기에, 그 심정을 생생하게 전하고 싶어 구체적으로 표현했기에 사설시조는 길어질 수밖에 없었던 것이다.

슬픔조차 웃음으로 승화시키며

생생한 표현으로 인해 길어진 사설시조에서 우리는 또 하나의 특징을 발견한다. 슬픔을 웃음으로 승화시키는 강인함이 바로 그것이다. 우리 주변에도 이런 친구가 있을 것이다. 잘 웃고 씩씩한 친구, 그에게는 슬픔이 없을 것만 같다. 그러나 어느 날, 그에게도 마음 상했던 기억이 있었음을 알았다. 그런데 그 친구는 자신의 부끄러운 기억을 오히려 재미나게 이야기해 준다.

초등학교 졸업할 때, 짝이었던 남자 친구와 5년 뒤 어느 날 초등학교 교문 앞에서 만나기로 약속했어. 그날이 와서 난 약속 장소로 갔지. 설레는 마음으로 그 애가 오길 기다렸어. 한 시간쯤 기다렸을까? 그 애가 오는 거야. 나는 잔뜩 긴장했지. 안경을 쓴 큰 키의 그 애가 다가왔지. 그 애는 두리번거리면서 누군가를 찾는 거였어. "아무개 아니니?" 하고 물으니까 나를 쳐다보더군. 그 애가 뭐라는 줄 알아? "어, 오늘 반창회하는 날인데 너만 나왔어? 다들 되게 바쁜가 보네." 이게 무슨 이야기냐고? 난 그때 반장이었던 그 애를 좋아했는데, 나만 만나자고 한 줄 알고 5년 동안 그날을 기다렸던 거야. 졸지에 그날 나만 한가하고 할 일 없는 애가 되어 버렸어.

자신을 우스꽝스런 모습으로 그려 내며 오히려 장난꾸러기처럼 말하면서 그 친구는 자신의 슬픈 풋사랑을 극복하는 것이리라. 때가 되어 하고 싶은 말을 새록새록 풀어내는 친구의 모습에서, 자신의 마음 상했던 기억을 우스꽝스럽게 전하며 그 불쾌함과 슬픔도 웃음으로 이겨 내는 친구의 모습에서 우리는 사설시조의 세계를 떠올리게 된다.

임이 오겠다고 하기에 저녁밥을 일찍 지어 먹고, 중문을 나와서 대문으로 나가 문지방 위에 올라가 앉아 손을 이마에 대고 임이 오는가 하여 건너 산을 바라보니, 거무 희뜩한 것이 서 있기에 저것이 임이로구나.

버선을 벗어 품에 품고 신을 벗어 손에 쥐고, 엎치락뒤치락 허둥거리며 진 곳 마른 곳 가리지 않고 우당탕퉁탕 건너가서 정이 넘치는 말을 하려고 곁눈으로 흘긋 보니, 작년 칠월 사흗날 껍질을 벗긴 주추리 삼대 알뜰하게도 나를 속였구나.

아서라, 마침 밤이기에 망정이지 행여 낮이었다면 남을 웃길 뻔하였도다.

이 시조에서 화자는 안타깝고 슬픈 상황에 처해 있다. 기다려도 기다려도 임은 오지 않고, 그 그리움이 극진하여 거뭇하고 희끗한 것만 보고도 임인 줄 알고 달려간다. 그러나 가 보니 임이 아니라 삼 줄기였다. 너무나 허탈하고 허망하다.

이 시조를 읽는 우리는 큭큭 웃음부터 먼저 터뜨린다. 이 웃음은 개그 프로에서 바보스러운 사람의 행동을 보며 나오는 웃음과 비슷하다. 말을 버벅거리고 허둥대다가 넘어지는 개그맨이 나올 때 대개 사람들은 웃음을 터뜨린다. 정상에서 벗어날 때, 일반적인 예상에서 빗나갈 때 웃음이 나오기 때문이다.

화자의 행동은 예상을 빗나가고 너무나 어수룩하다. 희끗거리는 모습을 보고 임인 줄 착각한 것이며, 신발과 버선을 벗어 들고 우당탕퉁탕 허우적거리며 뛰는 모습이며, 삼 줄기인 줄 알고 허탈해하는 것도 모두 어수룩하여 웃음을 준다. 그러나 이 웃음은 슬픔과 아픔을 치료하는 방법이다. 사설시조에 나타난 이 해학성은 상처의 치료제인 것이다.

〈나물 캐는 두 여인〉
조선 후기 화가 윤두서가 그린 그림. 조선 시대
여인들의 슬픔과 기쁨, 그리움과 한은 무엇이
었을까 생각하게 한다.

시집살이의 애환을 다룬 다음의 시조에서도 설움과 원망을 해학적인 표
현을 통해 승화시키는 예를 찾아볼 수 있다.

시어머님 며늘아기 미워 부엌 바닥을 구르지 마오.

빛 대신 받은 며느린가, 값을 쳐서 데려온 며느린가, 밤나무 썩은 등걸에
난 회초리와 같이 매서우신 시아버님, 볕 쬔 쇠똥처럼 말라빠진 시어머님,
삼 년 엮은 망태기에 새 송곳 끝처럼 뾰족하신 시누이님, 당피 심은 밭에
돌피 난 것처럼 샛노란 오이꽃 같은 피똥 누는 아들 하나 두고,

기름진 밭에 메꽃 같은 며느리가 어디가 미워서 그러시는고.

〈바느질〉

옛 여인들의 삶을 다룬 문학 작품을 보면 바느질이나 길쌈 등이 종종 소재로 등장한다. 그림 속의 여인들도 가위질하고 접고 꿰매면서 자신이 겪는 시집살이의 쓴맛을 함께 나누었을 것 같다.

옛날 여인네들에게 시집살이는 고추 맛에 비유할 만큼 맵고 괴로운 것이었다. 가부장적 사회 속에서 여성이 겪어야 하는 삶의 무게는 만만치 않았다. 육체적으로도 힘들고 정신적으로도 힘들었다. 며느리밥풀꽃에 얽힌 전설만 보아도 시집살이가 얼마다 고되고 쓰디쓴 것이었는지 알 수 있다.

일만 하고 구박만 받던 며느리가 배가 고파 밥솥의 밥을 먹었는데, 미처 삼키기도 전에 시어머니에게 들켜 버렸다. 시어머니는 며느리를 심하게 때렸고, 며느리는 그만 죽고 말았다. 그 입에 미처 넘어가지 못한 두어 개 밥풀처럼 며느리밥풀꽃의 붉은 꽃잎에도 마치 밥풀인 양 흰 무늬가 있다.

이런 이야기가 있을 만큼 서러운 시집살이를 사설시조의 화자는 어떻게 극복하고 있는가. 화자는 자신을 힘들게 하는 시집 식구들을 비유를 통해 우스꽝스럽게 만들어 버린다. 시아버지는 밤나무 썩은 등걸에 난 회초리에, 시어머니는 볕에 바짝 마른 쇠똥에, 시누이는 망태기에 돋은 송곳에, 남편은 당피 심은 밭에 돌피 난 것처럼 샛노란 오이꽃에 비유한다. 며느리를 힘들게 하는 어려운 시집 식구들은 독자 앞에서 웃음거리가 된다. 반면 며느리 자신은 기름진 밭에 환하게 핀 메꽃에 비유하고 있다. 능청스럽게 자신을 높이면서 슬픔을 웃음으로 해소하는 것이다.

세태를 향한 비판의 목소리

사설시조에서 풀어내는 것이 개인의 한과 슬픔만은 아니다. 세상을 향한 날카로운 비판이 사설시조의 웃음 속에 담겨 있다. 탐관오리의 횡포와 허위의식을 비판하는 시조가 있는가 하면, 약육강식의 세태를 풍자하는 시조도 있다. 너나 할 것 없이 양반이 되고 싶어 하는 신분제의 동요 속에서 건강한 평민 의식을 잃고 현학적인 행동을 일삼는 사람에 대한 비판도 있다.

두꺼비 파리를 물고 두엄 위에 뛰어 올라가 앉아

건너편 산을 바라보니 흰 송골매가 떠 있기에 가슴이 섬뜩하여 풀쩍 뛰어 내리닫다가 두엄 아래 자빠졌구나.

다행히도 날랜 나이기에 망정이지 다쳐 멍들 뻔했구나.

이 시조에서 우리는 약한 자를 괴롭히고 강한 자 앞에서 쩔쩔매면서도 허세를 부리는 두꺼비를 보게 된다. 이 두꺼비는 힘없는 민중을 괴롭히는 탐관오리라 볼 수 있고, 그 두꺼비보다 강한 흰 송골매는 더 높은 권력층 또는 우리를 넘보는 외세라고도 볼 수 있다.

파리를 물고 두엄 위에 앉아 횡포를 부리다가 두엄 아래로 벌렁 나자빠지는 모습, 그러면서도 허세를 부리는 위선적인 두꺼비의 모습은 참으로 우스꽝스럽다.

자기가 배운 것이 많다고 으스대는 현학적인 사람을 풍자하는 시조도 있다.

댁들아 동난지 사오, 저 장수야 네 물건 그 무엇이라 외치느냐, (그 물건을) 사자.
외골내육, 양목이 상천, 전행 후행, 소아리 팔족 대아리 이족, 청장 아삭 삭하는 동난지 사오.
장수야, 그리 거북하게 말하지 말고 게젓이라 하려무나.

그냥 게젓이라 하면 될 것을, 우리말로 쉽게 풀어 '밖은 단단하고 안은 물렁하며 두 눈이 위로 솟아 하늘로 향하고 앞뒤로 기는 작은 발 여덟 개에 큰 발 두 개, 푸른 장이 아삭아삭 소리를 내는'이라고 하면 될 것을 어려운 한자로 말하는 게젓 장수! 웃음이 피식 나오게 하는 재미와 날카로운 풍자를 함께 담고 있는 시조이다.

이처럼 사설시조는 조선 후기에 실타래 풀어내듯 한과 설움을 풀어내고, 웃음으로 그 고통을 승화시키고, 날카로운 세태 풍자에까지 이르며 평민들의 답답한 가슴을 확 뚫어 주었다. 한없이 술술 풀려 나오던 가슴속 이야기는 언제부터인지 가슴 깊은 열정의 세계, 욕망의 세계까지도 솔직하게 드러냈다. 그렇다 보니 퇴폐적이라 여겨질 만한 열정적인 노래들도 있었다. 지금 읽어도 눈이 휘둥그레질 만큼 노골적으로 인간의 욕망을 표현한 작품들도 있었다. 그러나 지나치면 모자람만 못한 법. 건강한 웃음과 비판과 사설이 퇴폐적인 모습을 띠면서 사설시조는 우리 문학사에서 더욱 길게 이어지지 못한 것 같다. 지금까지 시조가 창작되고 있지만 사설시조가 보여 준 생동감 넘치는 표현과 해학성, 풍자의 세계는 18세기 언저리에서 멈춰진 듯하다.

그러나 그렇다고 해서 사설시조의 문학사적 위치가 흔들리는 것은 아니다. 지금 남아 있는 문학적 향기 높은 사설시조를 읽으며 우리는 그 시대의 삶과 숨결을 헤아릴 수 있지 않은가. 시대가 문학을 변모시키고, 그 문학이 사람들의 삶을 위안하고 더 넓은 세계로 이끌 수 있다는 가능성을 배울 수 있지 않은가.

사설시조의 풍자성과 맞닿아 있는 작품

조선 후기의 시가 중 사설시조의 세계와 그 흐름이 닿아 있는 작품을 여럿 만날 수 있다. 시집살이의 애환을 다룬 민요 〈시집살이 노래〉는 사설시조 〈시어머님〉과 유사한 발상을 보여 준다. 세태를 풍자하고 비판하는 정신은 〈우부가〉 등의 가사 작품에서 만날 수 있다. 장르는 달라도 조선 후기 사회의 풍자와 비판 정신은 문학 곳곳에 살아 있음을 확인할 수 있다.

형님 온다 형님 온다.

분(㪺)고개로 형님 온다.

형님 마중 누가 갈까?

형님 동생 내가 가지.

형님 형님 사촌 형님

시집살이 어땜데까?

이애 이애 그 말 마라.

시집살이 개집살이.

앞밭에는 당추 심고

뒷밭에는 고추 심어

고추 당추 맵다 해도

시집살이 더 맵더라.

(중략)

외나무다리 어렵대야

시아버니같이 어려우랴?

나뭇잎이 푸르대야

시어머니보다 더 푸르랴?

시아버니 호랑새요

시어머니 꾸중새요,

동세 하나 할림새요

시누 하나 뾰족새요

시아지비 뾰중새요

남편 하나 미련새요

자식 하난 우는 새요

나 하나만 썩는 샐세.

귀먹어서 삼 년이요

눈 어두워 삼 년이요

말 못해서 삼 년이요

석 삼 년을 살고 나니

배꽃 같던 요내 얼굴

호박꽃이 다 되었네.

삼단 같던 요내 머리

비사리춤이 다 되었네.

백옥 같던 요내 손길

오리발이 다 되었네.

열새 무명 반물치마

눈물 씻기 다 젖었네.

두 폭붙이 행주치마

콧물 받기 다 젖었네.

울었던가 말았던가

베갯머리 소(沼) 이겼네.

그것도 소이라고

거위 한 쌍 오리 한 쌍

쌍쌍이 때 들어오네.

이 노래는 여성들이 부르던 민요로, 시집갔던 사촌 언니와 동생의 대화 형식으로 진행된다. 봉건적인 가족 제도 속에서 여인의 고단한 삶과 설움이 잘 나타나 있다. 그러면서도 읽는 이로 하여금 웃음 짓게 하는 해학적인 표현이 인상적이다. 대구, 대조, 반복, 열거를 통한 운율감과 재미난 비유를 통한 표현의 묘미를 느낄 수 있다. 시집 식구들을 다양한 새로, 자신을 썩는 새로 표현하고, 자식들을 자신의 눈물 연못에 들어온 거위와 오리로 표현한 부분도 절묘하다. 현실의 힘겨움과 고뇌에 체념하면서도 동시에 풍자와 해학으로 해소하고 비판하는 모습은 사설시조의 정신과 일맥상통한다.

사회 모순에 대한 통찰과
새로운 세상을 향한 갈망

일그러진 현실에 저항하다

영화사에 영원한 명화로 기억되어 사람들의 입에 오르내리는 영화 중 〈빠삐용〉이 있다. 살인자로 오인받아 감옥에 갇힌 빠삐용. 그는 죄수 수송선에서 만난 드가와 함께 남미의 섬 가이아나에서 힘든 나날을 보내며 탈출할 계획을 세운다. 그러나 첫 번째 탈출 시도에 실패하고 2년을 독방에서 보낸다. 두 번째 탈출 시도에 성공한 드가와 빠삐용. 사람들의 도움을 받아 콜롬비아에 도착하지만 다시 붙잡힌다. 독방 감옥에서 5년을 보낸 뒤 또 탈출을 시도하지만 붙잡혀 악마의 섬이라 불리는 곳으로 보내진다. 드가는 혹독한 시련에 지쳐 현실에 순응하며 살아가고, 빠삐용은 끝내 탈출을 시도하여 성공한다.

빠삐용이 실패를 거듭하면서도 자유의 몸이 되고자 한 이유는 죄가 없음에도 살인죄로 갇힌 상황을 수긍할 수 없었고, 진실을 밝히고자 하는 갈망을 억누를 수 없었기 때문이다. 극단적인 상황이지만 〈빠삐용〉을 통해 우리는 그릇된 현실 속에서 저항하는 인간의 전형을 본다. 일그러진 상황과 투쟁하는 인간의 모습을 발견하는 것이다. 이러한 인간의 저항은 문학가, 예술가 들이 늘 관심을 갖고 다루는 주제이다.

우리 고전 문학으로 눈을 돌려 보자. 우리나라 최초의 한글 소설이라 일컬어지는 〈홍길동전〉은 자신이 처한 현실을 인정할 수 없었던 한 인간의 모습을 담은 작품이다. 일그러진 현실에 저항을 시도했다는 점에서 자연스럽게 빠삐용의 모습과 중첩된다. 물론 홍길동의 문제의식이 훨씬 더 포괄적인 것이었으며, 시대의 문제와도 연결되어 있다. 저항의 양상과 방법도 다르다. 홍길동의 문제 제기는 무엇이었고, 그는 어떤 방법으로 극복하려 했으며, 어떤 대안을 제시했는가? 이런 질문을 짚어 보면서 영웅의 일생을 담은 〈홍길동전〉이라는 고전 소설의 의미와 한계를 두루 살펴보자.

집을 떠난 서자에서 율도국의 왕까지

〈홍길동전〉은 허균이 지은 우리나라 최초의 한글 소설이라 일컬어지고 있다. 최초의 한글 소설은 〈홍길동전〉보다 100년 앞서 나온 〈설공찬전〉이라는 설도 있지만, 이 작품은 번역체 한글 소설이기 때문에 역시 최초의 한글 소설은 〈홍길동전〉으로 보아야 한다는 견해가 일반적이다.

〈홍길동전〉의 실제 지은이가 허균이 아닐 것이라는 견해도 있지만, 비슷한 시기에 문학 활동을 했던 이식의 문집 《택당집》에 허균이 지었다는 구절이 있다. 작품에 담긴 사상적 배경도 허균의 사상과 통하고 있기에 허균을 〈홍길동전〉의 지은이로 보아도 무방할 것 같다. 어릴 때부터 익히 들어 왔고, 여러 국어 교과서와 문학 교과서에도 일부 수록되어 있어 모두 잘 알고 있지만 〈홍길동전〉의 줄거리를 다시 간략하게 훑어보기로 하자.

142

　　홍길동은 조선조 세종 때 서울에 사는 홍 판서와 시비 춘섬 사이에서 태어난 서자이다. 길동은 빼어난 기상과 재능을 지녔으나 아버지를 아버지라 부르지 못하고, 형을 형이라 부르지 못하는 천한 신분이기에 가슴에 깊은 한을 품고 살아간다. 홍 판서의 첩 초란은 길동의 비범한 재주가 장래에 화근이 될까 두려워 자객을 시켜 길동을 없애려고 한다. 길동은 자기를 죽이려던 자객과 무녀를 죽이고 집을 떠난다.

　　도적의 소굴로 들어가 우두머리가 된 길동은 자신의 무리를 '활빈당'이라 이름 짓고, 각 읍의 수령들이 옳지 못한 방법으로 모은 재물을 빼앗아 백성들에게 나누어 주되, 백성에게 해를 끼치지 않고 나라의 재산에는 추호도 손을 대지 않았다. 그래서 부하들은 그 뜻에 감복하였다. 길동이 함경도 감영의 재물을 빼앗자 함경 감사가 길동을 잡지 못하여 조정에 장계를 올리는데, 묘하게도 팔도에서 장계를 올렸지만 도적의 이름과 도적당한 날짜가

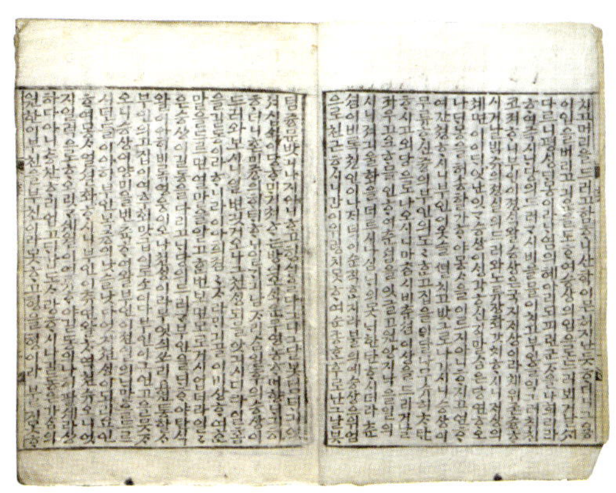

〈홍길동전〉

조선 광해군 때 허균이 지은 최초의 한글 소설. 허균은 홍길동의 이야기를 통해 서자에 대한 신분 차별과 부패한 정치를 개혁하고자 하는 의지를 드러냈다.

모두 같았다.

조정에서는 홍 판서와 길동의 형 인형을 앞세워 홍길동을 잡으려 하지만, 둔갑술까지 쓰면서 자유자재로 활동하는 그를 당해 낼 수 없었다. 결국 홍길동이 바라는 대로 병조 판서 벼슬을 내리고 그를 달랜다.

그 뒤 길동은 고국을 떠나 남경으로 가다가 낙천 땅 부자 백룡을 만났다. 백룡은 외동딸이 없어져서 근심이 가득했는데, 길동은 요괴에게 볼모로 잡혔던 백룡의 딸과 조철의 딸을 구해 내고 두 여자를 부인으로 맞이한다. 그러던 중 아버지가 세상을 떠났다는 소식을 듣고 집으로 돌아와 삼년상을 마치고, 다시 섬으로 돌아와 군대를 모아서 율도국을 점령하고 왕위에 오른다.

3년 만에 율도국은 도적이 없고 떨어진 물건도 주워 가지 않는 이상국이 되었다. 길동이 조선에 사절을 보내니 왕은 길동의 재주를 칭찬했다. 임금이 홍인형을 율도국에 보내니 형 인형은 어머니와 함께 율도국에 가서 길동을 반갑게 만나 잔치를 열고 기뻐한다. 그곳에서 어머니가 돌아가시고 이후 길동도 72세로 죽음을 맞이하였으며, 그 아들이 즉위하여 대대로 왕위를 계승하였다.

〈홍길동전〉 일부

빼어난 인물이 만난 불운한 시대

〈홍길동전〉에 나타난 사회 비판 의식은 크게 두 가지이다. 하나는 첩의 자식을 차별하는 서얼 차별 제도에 관한 것이며, 또 하나는 백성을 도탄에 빠뜨리는 부패한 사회 제도, 특히 탐관오리에 관한 것이다.

첩이 낳은 자식과 그 자손을 서얼이라 한다. 서자는 첩의 자식이며, 얼자는 그의 자손이다. 조선 시대의 법전인 《경국대전》에는 "서얼 자손은 문과의 생원시, 진사시에 응시하지 못한다."는 내용이 있다. 이후 국가에서 경제적인 필요 등으로 서얼의 벼슬길을 열어 준 경우도 있지만, 논란의 와중에서 곧 폐지되는 등 서얼 차별은 조선 시대에 줄곧 유지되었고 때로 강화되기도 했다.

길동의 아버지는 판서 벼슬을 하고 있는 양반이지만 어머니는 시비(시중드는 여자 종)였다. 그렇기에 길동의 신분은 양반의 서자였고, 서자는 아버지를 아버지라 부를 수 없는 종과 같은 처지로 지내야 했다. 양반과 평민을 구분하고 적자와 서자를 차별하는 신분제의 모순, 그 핵심은 '인간 존엄성의 훼손'이다. 모든 인간이 평등하게 태어났건만 어떤 사람의 자식이냐에 따라 삶의 길이 달라지고, 받는 대우가 달라지고, 사회적 위치가 달라진다. 이는 인간다운 삶을 방해하는 장벽인 것이다.

이런 상황에서 사람들의 반응은 제각각이다. 어떤 이는 주어진 현실이나 제도를 바른 것이라 여기고 그 제도를 지켜 나가는 역할을 한다. 때로 그것을 강화한다. 어떤 이는 그것의 문제점을 인식하면서도 자기에게는 그 제도가 전혀 해가 되지 않기에 그저 방관하거나 이용한다. 그런가 하면 그 제도의 문제점을 뼈저리게 느끼면서 그것을 극복할 방법을 찾는 사람도 있다. 그는 제도의 희생자일 수도 있고, 그렇지 않을 수도 있다.

길동은 세 번째 유형의 사람이다. 그 자신이 적서 차별 제도의 희생자였기에 더욱 절절한 심정이 되어 극복의 길을 찾았다.

길동이 점점 자라 여덟 살이 되자, 총명하기가 보통이 넘어 하나를 들으면 백 가지를 알 정도였다. 그래서 공은 더욱 귀여워하면서도 출생이 천한 길동이 늘 아버지니 형이니 하고 부르면 즉시 꾸짖어 그렇게 부르지 못하게 하였다. 길동이 열 살이 넘도록 감히 부형을 부르지 못하고, 종들로부터 천대받는 것을 뼈에 사무치게 한탄하면서 마음 둘 바를 몰랐다.

"대장부가 세상에 나서 공맹(공자, 맹자)을 본받지 못할 바에야 차라리 병법이라도 익혀 대장인을 허리춤에 비스듬히 차고 동정서벌하여 나라에 큰 공을 세우고 이름을 만대에 빛내는 것이 장부의 통쾌한 일이 아니겠는가. 나는 어찌하여 일신이 적막하고, 부형이 있는데도 아버지를 아버지라 부르지 못하고 형을 형이라 부르지 못하니 심장이 터질지라, 이 어찌 통탄할 일이 아니겠는가!"

〈홍길동전〉 일부

길동의 불행은 서자를 차별하는 시대에 태어났기 때문만은 아닐 것이다. 그런 시대에 길동이 너무나 뛰어난 인물이었기 때문이기도 하다. 그가 어리석은 사람이었다면, 또한 재주가 뛰어난 사람이 아니었다면 현실에 대해 덜 절망했을지도 모른다. 출세하여 무언가를 도모하려는 의욕도 없었다면 그런대로 살아갈 수 있었을 것이다. 그러나 뛰어난 재주를 지닌 길동은 당시 사대부들이 꿈꾸는 대로 입신양명하여 이름을 떨치기를 바랐고, 그의 바람은 현실의 벽 앞에서 좌절할 수밖에 없었다.

신분제의 질곡으로 마음에 한을 품은 그의 앞에 또 하나 현실의 벽이 다가온다. 이는 봉건적인 가족 제도로 인한 것이다. 홍 판서의 첩인 초란은 길동의 재주가 출중하고 홍 판서가 길동을 아끼는 것을 시기하여 길동을 해하려 한다. 조선 시대 양반들에게 허용되었던 일부다처제와 그로 인한 갈등이 길동을 위험에 빠뜨리게 된 것이다. 모순된 현실은 이렇게 개인의 삶을 뒤틀어 버린다.

집을 떠난 길동은 신분제와 가족 제도의 모순으로 인한 개인의 좌절과는 한 차원 다른 사회의 현실을 만난다. 도적들과의 만남, 해인사 습격, 탐관오리의 응징 등으로 이어지는 사건은 바로 조선 사회의 일그러진 현실로 인한 것이다.

〈홍길동전〉의 지은이 허균이 살았던 시대(1569~1618)를 감안하면, 이 작품은 16세기에서 17세기 사이의 조선 사회를 배경으로 한다고 볼 수 있다. 이 시기의 조선 사회는 어떤 상황이었을까? 귀족들이 대토지 소유를 확대해 가면서 정치 경제 등 여러 면에서 문제가 생겼다. 지주들의 수탈, 세금과 부역 등으로 농민들의 삶이 피폐해졌다. 상업이 발달하면서 농촌을 떠나는 농민들도 생겼다. 농업과 상업의 발전 속에서 빈부의 격차는 더 심해져, 이 가운데 몰락하는 농민이 있게 마련이었다. 유랑하는 농민들이 늘었고, 도적이 되어 생활을 이어 가는 사람도 허다했다. 도적들은 작게는 몇 명이었지만 수십, 수백 명에 이르기도 했다. 이들은 여러 지역을 돌면서 관청을 습격하고, 악명 높은 부자들의 집을 공격하기도 했다. 실제로 연산군 때 서울 근처에 홍길동 부대가 있었다고 한다. 임꺽정 등 많은 인물이 변란을 일으켜 나라를 뒤흔든 일도 있었다. 백성들의 지지를 받는 의적이 출현하고 민란이 그치지 않았던 것은 세상이 살기 어려웠고, 정치는 부패했으며, 새로운 세상에 대한 농민들의 의지가 드높았기 때문이다.

농민들을 수탈하는 관리들, 유랑하다가 도적의 무리가 되는 농민들, 이런 혼란스러운 사회 속에서 부패하여 민중을 괴롭히는 데 동참하는 종교의 모습. 〈홍길동전〉에 담긴 사건과 상황은 꾸며진 것이 아니라 그 시대의 반영인 셈이다.

비현실로 현실을 극복할 수 있을까

소설 속의 인물은 대부분 세상과 불화하는 인물들이다. 현실에 적당히 순응하면서 행복하게 살아간 인물은 소설 속의 주인공이 되기 어렵다. 소설은 인물과 그 인물을 둘러싼 인물이나 상황 또는 시대와의 갈등을 주된 관심사로 삼고 있기 때문이다. 주인공 홍길동은 적서 차별 제도에 한을 품었고, 부패한 현실을 비판했다. 그렇다면 홍길동이 이 같은 현실 문제를 극복하는 방식은 무엇이었을까? 일단 그는 적서 차별이 실제 이루어지는 가장 작은 단위인 집을 떠난다. 그리고 도적의 소굴로 들어가 우두머리가 된다. 여기까지 보면 길동은 현실에 대해 가장 극단적인 저항 방법을 취한 듯하다.

그러나 소설 속에서 문제를 해결하는 구체적인 방법 자체는 비현실적이다. 길동은 비와 바람을 부르고 구름을 일으키는 도술로 문제를 해결한다. 초란의 사주를 받아 자신을 죽이려는 사람을 도술로 물리치고, 조정에서 자신을 잡으려 하자 짚으로 여러 명의 홍길동을 만들어 조롱한다. 길동이 서자로서는 불가능했던 벼슬을 받고 아버지를 아버지라, 형을 형이라 부를 수 있게 된 것은 모두 도술이 뛰어났기 때문이다.

현실의 암울한 문제가 도술이라는 비현실적인 방식으로 해결될 수 없음은 분명하다. 그런 점에서 홍길동의 문제 해결 방식에는 한계가 있다. 게다가 길동은 개인적 차원에서 문제를 해결하는 데 그치고 말았다. 임금에게 병조 판서를 요구하지만 적서 차별 제도를 없애야 한다고 주장하지는 않았다. 물론 서자인 자신이 병조 판서 벼슬을 받음으로써 서얼 차별 제도가 그런 식으로 고쳐져야 한다는 주장을 펴는 셈이지만, 개인의 한을 푸는 데서 더 나아가지는 못했다. 길동이 온 나라에 소란을 일으켰다고 하지만 작품 속에서 적서 차별이 없어지지 않았으며, 잘못된 관습이 사라지지도 않았다. 도적을 양산하는 사회 현실에 대한 비판도 작품에 잘 드러나 있지는 않다.

사회 모순을 인식하고 그 모순을 해결해 가려 했던 홍길동의 이상은 분명 시대를 앞서는 것이었지만, 작품에 나타난 극복의 방법에는 한계가 있었다. 도술이라는 비현실적 방법으로 해결하려 했던 점, 개인 차원에서 더 나아가 제도적 해결에 이르지 못했다는 점 등이다. 그 한계는 홍길동의 한계가 아닌 그 시대의 한계인 셈이다.

우리는 그런 한계에도 불구하고 〈홍길동전〉의 의의를 높이 평가한다. 분명하게 사회의 모순을 인식하고 극복해 가려는 주인공의 실천 의지는 비록 도술에 의한 해결 방식을 취하고 있으나 그 나름대로 큰 의미를 지닌다. 문제를 자각하고, 지향해야 할 방향과 대안을 찾는 과정을 분명히 보여 주고 있기 때문이다. 대안은 이상 국가, 바로 율도국이었다.

율도국은 어떤 나라인가

병조 판서 벼슬을 받고 한을 푼 홍길동은 조선을 떠난다. 도술이라는 힘으로 요괴를 물리쳐 부인을 얻고, 율도국을 점령하여 왕이 된다. 그가 이뤄 낸 율도국에 대한 언급은 간략하다.

왕이 나라를 다스린 지 삼 년에 산에는 도적이 없고, 길에서는 떨어진 물건을 주워 가지 않으니, 태평세계라고 할 만하였다.

〈홍길동전〉 일부

단 두 가지로 정리된다. 도적이 없는 사회, 떨어진 물건을 주워 가지지 않는 사회. 이 두 가지 상황을 설정하고 있지만 우리가 이끌어 낼 수 있는 생각은 많다. 율도국을 뒤집어 보면 길동이 떠나올 수밖에 없었던 조선 사회의 모습이 그려진다. 도적이 들끓을 수밖에 없고, 자신의 탐욕을 제어할 수 없는 사회이다.

왜 도적이 생길 수밖에 없었는가? 먹고살기 힘들었기 때문이다. 왜 먹고살기 힘들었는가? 귀족들이 토지를 차지하고, 백성을 수탈했기 때문이다. 귀족들이 그렇게 할 수 있었던 근거는 무엇인가? 일부 귀족이 대토지를 소유할 수 있었던 토지 제도의 모순 때문이다. 그 모순은 조선 사회가 철저한 계급 사회이며 신분 차별의 사회였기 때문에 가능하다.

이런 사회에서 사람들의 심성은 거칠어진다. 당장 먹고살 길이 막연하여 도적이 된 판에 길에 떨어진 물건을 주워 갖지 않을 정도의 자제심은 생길 수도 없다. 인간의 심성도 물질과 환경에 지배되기 때문이다. 결국 율도국은 제도가 정비되고, 그로 인해 사람들의 심성이 순화된 이상 세계였다.

예부터 동양, 서양을 막론하고 많은 사람이 이상향을 꿈꾸었다. 도연명은 《도화원기》에서 복숭아 잎이 흘러내리는 '무릉도원'이라는 이상적인 마을을 이야기했다. '해가 뜨면 들에 나가 일하고 해가 지면 들어오는 곳'이며, 사람 사이의 갈등과 싸움도 없는 평화로운 세상이다. 진시황 때 혼란스러운 세상을 피해 들어온 사람들이 이룬 마을이라는 것이다.

영국의 토머스 무어가 쓴 〈유토피아〉라는 공상 소설에서도 이상적인 국가를 그리고 있다. 그 나라 사람들은 하루 6시간 일하고, 필요한 물건은 시장의 창고에서 꺼내 쓴다. 종교적 관용과 남녀 교육의 평등을 주장한다.

제목 '유토피아'는 그리스 어에서 유래한 것으로 '아무 데도 없는 나라'라는 뜻이었으나, 이 작품을 계기로 '이상향'이라는 뜻을 가지게 되었다고 한다.

무릉도원과 유토피아 모두 현실에 없는 어떤 나라이다. 율도국 역시 그렇다. 현실에 없는 이상 세계를 통해 현실의 문제점이 무엇인지 생각하게 하고, 이런 현실에서 벗어나고자 하는 인간의 욕망을 담아내고 있는 것이다. 지금 21세기를 살아가는 우리는 어떤 '율도국'을 그리고 있을까? 그리고 400년 전에 율도국을 그려 낸 작가 허균은 어떤 사람이었을까?

시대의 반항아, 허균

16, 17세기에 걸쳐 살았던 허균은 청년기에 임진왜란을 겪었다. 임진왜란은 조선을 전후기로 구분하면서 봉건 체제를 뿌리부터 뒤흔들기 시작한 역사적 사건이다. 임진왜란을 계기로 신분제가 흔들렸고, 사회 문화적 격변이 있었으며, 민중의 의식도 큰 변화를 겪었다. 이러한 역사의 격동기를 살면서 허균은 사회의 모순을 꿰뚫어 보았고, 글과 삶을 통해 그 모순의 실상을 밝히려고 했다.

그는 이름난 가문에서 태어나 순조롭게 벼슬길에 올랐다. 승문원 사관으로 벼슬길에 오른 뒤 공주 목사 등 관직을 받았으나, 반대자의 탄핵으로 파면되거나 유배당하기도 했다. 허균의 아버지와 형제들, 그의 누이 허난설헌 모두 시문으로 이름을 날렸으며 허균 자신도 시문에 능했으나 남아 있는 글이 많지는 않다. 허균이 역적으로 몰려 참수형을 당했기에 그에 관한 문서가 많이 불태워졌기 때문이다.

허균 자신의 조건만 놓고 본다면 그는 출세 가도를 달릴 수 있는 사람이었다. 그러나 그는 당쟁의 희생물이었고, 그 자신도 정치에 불만을 품었으며, 서얼의 차별 대우를 철폐하려고 했던 사람들과 깊이 사귀었다. 당대의 빼어난 시인이자 허균의 스승이었던 이달도 어머니가 천한 종이었기에 벼슬길에 오르지 못했다. 허균은 스승을 통해 불합리한 신분 제도의 모순을 절감할 수 있었다. 허균에 대한 기록은 과거와 현재가 사뭇 다르다.

허균이 살던 당대에는 그의 재주만큼은 인정할지언정 그의 성품과 행실에 관한 한 비난 일색이었다. 그가 역적으로 몰려 참수형을 당했기 때문일 것이다. 교활하고, 경박하며, 인심을 어지럽혔다는 비난들이었다. 그러나 현재는 허균을 시대의 반항아, 혁명가, 변혁의 사상가로 여긴다. 세도가들의 폭정 밑에서 신음하는 백성들의 삶에 분노했고, 형식적인 도덕을 거부했다는 점에서 그런 평가를 내리고 있다.

허균의 정치사상을 잘 나타내 주는 것은 '호민론'이다. 그는 민중을 호민, 원민, 항민의 세 갈래로 나눈다. 항민은 무식하고 천하며 자신의 권리와 이익을 주장할 수 없는 우둔한 민중이다. 포악한 위정자의 입장에서 볼 때는 가장 좋은 수탈의 대상이다. 원민은 수탈당하는 계급이라는 점에서 항민과 비슷하나 자신의 처지가 불합리하다는 것을 깨닫는 무리이다. 그러나 사고와 의지가 겉으로 나타나지 않고 행동으로 이어지지 못한다. 호민은 영웅적인 민중이다. 부당한 대우와 사회의 부조리에 저항하는 무리이다. 〈홍길동전〉에 나타난 저항 의식과 맥을 같이하는 정치사상이다. 활빈당을 지어 백성을 수탈하는 무리를 응징하고, 도술로써 조정을 우롱하는 홍길동의 모습은 분명 호민의 모습이다. 홍길동은 허균의 또 다른 모습으로 볼 수 있다.

최초의 한글 소설 〈홍길동전〉. 바람과 비를 부르며 기이한 둔갑술과 축지법을 쓰는 홍길동의 모습 뒤에는 부조리한 사회 현실이 있었고, 그것에 대한 저항 의지가 있었으며, 새로운 세상을 갈망하는 사람들이 있었다. 지금의 시각에서 보면 현실 문제를 해결하는 여러 모습이 한계로 비쳐진다. 그러나 근대의 싹이 막 움트려는 어두운 시대에 사회의 모순을 통찰하고 극복의 길을 찾던 사람들이 있었다는 점, 이는 〈홍길동전〉의 문학적 역사적 의의를 다시 확인하게 하는 이유이다.

생각의 갈피를 찾는 물음

1 〈홍길동전〉이 제기하고 있는 문제점은 무엇인가? 홍길동은 어떤 방법으로 그 문제를 해결하고자 했는가?

2 〈홍길동전〉과 다음에 소개하는 〈전우치전〉의 공통점은 여러 면에서 발견된다. 도술에 능한 기이한 주인공이라는 설정도 그러하고, 왕을 골려 먹은 이야기 등도 비슷하다. 그러나 전우치는 홍길동에 비해 덜 절박한 듯 보인다. 홍길동과 전우치의 차이점에 대해 생각해 보자.

〈전우치전〉

〈전우치전〉은 실제 인물을 소재로 한 소설이다. 전우치는 중종 때 살았던 인물이며 도술에 능하고 시를 잘 지었는데, 반역을 꾀한다 하여 1530년경 붙잡혀 처형되었다고 전한다. 〈전우치전〉 속의 전우치도 도술이 뛰어나며 사회의식이 강한 인물로 홍길동과 비슷한 면이 많다. 〈전우치전〉의 창작 연대는 정확하지 않으나 대략 17세기 초반이라 여겨진다. 여러 이본이 있어 내용이 조금씩 다르지만 일반적인 줄거리는 다음과 같다.

전숙의 부인 최씨는 슬하에 자식이 없어 날마다 한숨으로 지내던 중 태몽을 꾸고, 천상계서 죄를 얻어 인간계로 떨어진 우치를 낳는다. 우치는 맹씨녀로 둔갑한 여우를 만나 구슬을 빼앗아 삼키고, 과부로 둔갑한 구미호에게 천서 세 권을 빼앗아 도술을 부릴 수 있게 되었다. 신기한 도술 능력이 있음에도 이를 드러내지 않고 살았는데, 해적의 약탈과 흉년으로 백성들이 비참한 지경에 이르자 하늘의 선관(天上仙官)으로 변신하여 왕에게 나타나 황금들보를 바치게 하고 그것으로 곡식을 마련하여 가난한 사람들에게 나눠 준다. 이후 나라에 잡혀 갔으나 쉽게 탈출하여 곳곳을 다니며 못된 관리를 벌주고 억울한 사람들을 도와준다. 조정에서는 우치를 달래기 위해 벼슬을 내려 그는 선전관 벼슬을 받게 된다.

다른 선전관들이 우치를 괴롭히자 술자리를 열어 그들을 불러다 놓고, 요술을 부려 선전관의 부인들이 수청을 들게 함으로써 앙갚음하기도 한다. 그때 함경도 가달산에 도적의 무리가 날뛰었다. 관군들이 잡으려 했으나 번번이 실패하자 우치가 나서서 도적들을 물리치고 그 무리를 양민으로 만들어 공을 세운다.

전우치는 그러나 역모를 일으킨 괴수라는 모함을 받아 임금의 심문을 받게 된다. 이에 전우치는 그림을 그려 그림 속의 나귀를 타고 달아난다. 왕에게 자신을 모함한 이를 벌주고 수절 과부 때문에 상사병을 앓는 친구에게 모습이 같은 여자를 데려다 주는 등 여러 가지 도술을 부린다.

전우치는 서화담을 만나 화담의 아우와 도술 시합을 벌이기도 하는데, 화담의 가르침을 받고 태백산에 들어가 도를 닦으며 평생을 보낸다.

꿈이어도 좋아,
삶다운 삶을 희망할 수만 있다면

우리의 삶이 꿈이라면

영화 〈매트릭스〉는 인간의 생각을 첨단 과학 문명의 시각에서 풀어 보여 주었다. 인공두뇌를 가진 컴퓨터가 지배하는 세계 속에서 인간들은 뇌 속의 매트릭스라는 프로그램에 따라 평생을 가상 현실 속에서 살아간다. 꿈에서 깨어난 몇 안 되는 사람들만이 인공두뇌 컴퓨터와 힘겹게 싸우는 것이다. 섬뜩한 이야기다. 이렇게 생생한 우리의 삶이 어쩌면 가상 현실일 수 있다는 상상력. 그러나 우리의 삶이 혹 꿈이 아닐까라는 생각은 오래전부터 있어 왔다.

장자가 꿈속에서 나비가 되었다. 그는 유쾌하게 하늘과 들판 사이를 마음껏 날아다녔다. 잠시 뒤 잠에서 깨어나니 자신은 장자였다. 장자는 자신이 꿈에 나비가 된 것인지, 나비가 꿈에 장자가 된 것인지를 구분할 수가 없었다.

〈장자〉

중국의 사상가 장자가 쓴 《장자》에 실린 우화이다. 장자는 나비의 꿈을 꾸다가 깼지만, 어느 것을 꿈이라 단정할 수 있느냐는 장자의 물음에서 인생을 바라보는 또 다른 시선을 느끼게 된다. 무엇이 현실이고 무엇이 꿈인가를, 대체 인생이란 무엇인가를 다시금 깊이 생각하지 않을 수 없다.

부귀영화를 맘껏 누리는 인생이, 또는 고단한 인생이 알고 보면 꿈이었다는 이야기는 '남가일몽(南柯一夢)'이니 '일장춘몽(一場春夢)'이니 '한단지몽(邯鄲之夢)'이니 하는 꿈에 얽힌 한자 성어를 만들어 냈다. 일평생 고통스러운 삶에 시달리다 깨어 보니 꿈이었다는 걸 알고 부처님께 귀의하는 '조신의 꿈' 같은 설화도 있다.

〈구운몽〉 역시 '현실—꿈—현실'의 구조를 갖고 있는 소설이다. 〈사씨남정기〉와 더불어 서포(西浦) 김만중의 대표적 소설인 이 작품은 그가 귀양살이를 할 때 어머니를 위안하기 위해 하룻밤 사이에 썼다고 한다. 즉 1687년(숙종 13) 9월부터 이듬해 11월 사이 작자가 선천(宣川) 유배지에 있을 때 지었을 것이다.

이 소설은 주인공 성진(양소유)을 비롯한 팔선녀가 환상적인 신선 세계에서 살다가 죄를 지어 인간 세상에 태어나 인연을 맺고 살던 중 또다시 신선 세계로 돌아간다는 이야기이다.

두 세계를 오가는 한 남자와 여덟 여자의 삶

성진은 중국 형산 연화봉에서 수행하고 있는 불제자이다. 육관 대사는 제자 중 성진을 특별히 사랑하여 장차 그에게 자신의 불도를 이어 가게 하려고 마음먹고 있었다.

어느 날 성진은 대사의 명을 받아 용궁으로 심부름을 다녀오던 길에 시냇가에 가로놓인 돌다리를 건너려다 남악 위 부인이 거느리는 팔선녀를 만났다. 성진이 잠시 길을 비켜 달라고 공손히 말하자 팔선녀는 위 부인의 심부름으로 육관 대사한테 문안하러 갔다 오는 길이라고 말하여 서로 시비가 벌어졌다. 성진은 복숭아꽃 한 가지를 꺾어 선녀들 앞에 던졌다. 순간 꽃이 변하여 여덟 개 맑은 구슬이 되었는데, 팔선녀는 얼굴에 미소를 띤 채 각각 구슬 한 개씩 받아 하늘로 올라갔다.

늦어서야 법당에 돌아온 성진은 낮에 만났던 팔선녀의 아름다운 모습이 떠올라 밤이 깊어 가도록 잠을 이루지 못하였다. 무엇보다도 불교의 도에 대해 의문을 품게 되었다. 세상에 태어나 공명을 이루지 못하는 자신의 처지에 회의를 품기 시작한 것이다. 성진의 마음을 꿰뚫어 본 육관 대사는 엄한 질책을 하며 성진을 지옥의 염라대왕에게 보냈다. 그곳에는 낮에 만났던 팔선녀도 끌려와 있었다. 염라대왕은 아홉 사람을 각각 인간 세상으로 내려보냈다.

그리하여 성진은 양 처사집 유 부인의 몸에서 인간으로 태어나 양소유라는 이름을 갖게 되었다. 그리고 팔선녀도 인간 세상에 태어나 각기 다른 신분의 여인으로 자라난다.

양소유는 15세에 과거를 보러 가는 길에 진어사의 딸 진채봉을 만나 혼인을 약속하지만 난이 일어나 헤어지게 된다. 이듬해 다시 과거를 보러 가던 양소유는 낙양의 기생 계섬월과 인연을 맺는다. 이때 계섬월에게서 정 사도의 딸 정경패야말로 양소유의 배필이 될 만하다는 이야기를 듣고 거문고 타는 여인으로 변장하여 정경패를 만난다. 과거에 장원 급제한 양소유는 정경패와 혼약을 맺는다.

정경패는 여자로 가장하여 자기를 속인 양소유를 골려 줄 겸, 외롭게 혼자 지내는 것을 위로할 겸 하여 자신의 여종인 가춘운을 선녀처럼 꾸며 양소유를 만나게 한다. 양소유는 가춘운과도 인연을 맺는다.

하북의 왕이 반역을 꾀하려 하자 양소유는 절도사가 되어 이를 다스렸다. 돌아오는 길에 계섬월을 다시 만나게 되고, 계섬월의 부탁을 받은 양소유는 남장을 하고 접근한 하북의 명기 적경홍과 인연을 맺는다.

한편 진채봉은 서울로 잡혀 온 뒤 궁녀가 되었다가 난양 공주와 형제의 의를 맺는다. 중국의 관료인 예부상서가 된 양소유는 어느 날 밤 난양 공주의 퉁소 소리에 화답한 것이 인연이 되어 부마로 간택되지만, 양소유는 정경패와의 혼약을 이유로 이를 거절하다가 투옥된다.

그때 토번왕(吐蕃王)이 침범하고 양소유는 대원수가 되어 싸움터에 나간다. 한밤중에 토번왕이 보낸 검객 심요연이 진중에 침입하지만, 양소유와 심요연은 자신들이 정해진 배필이라며 하룻밤을 함께 지내고 떠난다. 또한 양소유는 동정용왕의 딸인 백능파를 만나 인연을 맺고, 이에 분노하여 쳐들어온 남해태자를 물리치고 큰 공을 세우고 돌아온다.

그 사이 난양 공주는 정경패를 비밀리에 만났는데, 그 인물에 감복하여 의형제를 맺고 공주인 자신보다 신분이 낮은 정경패를 양소유의 제일 정실부인으로 만들기 위해 제일 공주로 삼는다.

토번왕을 물리치고 돌아온 양소유는 위국공에 봉해지고, 영양 공주와 난양 공주와 혼인을 하며, 태후의 명을 받아 춘운을 첩을 삼고, 진 궁녀와 다시 만나는 가운데 그녀가 진채봉임을 확인하기에 이른다. 양소유는 고향으로 돌아가 노모를 서울로 모시고 오다가 낙양에 들러 계섬월과 적경홍을 데리고 오니, 심요연과 백능파도 찾아와 기다리고 있었다.

양소유는 인간 세상에서도 서로 기이하게 만난 여덟 명의 여인과 더불어 어머니를 모시고 부귀영화를 마음껏 누리다가 나중에는 벼슬을 버리고 '취미궁'이라는 궁을 짓고 여생을 한가로이 보낸다.

어느 날 여덟 명의 여인과 함께 산에 올라 끝없이 넓은 자연의 조화와 지난날 역사의 자취를 굽어보니, 지금까지 살아온 인간 세상의 생활이 한순간의 꿈처럼 느껴졌다. 그때 육관 도사가 지팡이로 돌난간을 두드리니 구름이 온 세상에 가득하였다. 구름이 걷힌 뒤 깨어난 양소유는 자신이 전생에서 불도를 닦던 성진임을 깨닫는다. 육관 대사가 자신을 일깨우기 위해 인간 세계의 꿈을 꾸게 한 것임을 깨달은 성진은 자신의 죄를 뉘우친다. 팔선녀도 육관 대사에게 와서 자신들의 죄를 용서하고 가르침을 베풀어 달라고 한다. 그리하여 육관 대사는 자신의 정법을 전할 사람을 얻었다고 말하며 돌아간다.

현실과 꿈, 현실과 비현실 사이에서

신선 세계와 인간 세계를 오가는 소설 〈구운몽〉은 당나라 때 남악 형산의 연화봉과 중국 일대를 배경으로 펼쳐지는 장편 소설이다. 다른 고대 소설처럼 비현실적인 이야기 전개, 한 인물을 중심으로 펼쳐지는 일대기 구성 등을 취하고 있지만 여러 면에서 차이를 보인다. 현실에서 꿈으로, 다시 현실로 이어지는 '환몽 구조', 치밀하고 극적인 이야기 전개, 다양한 등장인물, 인생에 대한 심도 있는 통찰 등은 우리가 눈여겨 살펴볼 만한 부분이다.

고대 소설 중 불후의 명작으로 평가받는 이 소설은 국문본과 한문본이 있으며, 뒤에 〈옥루몽〉과 〈옥련몽〉 등 '몽자류' 소설에 영향을 주었다. 서로 잇닿아 있는 전세와 현세, 내세를 무대로 하여 사람들의 사랑 이야기를 환상적이면서도 실감 있고 흥미 있게 전개시키고 있다. 이런 점 때문에 〈구운몽〉은 처음부터 민중 사이에서 널리 읽혔으며 심지어 〈춘향전〉, 〈심청전〉, 〈한양가〉 같은 걸작들도 양소유와 팔선녀의 사랑을 보여 주는 인상적인 대목들을 직접 인용하기도 하였다.

이 소설은 이원적(二元的) 구성을 취하고 있다. 현실 세계에서 꿈의 세계, 다시 현실 세계로 돌아오는 환몽 구조가 그것이다. 여기서의 현실은 비현실 세계인 신선 세계이며, 꿈의 세계는 현실적인 인간 세상이다.

이야기 속에 또 하나의 이야기가 있는 구성은 액자 안에 그림이 담긴 형태를 닮은 액자 소설과 비슷한 구성이다. 그러나 액자 소설이 가운데

〈구운몽도〉 중 꿈에서 깨어나는 성진
양소유와 여덟 부인이 누대에서 이야기를 나누는 장면이다. 지팡이를 짚고 있는 사람이 육관 대사이다.

끼어 있는 이야기에 초점을 맞추는 데 비해, 〈구운몽〉은 앞뒤의 이야기 또한 비중 있게 다루고 있다. 다시 말해 〈구운몽〉은 두 세계가 따로 떨어진 것이 아니라 불가분의 관계를 맺고 이어진 형태이다.

비현실적이고 환상적인 신선 세계가 현실로, 현실 세계인 양소유의 삶이 꿈으로 그려진 독특한 구조는 '무엇이 꿈이고 무엇이 현실인가'라는 물음을 던지게 하며, 이 세상의 모든 것이 멈추어 있지 않으며 끝없이 변한다는 생각을 하게 한다.

이 소설을 통해 우리는 조선 시대 이상적인 남성상은 어떠했는지, 그 시대 사대부들의 이상이 무엇이었는지, 바람직한 여성상은 어떠했는지 등을 두루 살펴볼 수 있다. 또한 이 소설에 영향을 끼친 사상적 배경과 작가 김만중은 인생에 대해 어떤 생각을 가지고 있었는지 다양한 관점에서 생각해 볼 수 있다. 그리고 이

〈구운몽도〉 중 성진과 팔선녀의 만남
백옥교에서 성진이 팔선녀와 만나는 장면이다. 이 만남이
계기가 되어 성진은 속세와 연을 맺게 된다.

같은 생각의 실마리들은 우리의 삶을 어떻게 보아야 할 것인가 하는 철학적인 물음을 던져 준다.

인생에 대한 불교적 해석

〈구운몽〉에는 유교, 불교, 도교의 사상이 두루 반영되어 있다. 전세와 현세, 내세의 과정을 겪는 것은 불교의 윤회설과 깊은 관련이 있다. 성진이나 육관 대사 등 불교에 정진하는 인물이 등장하고, 육관 대사의 가르침으로 소설을 마감하는 것 등에서 불교 사상의 영향을 발견할 수 있다. 그러나 양소유로 환생하여 입신양명하고 부귀영화를 누리는 것, 여덟 명의 처첩을 거느리는 것 등은 유교의 영향이라 할 수 있다. 한편 팔선녀, 용왕 등의 등장인물이나 신선 세계와 도술 등은 도교적인 분위기를 자아낸다.

이 같은 사상적 배경을 놓고 보는 관점에 따라, 즉 성진의 현실적 삶에 중점을 둘 것인가 양소유의 삶에 중점을 둘 것인가에 따라 주제가 달라진다고 보는 견해도 있다. 불제자인 성진보다는 유교적 질서에 따라 살아가는 양소유의 삶이 양적으로 큰 비중을 차지하고 있으며, 그 삶이 실감나게 전개되고 있는 점으로 보아 유교 사상을 주된 사상으로 보아야 한다는 생각이 그것이다. 이런 관점에서 보면 〈구운몽〉은 이름을 드날리고 벼슬길에 올라 부귀영화를 누리고자 하는 사대부의 욕망을 대변한다고 볼 수 있다는 것이다. 그러나 '깨닫지 못한 현실—꿈—깨달음을 얻은 현실'로 이어지는 이야기의 구조, 주인공의 이름, 마지막 부분의 설법 등을 두루 살펴보면 이 작품에서 인생에 대한 불교적 해석이 주된 관심이 되고 있음을 알수 있다.

작품의 제목에서부터 그 같은 사상은 분명하다. '구운몽'이라는 제목은 등장인물 아홉 사람의 삶을 가리킨다. 성진과 팔선녀가 세상에 태어나서 양소유, 정사도의 딸 정경패, 황제의 여동생 난양 공주, 진어사의 딸 진채봉, 정경패의 몸종 가춘운, 낙양의 명기 계섬월, 하북의 명기 적경홍, 토번의 자객 심요연, 동정용왕의 막내딸 백능파로 살아간다. 이들이 만나 사랑하고 부귀영화를 누리는 삶 자체가 구름의 꿈처럼 허망하다는 것이다. 인생의 욕망과 집착, 인연과 부귀영화가 모두 뜬구름과 같다는 생각이 담겨 있다.

작품의 주인공 이름은 또 어떤가? 성진이라는 이름은 성품 성(性), 참 진(眞)이라는 글자로 이루어져 있는 반면에 양소유는 적을 소(少), 놀 유(遊)라는 글자이다. 이 속에 이미 인간과 인생을 바라보는 시선이 반영되어 있다. 성진의 삶은 작품의 앞뒤에서 잠깐 나타나고 양소유는 한평생이라는 긴 시간을 살아가기 때문에 양적으로 많은 부분을 차지하지만, 양소유의 이름에 비추어 볼 때 긴 인생이 오히려 짧게 노닐다가 가는 것으로 표현되었다고 할 수 있다.

무엇보다도 작품 구조에서 우리는 작품의 주제 의식을 발견할 수 있다. 작품 앞뒤에 등장하는 성진의 삶은 천지 차이로 달라진다. 작품 앞부분에서 성진은 불도에 정진해야 하는 자신의 처지에 다음과 같은 회의를 느낀다.

남아 세상에 나 어려서 공맹의 글을 읽고 자라 요순 같은 임금을 만나, 나면 장수 되고 들면 정승이 되어, 비단 옷을 입고 옥대를 두르고 옥궐에 조회하고 눈에 고운 빛을 보고 귀에 좋은 소리를 듣고 은혜와 덕택이 백성에게 비치고 공명이 후세에 드리움이 또한 대장부의 일이라. 우리 법문은

바리 밥과 한 병 물과 두어 권 경문과 일백여덟 날 염주뿐이다. 도덕이 비
록 높고 아름다우나 적막하기 심하도다.

〈구운몽〉 일부

그러나 온갖 것을 누리는 양소유의 삶을 살고 난 다음 꿈에서 깨어난 성
진은 큰 깨달음을 얻는다. 그 모든 것을 누린 것이 한낱 꿈이었다니…….
인간의 부귀와 남녀의 정욕이 다 헛된 일이라 생각하기에 이르렀다.

조선 시대 사대부들이 꿈꾸는 세계

불교 사상이 작품의 주제를 이루고 있음에도 이 소설은 당시 양반 사대부
들 의식의 줄기를 이루던 유교 사상에서 결코 자유롭지 않다. 어찌 보면
작품 전체에서 전하는 불교적 깨달음은 유교적 질서에서 패배한 자의 자
기 위안이 아닐까 하고 생각할 수도 있다. 삶이라는 것 자체가 하나의 꿈
이라고 말하긴 하지만 양소유의 삶이 너무나 실감 나게 그려져 있으며, 그
어느 곳에서도 삶의 방식 자체를 문제 삼고 있지는 않기 때문이다.

주인공 양소유는 이 작품에서 이상적인 남성상으로 그려지고 있다. 조
선 시대 사대부들이 꿈꾸었던 삶도 이와 다르지 않을 것이다. 양소유는 고
대 소설 주인공들이 그러하듯 모든 것을 갖춘 사람이다. 옥같이 깎아 놓은
미남이었고, 글재주가 출중해 과거 장원 급제를 했다. 벼슬길에 오른 뒤에
는 승승장구 출세 가도를 달렸다. 부마가 될 것을 거절했다가 갇힌 적이
있지만 금방 벗어나 오히려 큰 공을 세운다. 남자로 태어나 더 이상 오를
수 없는 지위에까지 올라 온갖 권력과 부귀를 누렸다.

가정은 또 어떤가? 그는 여덟 명의 부인을 거느린다. 그 부인들이 하나같이 미모와 재주를 겸비하였다. 서로 질투하지도 않고 조화를 이루며 살아간다. 이들 여덟 명은 유교 사회를 이루는 신분과 덕목을 두루 상징하고 있다.

정실부인이 되는 난양 공주와 정경패는 어른으로서 위엄과 아량을 갖추고 있다. 자기의 종이라 할 수 있는 사람을 형제처럼 가까이 하고, 남편 될 사람에게 천거하는 등 인덕(仁德)을 지닌 사람으로 그려진다. 진채봉이나 가춘운은 각각 난양 공주와 정경패를 모시는 입장으로 신하가 지녀야 할 신의(信義)를 상징하는 인물이다. 기생인 계섬월과 적경홍은 뛰어난 기예를 보여 주며, 심요연과 백능파는 뛰어난 무예와 도술을 보여 준다.

이 인물들은 윗사람과 아랫사람의 조화, 문과 무의 조화, 인덕과 기예의 조화, 처와 첩의 조화를 이루면서 유교 사회를 유지하는 질서가 무엇인지를 보여 준다. 그러나 이 같은 조화는 양소유로 대표되는 당시 사대부의 이상이었다. 현실에서는 끝없는 갈등과 여인들의 고통이 존재할 뿐이었다.

우리는 〈구운몽〉을 읽으면서 전체적인 구조를 통해 인생의 욕망과 집착에 대한 부정이 큰 줄기를 이루고 있음을 발견한다. 그러나 양소유의 삶을 다루는 작가의 태도에서 그 욕망과 집착을 버리지 못함을 느낀다. 부정하고 있지만 간절히 원하는 역설적인 모습을 볼 수 있다.

〈구운몽〉의 작가 김만중은 1637년(인조 15)에 태어났다. 아버지 김익겸이 일찍 세상을 떠났지만 어머니 윤씨의 남다른 가정 교육을 받으며 성장하였다. 그의 어머니는 가난하고 외로운 환경 속에서도 자식 교육에 열성적이었다. 이웃의 홍문관 서리를 통해 수많은 책을 빌려 와 손수 베껴 자식이 읽게 하였고, 때로 베틀에 짜고 있는 피륙을 팔아 책을 구하였다.

《소학》, 사략, 당시(唐詩) 등은 직접 가르쳤다.

김만중은 14세에 진사 초시에 합격하고, 이어서 〈구운몽〉의 양소유가 장원 급제한 나이인 16세에 그 역시 장원 급제한다. 그 뒤 1665년(현종 6)에 정시 문과에도 급제하여 관료로 발을 내딛기 시작하여 여러 벼슬을 지냈지만, 많은 곡절을 거치며 두 차례의 유배 생활을 하였다. 남인과 서인 사이의 당파 싸움과 희빈 장씨와 인현 왕후에 얽힌 사건들 때문이다.

선천 유배지에서 그는 인현 왕후를 폐위시킨 숙종의 마음을 돌이키기 위해 〈사씨남정기〉를 썼고, 어머니 윤씨를 위해 〈구운몽〉을 지었다. 김만중이 남해 유배지에 있는 동안 그의 어머니 윤씨는 세상을 떠났고, 그 역시 얼마 뒤인 1692년 남해 유배지에서 외로이 세상을 떠났다.

〈구운몽〉에서 볼 수 있듯 김만중은 유학자였지만 불교와 도교에도 아는 바가 많았고, 여러 방면에 박학다식한 사람이었다. 그는 문학에서도 '조선 사람은 조선어로 글을 써야 한다.'는 이른바 '국민 문학론'을 주장하면서 여러 편의 한글 소설을 쓴 것으로 보이나, 전하는 것은 〈구운몽〉과 〈사씨남정기〉뿐이다. 그 밖에 《서포만필》, 《서포집》, 《고시선》 등의 저서를 남겼다.

무엇을 위한 삶인가를 물을 때

결국 우리는 〈구운몽〉을 읽으면서 부분적으로는 양소유의 삶을 그 시대의 잣대로 파악하는 한편, 지금 시대의 잣대로도 비판해야 한다. 그리고 작품 전체의 구조에서 이끌어 낼 수 있는 불교적 세계관에 대해 나름대로 소화해 낼 수 있어야 한다.

김만중은 성진의 깨달음을 통해서 양소유의 삶을 대비시켜 보여 준다. 가장 높은 곳에서 추락하면 그 추락은 더욱 비극적이다. 당시 사회에서 얻을 수 있는 모든 것을 얻은 양소유의 삶과 그것이 다 부질없다고 느끼는 성진의 깨달음을 이어서 보여 줄 때 그 충격은 더욱 크다.

현대를 사는 우리는 봉건 질서 속에서 모든 것을 누리며 살다 간 양소유의 삶을 부정할 수밖에 없다. 출세하여 이름을 드날리는 삶에 모든 가치를 두고 있기 때문이다. 충이나 효, 백성을 위한다는 명분이 얼핏 엿보이기도 하지만 그 삶은 오로지 자신을 위한 삶이다. 게다가 한 남자가 수많은 여자와 사랑을 나누는 모습에서 여성의 모습은 철저히 비하되고 있다. 한 남자를 정점에 두고 모두가 조화롭게 살아야 한다는 그 시대의 낡은 사고를 읽을 수 있을 뿐이다.

입신양명이라는 유교적 가치는 지금 이 시대에도 통용되고 있다. 세상에 태어나 출세하고 떵떵거리며 살아야 한다는 생각은 때로 인간을 욕망과 이기심의 화신으로 만들어 간다. 무엇을 위한 성공인가, 진정한 사랑이란 어떤 것인가를 진지하게 묻지 않는다면 성공을 위해 땀 흘리는 모든 삶을 헛되게 만들고 말 것이다.

우리의 인생을 한낱 헛된 꿈으로 이해하는 태도 역시 이 작품을 제대로 읽은 것과는 거리가 멀다. 인생은 허무한 것이고 모든 욕망에서 자유로워야 하기 때문에 이 시끄러운 세상을 등지고 진리를 탐구해야 한다는 은둔주의 역시 올바른 사고는 아닐 것이다. 오히려 우리는 지금 우리가 살고 있는 세상 속에서 진실한 길, 바람직한 삶의 길을 추구해야 할 것이다.

양소유는 자신의 입신양명을 위해, 그리고 여인과의 사랑을 이루기 위해 살았다. 그의 삶 속에서 다른 이를 배려한다든지 고통받는 사람을 위해

헌신한다든지, 삶의 궁극적인 목표에 대한 의문은 없었다. 그래서 그의 삶은 더욱 허무한 것이었다.

무엇이 실재이며 무엇이 허상인가에 대해 누군들 자신 있게 말할 수 있겠는가? 그러나 지금 나는 여기 살아 있고, 또 살아가야 한다. 내 주변에는 다른 사람의 삶이 있고, 생생한 기쁨과 때로는 뼈를 깎는 고통이 있다.

꿈이어도 좋다고, 꿈이어도 나는 삶답게 살아가겠노라고 한다면 인생의 회의와 허무는 오히려 나를 새롭게 살도록 하는 힘이 되지 않을까?

〈원생몽유록〉

임제의 〈원생몽유록〉은 생육신의 한 사람인 원호를 주인공으로 한다. 원자허라는 인물이 꿈속에서 죽은 사육신과 단종을 만나 이야기하는 내용을 담은 한문 단편 소설이다. 단종 폐위 사건이 일어난 지 약 100년 뒤의 작품으로 임제의 문집 《백호집》에 실려 있다.

주인공 원자허는 꿋꿋한 절개를 가진 선비이다. 어느 날 그는 책을 읽다가 꿈을 꾸는데, 꿈속에서 단종과 사육신을 만났다. 사육신 중 한 사람이 고대의 성왕인 요, 순, 우, 탕이 선위(禪位)를 통해 왕이 된 것을 비판하였다. 그러자 단종은 그 성왕들이 잘못한 게 아니라 그들의 양위를 빙자하여 자신의 행위를 정당화한 자가 잘못이라고 말한다. 이어 그들은 시를 읊으며 세조의 왕위 찬탈을 비판하고, 자신들의 원한과 애절한 심정을 시로 읊는다.

그런데 갑자기 벼락 치는 소리가 나 원자허는 꿈에서 깨어나고, 그는 해월에게 꿈 이야기를 한다. 해월은 단종과 사육신이 화를 당한 것을 원통해하며 하늘을 원망한다.

이 소설의 배경이 되는 단종 폐위 사건은 어떻게 일어난 것인가? 세종의 맏아들 문종이 왕이 된 지 2년 만에 세상을 떠나자 어린 세자가 왕위에 올랐다. 아직 왕권이 강화되지 않은 상태에서 수양 대군은 김종서와 황보인 등을 살해하였으며, 자신의 동생인 안평 대군까지 살해하고 영의정이 된다. 그리고 단종 3년에 왕위를 물려받았다. 말이 물려받은 것이지 강탈한 것이나 다름없었다. 그 이듬해 단종을 다시 왕위에 올리려다가 성삼문, 박팽년, 이개, 유성원, 하위지, 유응부 여섯 신하가 처형을 당하였다. 이들이 바로 죽음으로 절개를 지킨 사육신(死六臣)이다. 상왕이었던 단종은 노산군이 되어 영월의 청령포로 귀양을 가고, 마침내 1457년 죽임을 당한다.

사대부의 절개를 이야기할 때 우리는 이들 사육신을 이야기한다. 이들처럼 죽임을 당한 것은 아니지만, 잘못 이어진 왕권 아래서 벼슬을 살지 않으며 지조를 지키려던 사람들 몇몇은 생육신(生六臣)이라는 이름으로 불리기도 한다. 《금오신화》를 쓴 김시습은 평생 벼슬자리를 마다하고 숨어 살았던 생육신의 한 사람이다.

물론 이 사건을 두고 다양한 해석이 있을 수 있다. 수양 대군의 행위를 놓고 강력한 왕권을 다져 힘 있는 정치를 해 나가기 위해 그랬노라고 긍정적인 평가를 하는 사람도 있다. 단종 복위 운동을 일종의 권력 다툼으로 보는 사람도 있다. 그러나 세상을 살아가는 데 '대의명분'이라는 게 있고, 옳다고 믿는 바를 위해 목숨을 거는 '지조와 절개'라는 가치가 있다. 소수의 권력욕을 위한 쿠데타와 사회 제도의 변혁과 사회 구성원들의 삶의 질적 변화를 추구하는 혁명은 분명 다른 것이 아닌가. 수양 대군의 행동은 쿠데타였고, 사육신은 그것을 막으려 했던 것이리라.

이와 같은 사회 문제를 소설에 담아낸 〈원생몽유록〉, 그리고 그것을 쓴 임제라는 지식인의 사상, 당시 의식 있는 사대부들이 추구했던 절개와 의리, 이들은 서로 맥이 닿아 있다. 즉 임제는 꿈이라는 형식을 빌려 단종의 폐위 사건을 비판하고 있으며, 이는 곧 올곧은 선비 정신을 추구하는 임제의 사상이었고, 그 같은 생각은 강직함과 지조를 갖고 있어 현실에 적응하지 못하는 많은 선비의 것이기도 했다.

실제로 임제는 자신에 대해 "성질이 거칠고 뻣뻣한 사람", "나이 스물에 배움에 뜻을 두지만 배운 것이라고는 글귀를 교묘하게 다듬어 시험관의 눈을 현혹하여 이름을 얻고자 하는 데 지나지 못했다."라는 글을 쓰기도 했다. 그가 바라본 16세기의 현실은 부조리와 당쟁이 가득하고, 사대부들은 허위의식에 사로잡혀 있었다. 빼어난 기생이며 문인이었던 황진이의 무덤에 술을 권하며 시를 짓는 행동으로 관직을 잃기도 했던 그는 이름난 산을 찾아다니며 시와 술로 울분을 토로하다가 서른아홉의 나이로 죽었다고 한다. 현실에서 자신이 원하는 바를 이룰 수 없었던 지식인 임제는 그렇게 〈원생몽유록〉 등의 글을 통해 자신의 바람을 담아낸 것이다.

문학 속에 드러나는
전쟁의 비극과 극복 의지

임진왜란과 병자호란을 다룬 고전 소설 – 〈임진록〉, 〈최척전〉, 〈임경업전〉

가슴을 저미는 이야기들

이야기 하나, 코무덤을 아시나요?

코무덤이나 귀무덤에 대한 이야기를 들어본 적이 있는지? 일본 교토에 가면 도요토미 히데요시의 신사가 있는데 그 근처에 코무덤이 있다고 한다. 히데요시를 섬기던 무장들은 예부터 전공의 표식이던 적군의 목 대신 조선 군인과 백성들의 코나 귀를 베어 소금에 절여서 일본에 가져갔다. 이러한 전공품은 히데요시의 명에 따라 코무덤에 매장되었다는 것이다. 자른 코나 귀가 상하지 않도록 소금이나 석회 또는 식초에 절여서 나무통이나 항아리에 1천 개씩 넣어 보냈다. 줄에 꿰어 보냈다는 말도 있다.

이야기 둘, 네덜란드 화가 루벤스의 그림 〈한복 입은 남자〉를 아시나요?

여기 한 남자가 있다. 1577년부터 1640년까지 살았던 화가 루벤스의 그림 모델이 된 사람이다. 얼핏 보아도 친숙한 얼굴 모습, 서양인의 우뚝 선 콧

날도 푹 들어간 눈도 아니다. 사람들은 이 그림의 실제 주인공이 누구일지 추적해 보았다. 임진왜란 직후 일본을 여행한 이탈리아인 프란시스코 카를레티는 자신의 체험을 바탕으로 여행기를 쓰기도 했는데, 조선 어린이 다섯 명을 사들여 인도에 함께 갔다가 자유민으로 풀어 주고 한 명을 이탈리아까지 데려갔다. 그 아이는 안토니오 꼬레아라는 이름으로 평생을 보냈다고 한다. 사람들은 그가 바로 이 루벤스 그림의 주인공이었으라 추측하기도 했다. 최근에는 일본에 갔다가 피렌체로 갔던 조선 관리라는 설이 힘을 얻고 있다.

이야기 셋, 삼전도의 굴욕을 아시나요?

조선의 왕 인조는 가장 낮은 계급의 군인이 입는 옷을 입고 있었다. 그는 높은 곳에 앉아 있는 청나라 태종을 향해 무릎으로 기어가 바닥에 엎드려 세 번 절하고 아홉 번 머리를 숙였다고 한다. 한 번 절할 때마다 이마를 땅바닥에 세 번 부딪치는 '삼배구고두

페테르 파울 루벤스 〈한복 입은 남자〉
이 그림의 주인공은 임진왜란 때 일본의 포로가 되었다가 이탈리아로 가게 된 안토니오 꼬레아일 것이라는 추측이 있었으나, 최근에는 일본에 있다가 피렌체로 갔던 조선 전직 관리라는 설도 유력하다.

(三拜九叩頭)'라는 항복의 예를 올린 것이다. 인조의 무릎이 까지고 이마에 피가 흘렀으나 청나라 관리들이 머리 부딪치는 소리가 작다며 더 세게 박으라 외쳤다고 전한다. 우리나라의 신하들은 뼈아픈 눈물을 흘리고 있었으리라. 삼전도는 지금 서울의 송파 지역이다.

조선이 세워지고 200년 태평세월이 흘렀다. 그러나 속은 곪아 가고 있었다. 외척들은 자기 세력을 키우느라 백성들의 피와 땀을 짜 내고, 선비들은 서로 무리를 지어 세력 다툼을 하고 있었다. 백성들의 살림은 날로 피폐해 갔다.

이때 일본에서는 영주들이 무사를 거느리고 싸우며 서로의 영토를 넓혀 가던 전국 시대가 끝이 났다. 도요토미 히데요시가 일본을 통일한 것이다. 그는 자기 세력의 안정을 위해 전쟁을 계속할 필요가 있었다. 마침내 1592년 4월, 일본군은 9개 부대 21만 대군을 이끌고 부산진에 상륙했다. 이틀 만에 부산진성과 동래성을 무너뜨린 일본군은 거침없는 기세로 북상했다. 왕은 궁궐

삼전도비

조선 인조의 항복을 받은 청나라 태종이 세운 기념비이다. 한문과 몽골문으로 청나라 군대가 출병한 이유, 조선이 항복한 사실, 항복을 받은 뒤 청 태종이 피해를 끼치지 않고 곧장 돌아갔다는 내용을 적었다.

을 버리고 의주로 피신했고, 한양은 일본군에 넘어갔다. 이후 7년 동안 우리 민족은 짓밟히고, 죽임을 당하고, 굶주리고, 이별하며 전쟁이 가져다준 비극을 송두리째 겪어야 했다.

그러고 나서 30여 년 뒤인 1636년(인조 14) 병자호란이 일어났다. 명나라는 숨이 끊어져 가고 있었고, 강성해진 후금은 나라 이름을 청으로 바꾸고 중국의 주인 자리를 차지했다. 청은 10만 대군을 이끌고 조선을 침략했다. 조선이 명에 기울어 청을 홀대하며 신하의 예를 다하지 않는다는 이유에서였다. 결국 인조가 삼전도에서 굴욕적인 항복의 예를 함으로써 청의 군대는 물러갔다.

〈부산진순절도〉

임진왜란 당시 부산진에서 벌어졌던 왜군과의 전투 장면을 묘사한 것으로, 성곽 안의 수비병들의 모습과 그 맞은편에 빈틈없이 성을 둘러싼 왜병과 왜선들이 비장한 전운을 느끼게 한다.

왕이 자기 백성과 궁전을 버리고 도망해야 했던 부끄러운 역사, 오랑캐라 업신여겼던 나라에 한 나라의 왕이 무릎을 꿇어 사죄해야 했던 굴욕! 맹수의 발톱과 이빨 아래 몸이 갈기갈기 찢기는 듯한 고통을 당해야 했던 백성들. 임진왜란과 병자호란은 이 땅을 피로 물들이고 백성들을 지옥의 불구덩이 속에서 신음하게 만들었으며, 아내와 남편이 또한 어버이와 자식이 생이별을 하게 했다.

왜 이런 전쟁이 일어나야 했던가? 이 같은 치욕의 역사를 어떻게 극복해야 하는가? 상처와 분노와 반성과 자각 속에서 임진왜란과 병자호란을 배경으로 하는 문학 작품들이 세상에 그 모습을 드러냈다. 소설은 어느 장

〈동래부순절도〉
동래성에서 왜군의 침략을 받아 싸우다 순절한 부사 송상현과 군민들의 항전 내용을 그린 그림이다. 일본군은 상륙한 지 이틀 만에 부산진성과 동래성 모두를 무너뜨렸다.

르보다 전쟁의 아픔을 담아내는 데 앞서 나갔다. 임진왜란과 병자호란으로 민중이 겪어야 했던 고통과 민족의 수치심을 승리의 역사로 이끈 영웅의 이야기를 통해 위로받았다. 물론 거기에는 날카로운 비판 정신과 반성도 담겨 있다. 이와 함께 이 땅의 민중의 겪어야 했던 특별한 체험을 소설화한 작품도 있었다.

역사와 허구를 넘나들며 민족의 상처를 돌아보다—〈임진록〉

〈임진록〉은 1592년 일어난 임진왜란을 배경으로 전쟁이 일어나기까지의 과정, 일본의 침입을 막은 우리 민중과 여러 장수의 활약상, 전쟁이 끝난 뒤의 처리 과정 등을 그린 역사 군담 소설이다. 군담 소설이란 조선조 후기에 유행하던 한글 소설로 주인공이 전쟁을 통해 영웅적 활약을 전개하는 작품을 가리킨다. 이를 다시 군담 소설, 영웅 소설, 역사 소설로 나누어 부르기도 한다.

〈임진록〉은 저자나 지어진 시기 등에 관한 구체적인 기록은 없지만, 17세기 전반기에 전하는 이야기를 바탕으로 창작되어 널리 읽힌 작품이다. 70여 종의 이본이 전하며 판본에 따라 중심인물이나 사건 전개가 조금씩 달라지기도 한다. 〈임진록〉은 여느 소설과 달리 특정 주인공이나 일관된 사건 전개는 없지만, 임진왜란 당시 활약했던 영웅들의 이야기가 파노라마처럼 그려지고 있다.

임진왜란은 우리 민족사에 큰 획을 그은 역사적 사건임에 틀림없다. 조선 사회는 임진왜란을 기점으로 전후기로 나뉘며, 사회 경제적으로 극심한 변화를 보인다. 우리 민족에게 가져다준 고통과 비극, 울분과 치욕은 이루

말할 수 없다. 〈임진록〉은 이 같은 임진왜란을 민중의 입장에서 재조명하고, 영웅들의 활약상을 통해 민족의 울분을 위로하고 있는 작품이다.

임진왜란이 일어나고 전개되는 과정을 담은 내용 곳곳에서 우리는 민중의 각성과 반성, 비판 의식을 발견할 수 있다. 다른 나라의 침입이나 내부적인 환란 등이 별로 없이 조선 전기 200년을 보내는 동안 위정자나 백성이나 국가의 위기를 준비하지 못했다는 반성이 여러 곳에 표현되어 있다.

> 이때 조선은 선조 임금이 다스리고 있었는데, 나라를 세운 이래로 이백 년 동안 태평성대가 계속되자 모든 사람이 재물만 탐할 뿐, 군대를 정비하거나 병기를 다스릴 생각은 꿈에도 하지 못했다. 군대의 기강은 극도로 풀어져 있었으나 아무도 신경 쓰지 않았다. 양반들은 서로 벼슬을 다투느라 정신이 없었고, 백성들도 재산을 늘릴 생각에만 빠져 있을 뿐 어느 누구도 나라를 위하여 충성을 다하는 이가 없었다. 이런 상황이니 일본에서 조선에 염탐꾼을 보냈으리라고는 아무도 생각하지 못하였다.

〈임진록〉 일부

이처럼 직접적으로 비판을 담아낸 부분도 있지만, 왕이나 관리들의 잘못된 행태를 보여 줌으로써 간접적인 비판을 가하기도 한다. 백성을 버리고 피난까지 한 왕이 그릇된 판단으로 충성스러운 신하를 죽이거나 쫓아내는 경솔한 행태를 보여 주기도 하고, 모두 단합하여 외적을 물리쳐도 모자랄 판에 서로의 공을 다투거나 모함하기도 하는 어리석은 행동이 그려지기도 한다.

역사에 대한 비판 및 반성과 함께 이런 소용돌이 속에서도 나라를 구한 것은 민중의 의기와 충성스러운 영웅의 활약상 덕분이었음을 강조하고 있다. 이들이 있었기에 패배와 치욕으로 가득한 임진왜란의 상처를 극복할 수 있었고, 민중은 그런 이야기를 통해 그나마 위안을 받고 자존심을 회복할 수 있었을 것이다.

작품 속에는 최일영, 김응서, 이순신, 김덕령, 사명당 등 영웅들의 일화가 이어진다. 때로 과장되기도 하고, 때로 역사적 사실과 전혀 관련 없는 이야기가 전개되기도 하며, 비현실적이고 허황된 내용을 담기도 했다. 그러나 비범한 이들의 능력을 보여 주어 민중을 위로 하기도 하고, 바람직한 인간상을 그려 내기도 했다.

한 예로 이순신 장군을 보자. 〈임진록〉 어느 판본에서건 이순신 장군은 흠 없는 민족의 영웅으로 그려지고 있다. 늘 준비하는 자세, 총탄이 빗발치는 전쟁터에서도 죽음을 두려워하지 않고 진두지휘하는 용맹스러운 지도자의 자세, 나라를 지키고자 하는 충성심 등은 하늘도 감복시킨다. 실제로 이순신 장군은 일본과의 해전에서 23전 23승을 거두었다.

이런 일화도 그려지고 있다. 일본군이 거짓으로 자신들의 내분을 말하며 가토 키요마사(히데요시의 무장)를 칠 기회를 만들어 주겠다고 했다. 그러나 이순신은 그것이 일본의 꾀임을 알아차리고 공격하지 않았다. 이 일로 이순신은 의금부에 잡혀갔다. 이때 어떤 사람이 이순신에게 뇌물을 바치지 않으면 죽게 된다며 뇌물을 바치라고 했다. 하지만 이순신은 당당하고 흐트러짐 없는 모습을 보였다. 이처럼 바람직한 지도자의 모습과 승리의 기록은 당시 민중에게 크나큰 위로였고, 나아갈 방향을 제시해 주는 좌표였을 것이다.

그러나 이 작품은 영웅만 그리지 않았다. 한두 사람의 영웅 중심으로 전개되는 여느 군담 소설들과는 달리 민중의 모습이 부각된다. 동족과 나라를 구하고 삶터를 지키려는 이들의 항거가 값지게 그려졌다. 작품에는 정문부, 유정, 곽재우 등 의병장의 활약이 생생하게 그려지고 있다.

실제로 임진왜란이 일어난 이듬해인 1593년 정월에 명나라의 진영에 통보한 전국의 의병 총수는 관군의 4분의 1에 해당하는 2만 2600여 명이었다고 한다. 이 숫자는 오히려 의병의 활동이 활발했던 전해보다 줄어든 것이라고 한다. 관군의 개편으로 많은 의병이 관군에 편입되거나 활동에 제약을 받았기 때문이다.

의병의 활동과 영웅들의 활약상은 역사적 기록과 일치하거나 때로 과장되거나 비현실적인 부분이 있기도 하지만, 〈임진록〉 마지막 부분은 역사적 사실과 전혀 다른 내용이 담겨 있다. 여러 판본이 작품의 마지막 부분에서 일본에 사신으로 간 사명당 이야기를 담고 있다. 판본에 따라 조금 다르긴 하지만 다음과 같은 내용이다.

임금은 사명당을 왜에 사신으로 보낸다. 왜왕은 그를 시험하기 위해 삼백육십 간 병풍을 만들어 가는 길에 쳐 놓는다. 거기 쓰인 글귀를 외면 살아 있는 부처이므로 살리고, 외지 못하면 죽이고자 한 것이다. 사명당은 접혀 있던 두 간을 빼고 줄줄 외어 왜왕을 놀라게 했다. 이번에는 왜왕이 구리 방석을 물위에 놓고 사명당을 그 위에 앉히자, 사명당은 물위에서 유유히 떠다녔다. 다음에는 구리로 집을 지어 사명당을 그 안에 두고 바깥에서 불을 지폈다. 구리가 다 녹을 정도로 뜨거웠으나 사명당의 얼굴에는 서리와 고드름이 달려 있었다.

이처럼 왜나라가 갖가지 계교를 부리지만 사명당은 도술로 그들을 놀라게 한다. 마지막에는 비를 뿌려 왜왕을 위협한다. 왜왕은 끝내 버티지 못하고 항복을 하고, 해마다 사람 가죽 300장과 고환 세 말씩 바치겠다고 한 내용의 판본도 있다. 마지막 부분이 이처럼 비현실적 내용으로 끝나는 것은 당시 우리 민족의 울분이 얼마나 극도에 다다랐는지를 보여 준다. 그런 내용으로 마무리 지음으로써 민족의 상처를 스스로 위안하고자 한 것이다.

이 작품은 이본이 꽤 많지만 일제 강점기 때 일본인들이 압수하여 불태우기도 했다고 한다. 한문본과 한글본 중 한글본에는 이순신, 김덕령, 최일령, 김응서, 사명당 등이 활약하여 일본을 무찌르는 데 비해 한문본에는 명나라 장수 이여송이 부각되어 있어 양반층의 사대사상을 보여 준다.

치욕의 역사를 돌아보고 뼈아프게 반성하기도 하며, 스스로 위로하기도 하는 〈임진록〉은 민간에 떠도는 임진왜란 관련 설화들이 두루 담겨 있는 만큼 민중의 의식이 많이 투영된 작품이라 할 수 있다. 민중은 〈임진록〉을 통해 분노와 치욕 속에 머무르지만은 않았다. 그 극복의 방향을 찾았고, 패배를 승리로 뒤바꿀 수 있는 민중의 저력을 발견했으며, 문학 속에서나마 처절한 응징과 복수를 감행하며 카타르시스를 맛보기도 했다.

최척과 옥영의 삶, 그리고 그의 시대-〈최척전〉

임진왜란은 우리 역사의 분수령인 동시에 명나라와 일본의 정세에 변화를 가져다준 역사적 의미를 갖고 있는 사건이다. 왕이나 귀족, 장군 등 집권층에 가려진 민중의 삶은 어떠했을까? 〈임진록〉에서 의병 봉기로 그 한 자락을 드러낸 민중의 삶. 그러나 구체적으로 개개인의 삶의 고난은 잘 드러나지 않는다. 이해 비해 〈최척전〉은 전쟁이 개인의 삶에 어떤 그늘을 드리웠는지 보여 줄 뿐 아니라 거대한 무대 배경이 눈에 띄는 작품이다. 〈최척전〉은 작품의 무대가 우리나라는 물론 중국, 일본, 동남아시아까지 확대되었으며 국경을 넘어선 사람들의 인정과 연대 의식, 서로에 대한 배려를 보여 주는 작품이다.

〈최척전〉은 선조 때 조위한이 쓴 소설이다. 이 작품은 유몽인의 《어우야담》에 실린 〈홍도전〉과 그 줄거리가 같아 임진왜란 때 실제 있었던 일을 소설화한 것으로 여겨진다. 전쟁으로 인한 헤어짐과 우연한 만남 등 기이한 이야기로 이뤄졌다. 작품의 줄거리를 따라가 보자.

남원에 사는 최척은 한때 공부에 뜻이 없어 방황하던 중 정상사의 집으로 공부하러 다니게 된다. 정상사의 조카인 옥영이 창틈으로 최척을 엿보고 그에게 마음이 끌려 시를 적어 보내자 최척은 마음이 흔들린다. 최척은 옥영의 시비 춘생을 통해 옥영의 이야기를 듣고 그녀를 사랑하게 되어 부친을 통해 청혼한다. 옥영은 이 혼사를 반대하는 어머니를 설득하고 마침내 둘은 약혼한다.

혼인날을 정해 놓고 기다리던 중 왜적의 침입을 막기 위해 남원 지역에 의병이 일어났고, 최척도 여기에 뽑혀 갔다. 혼인 날짜가 지나도록 최척이 돌아오지 않자 옥영의 어머니는 부잣집 아들 양생과 옥영을 결혼시키려 한다. 그러나 옥영이 극단적인 방법을 써 자신의 의지를 밝히고, 두 사람은 온갖 시련을 넘어 결혼을 하게 된다. 이후 아들 몽석을 얻고 행복한 나날을 보낸다.

정유재란으로 남원이 함락되면서 옥영은 왜병의 포로가 되었고, 최척은 흩어진 가족을 찾아 헤매다가 가족이 모두 죽은 것으로 잘못 알고 명나라 장수 여유문과 형제의 의를 맺고 중국으로 건너간다. 한편 일본에 잡혀간 옥영은 남자로 행세하면서 불심이 깊은 돈우라는 왜인을 만나 일본, 중국, 동남아를 돌며 장사를 돕는다.

여러 해가 지나 최척은 항주의 친구 주우와 함께 상선을 타고 여기저기로 떠돌아다녔다. 그러던 어느 날, 안남(베트남)에 배를 타고 갔다가 역시 상선을 타고 안남까지 온 아내 옥영을 우연히 만났다. 둘은 피눈물을 흘리며 재회의 슬픔과 기쁨을 나눈다.

이들은 중국 항주에 정착하여 둘째 아들 몽선을 낳아 기르며 행복한 생활을 누린다. 몽선이 장성하자 홍도라는 중국 여인과 혼인을 시키는데, 홍도는 임진왜란 때 조선에 출전했다가 실종된 진위경의 딸이었다.

이듬해 호족이 침입하여 최척은 아내와 아들과 이별하고 명나라 군사로 출전하였다가 청군의 포로가 된다. 그는 포로수용소에서 맏아들 몽석을 극적으로 만난다. 몽석은 명나라의 군사 요청에 따라 출전했다가 청군의 포로가 된 것이었다. 부자는 함께 수용소를 탈출하여 고향으로 향한다.

한편 옥영은 항해를 계획하여 몽선, 홍도와 더불어 천신만고 끝에 고국으로 돌아왔고, 가족 모두 다시 만나 행복한 삶을 누리게 된다.

〈최척전〉 줄거리

전쟁이 한 가족의 삶을 완전히 부숴 놓았다. 온갖 시련을 극복하고 결혼한 부부가, 그리고 그들이 이룬 한 가족이 전쟁 때문에 서로 수십 년씩이나 헤어져 살다니. 지금처럼 인터넷이나 통신이 발달한 시대에도 그 같은 이별은 힘겨운 일일 텐데, 하물며 수백 년 전에는 어떠했을지 상상조차 어렵다. 그러나 그런 시련을 겪고 몇 번이나 죽을 고비를 넘기면서도 최척과 옥영은 서로 만날 날을 기다렸다. 정말 가슴 절절한 사랑의 승리다. 부부

애, 가족애와 함께 조국애도 이 작품의 바탕을 이룬다. 먼 타국에서 온갖 위험을 무릅쓰고 결국은 조국에 돌아와 가족 모두 재회하는 모습은 참으로 눈물겹다.

임진왜란 당시 실제로 많은 사람이 일본에 포로로 끌려갔다. 일본은 당시 전투 부대 외에도 6개의 특수 부대(도서부, 공예부, 포로부, 금속부, 보물부, 축부)를 일본에 보냈는데, 당시 조선인 포로가 10만 명에 이르렀으리라 추정하고 있다.

이수광의 《지봉유설》에는 조완벽이라는 사람 이야기가 나온다. 그는 진주에 사는 선비로 스무 살 때 정유재란이 일어나서 포로로 잡혀 일본으로 끌려갔다. 그 후 장사하는 일본인을 따라 세 번이나 안남에 갔고, 10여 년 뒤에 본국으로 돌아와서 가족들과 탈 없이 살았다고 한다.

이같이 전쟁 포로의 삶을 다룬 이야기로 〈홍도전〉, 〈남윤전〉 등이 있다. 신기하고 우연한 사건으로 얽혀 있지만 〈최척전〉은 전쟁의 참화 속에서 신음했던 당시 민중의 삶을 생생하게 담아냈으며, 극한적 체험을 겪은 포로들의 삶을 역동적으로 그려 냈다는 점에서, 또한 당시 소설 작품으로는 드물게 동아시아 전역을 배경으로 하는 방대한 규모의 작품일뿐더러 우리나라와 일본 및 중국 사이의 힘의 관계도 드러내고 있다는 점에서 큰 의미를 지닌 작품이다.

병자호란의 치욕을 극복한 남녀 영웅

병자호란을 배경으로 한 대표적 소설로 〈박씨부인전〉, 〈임경업전〉 등이 있다. 최근의 현대 소설 중에도 병자호란을 배경으로 한 김훈의 〈남한산

성〉이라는 소설이 있는데, 이 작품은 뮤지컬로도 공연되었다. 〈남한산성〉
은 청이 침략한 뒤 인조와 그 신하들이 남한산성으로 도피하여 항복의 굴
욕을 당한 사건이 줄기를 이루고 있다. 오랜 세월이 흘렀건만 병자호란의
치욕은 쉽사리 지울 수 없는 우리 민족의 깊은 상처이다.

〈박씨부인전〉은 추녀였던 박씨가 허물을 벗고 신통력을 발휘하여 호국
(청)의 침입을 막아 내는 내용이다. 병자호란을 배경으로 주인공의 영웅적
인 활약상을 그려 낸 군담 소설이다. 패배로 끝난 병자호란이 부분적인 승
리로 그려져 있어 당시 민중의 적개심과 복수심이 어떠했는가를 미루어
알 수 있다. 특히 신비한 힘을 가진 여성이 주인공으로 나와 전쟁을 승리
로 이끌어 냄으로써 당시 소설 독자층을 이루고 있던 여성들의 흥미와 기
대를 충족시켜 주고 있다. 〈박씨부인전〉에 대해서는 '사랑에, 남성에, 사
회에 새롭게 맞서다ー새로운 지평을 연 고전 소설 속의 여인들'에서 좀 더
자세히 살펴보기로 하자.

〈임경업전〉은 실존했던 비운의 명장 임경업을 주인공으로 한 역사 소설
로서 당시의 전기식 구성에서 벗어나 주인공의 성격과 운명을 폭넓게 보
여 준다. 임경업의 실제 삶과 역사적 사실에 충실하다는 평가를 받고 있
다. 판본으로 경판본 〈님장군전〉과 한글 활자본, 한문본이 있다. 경판본
〈님장군전〉 마지막에 김자점(金自點)을 처치하고 임경업의 집에 정문을
세웠으며, 장군의 고향인 달천에 서원을 세우고 장군의 화상을 모셔 제사
를 지내도록 하였다는 내용이 있다. 이로 미루어 〈임경업전〉은 임경업이
1697년(숙종 23)에 억울한 혐의가 풀려 관직을 회복하고 1726년(영조 2)
달천(達川)에 충렬사가 건축된 이후 창작되었으리라 보고 있다.

충주 달천에서 태어난 임경업은 어려서부터 동네 아이들과 전쟁놀이를 즐겼고, 스물다섯 살에 무과에 급제하여 관직에 나아갔다. 호국이 북쪽 오랑캐 가달의 침략을 받고 명나라에 구원을 요청했을 때 명나라에 빼어난 장군이 없으므로 임경업이 출전하여 호국을 돕는다.

호국이 점차 강성해져 명나라를 침공하고 이어 우리나라를 정복하려고 하자, 조정에서는 임경업 장군을 의주 부윤으로 삼는 동시에 부원수 겸 방위사로 임명하여 호국의 침공을 막도록 한다. 그러나 호왕은 임 장군의 용맹을 알기에 길을 돌아 서울로 쳐들어가 남한산성으로 피난한 왕에게 항복을 받고 돌아간다.

임경업 장군은 이 소식에 분을 참지 못하여 통곡하다가 마침 호국 장수 용골대가 세자 두 명을 인질로 데리고 돌아간다는 말을 듣고는 원수를 갚으리라 결심하고 맞서 싸운다. 이에 진군하지 못한 용골대가 왕에게 장계를 올려 임 장군에게 길을 열어 주라는 조서를 내리게 하자, 인조는 어쩔 수 없이 임경업 장군에게 칙서를 보내어 길을 열어 주게 한다.

호왕은 명나라를 치겠다고 조선에 청병을 하면서 임 장군을 대장으로 보낼 것을 요구한다. 김자점의 주청으로 조선 조정에서는 임경업을 호국에 파견하였는데, 임경업은 옛날 의리를 생각해서 명나라와 내통하여 명나라로 하여금 거짓 항서를 올리게 하고 귀국한다. 이 사실을 안 호왕은 임경업을 죽이고자 호국으로 보낼 것을 요청하지만, 임경업은 호국 사신을 따라가는 길에 마천령에서 도망쳐 소인산으로 들어가 스님으로 변장한다.

임경업은 무예를 닦은 뒤 천조가 되어 남경 땅에 이르러 황자명을 만나 북호를 치기로 함께 결의하고 싸우다가 배반자가 있어 호왕에게 잡혔다. 그러나 호왕은 임경업의 충의에 감복하여 세자와 대군을 모두 구출하여 조선으로 돌려보낸다.

임경업의 귀환 소식을 들은 김자점은 자기의 죄를 숨기고자 왕을 뵙고 나오는 임 장군을 암살한다. 왕은 꿈속에서 임 장군의 현신을 보고 김자점을 잡아 처형하고 임 장군의 충의를 포상한다.

〈임경업전〉 줄거리

이 작품의 가장 큰 특징은 역사적 사실과 실제 인물의 삶을 거의 그대로 담아냈다는 점이다. 임경업은 뛰어난 지략과 용맹을 갖춘 능력 있는 장수였으며, 청나라의 침략에 맞서려 했지만 한 번도 싸움다운 싸움을 해 본 적 없는 비운의 장수였다. 이 같은 인물을 전면에 내세운 〈임경업전〉이 창작되고 널리 읽힌 까닭은 무엇일까?

그것은 〈임진록〉이나 〈박씨부인전〉처럼 외적에 대한 민족의 적개심 때문일 것이다. 뛰어난 능력을 지녔던 인물이 자신의 역량을 미처 발휘하지 못하고 역사적 상황 속에서 죽어 간 것을 안타깝게 여기면서 청나라에 대한 적개심과 분노를 불태웠으며, 임경업 장군에 대해서는 동질감을 강하게 느꼈을 것이다.

이와 더불어 충성과 용맹을 지닌 임경업 장군을 모해한 위정자들에 대한 분노 때문이다. 임진왜란과 병자호란이 끝나고도 권력자들은 자신을 반성하지 않고 사리사욕을 채우는 데 급급했다. 전쟁의 상처와 혼란을 수습하기는커녕 자신들의 안위와 영달에만 급급한 간신배들에 대한 분노가 소설 작품으로 승화되었던 것이다.

물론 기울어져 가는 명나라와의 의리를 끝까지 지키려고 했던 점, 이미 강성해져 가는 청에 대항하려고 했던 점 등은 당시 임경업 장군을 비롯한 우리 민중이 지닌 의식의 한계였을 수 있다. 그러나 민족의 굴욕에 대한 울분과 분노가 어떠했는지를 잘 드러낸 작품이다.

위로와 희망, 철저한 반성과 전망이 필요했다

조선 중기 임진왜란과 병자호란은 이 땅에 크나큰 상처와 굴욕을 남겼다. 국가적 자존심이 무너졌으며 민중은 처절한 고통을 당했다. 그리고 그것은 소설 작품에 반영되었다. 전쟁이 끝난 뒤 17세기와 18세기에 걸쳐 수많은 군담 소설, 영웅 소설이 앞 다투어 나왔다. 모두 전쟁을 돌아보며 상처를 극복하고자 했던 민중의 갈망이 담긴 작품들이다.

〈임진록〉, 〈최척전〉, 〈박씨부인전〉, 〈임경업전〉 모두 역사와 허구를 넘나들며 당시의 참상을 보여 주면서 통렬한 자기반성과 비판, 안타까움과 통쾌한 설욕의 꿈을 담아내고 있다.

〈임진록〉은 패배의 역사를 돌아보면서도 저항과 승리에 의미를 부여하며 위안과 희망을 보여 주고 있다. 그렇기에 패배의 역사는 패배 자체로 끝나지 않았다. 시련 속에서도 자신을 지키고자 하는 민중의 힘이 돋보였고, 간신배들과 사리사욕에 물든 인물들 속에서도 굳건하게 나라를 지킨 영웅들이 있었다. 상상을 통해서나마 설욕하고자 하는 위로의 장치도 있었다.

〈최척전〉에서도 우리는 희망을 발견한다. 몇 달 몇 년이 아닌 수십 년 세월 동안 여러 나라를 전전하다가 끝내 고국에 돌아온 사람들의 진한 사랑은 우리에게 인간에 대한 경외감을 갖게 한다. 인간은 이렇게 강하구나, 사랑은 이렇게 위대하구나 하는 감격이 그것이다. 〈박씨부인전〉과 〈임경업전〉에서는 당시 민중의 분노와 열망을 엿볼 수 있다. 결코 굴하지 않는 강인한 기개를 지닌 인물들에 대한 존경을 다시금 확인하는 것이다.

현대사 속에서도 우리 민족은 동족상잔의 비극인 한국 전쟁을 겪었다. 온 땅이 피로 얼룩졌고, 우리 민족은 치유하기 힘든 상처를 입었다. 아직 분단의 고통이 곳곳에 남아 있어 우리 사회의 발전을 가로막는다. 지금 우리는 어디에서 희망과 위안을 찾을 것인가? 우리가 사는 지금 이 시대에는 한 개인의 비범함이나 허황한 도술로써 문제를 해결할 수 없다. 역사를 돌아보면서 반성하고 비판해야 하며, 다시금 바람직한 삶의 자세를 가다듬어야 한다. 그리하여 시련 속에서도 희망이 있음을, 치욕 속에서도 자긍심을 발견할 수 있음을 깨닫는다.

생각의 갈피를 찾는 물음

1 〈임진록〉은 전쟁을 통해 겪은 현실의 고통보다는 영웅의 활약과 승리와 보복을 기록하는 데 더 초점이 맞춰져 있다. 그 까닭을 생각해 보자.

2 〈최척전〉이 전쟁의 비극을 그린 작품이지만, 그 작품을 통해 우리가 희망을 발견할 수 있는 것은 무엇 때문일까?

〈유충렬전〉

조선의 현실과 멀리 떨어진 중국을 공간 배경으로 하며, 귀족 영웅 유충렬이 일시적 고난을 극복하고 가문과 나라를 위기에서 구한다는 영웅 소설의 전형적인 배경과 구조를 보여 준다. 작가와 창작 연대는 미상이나 병자호란을 겪고 난 뒤인 조선 후기로 짐작되고 있다.

실제 배경은 중국이지만 이 작품에는 당시의 시대상이 골고루 반영되어 있다. 병자호란 당시의 굴욕을 둘러싸고 조정 안에서는 전쟁을 주장하는 주전파와 화해와 평화를 주장하는 주화파의 대립이 있었는데, 〈유충렬전〉에서 그 같은 대립이 보인다.

정한담은 토번의 정벌을 주장하고 충렬의 아버지 유심은 그것을 반대하다가 역적으로 몰린다. 황후, 태자, 태후 들의 포로가 되는 것도 병자호란 때의 상황과 같다.

소설 속에서 더 커져 가는 민중의 자리

판소리계 소설과 우화 소설
– 〈춘향전〉, 〈흥부전〉, 〈심청전〉, 〈토끼전〉, 〈장끼전〉, 〈까치전〉

조선 후기 소설이 주는 의미

어디선가 가느다란 흐느낌 소리가 들렸다. 아이들은 모두 돌아가고 텅 빈 학교 건물에는 어둠이 짙어 가고 있었다. 밀린 일이 있어서 교무실에 남아 있던 선생님은 이상한 소리에 이끌려 계단을 올라갔다. 그 울음소리는 어느 교실에서 새어 나오고 있었다. 학교에 출몰한다는 그 귀신인가? 등골이 오싹해지는 순간, 어느 교실 책상에 기대어 우는 한 아이가 보였다.

"뭐하고 있니? 혼자 무섭지도 않아?"

선생님도 알고 있는 아이였다. 아이는 흐느끼면서 말했다.

"그냥 제 자신이 너무 초라해서 울고 있었어요."

아이는 이어 말했다. 자기 반에 어떤 아이가 있는데 늘 부러웠다고.

"선생님도 아시잖아요. 그 애는 대체 부족한 게 없어 보여요. 공부도 1등이고, 집도 잘살고, 얼굴도 예쁘고요. 그런 애에 비하면 전 뭔가 싶어서……. 제가 너무 비참하게 느껴져요."

그랬다. 울고 있는 아이가 부러워하는 그 아이는 완벽함 자체였다. 머리가 좋은지 늘 1등이었다. 얼굴도 예뻤고 집안도 좋았다. 아이의 천진난만한 태도는 늘 사람들에게 호감을 주었다. 빼어난 대한민국의 1퍼센트, 현대의 귀족이라 부를 만했다. 물론 그 아이에게 흠이 없는 것은 아니었다. 아이는 슬픔이나 눈물의 의미를 잘 몰랐다. 슬픈 소설을 읽어도 왜 슬픈지 잘 모르는 아이였으니까.

그러나 지금 울고 있는 아이에게 선생님이 해 줄 수 있는 말은 무엇일까? 선생님은 폴 포츠라는 사람의 이야기를 들려주었다.

"그 사람은 평범한 회사원이었어. 휴대 전화 외판원이었지. 아니, 평범 이하였어. 말투는 어수룩했고, 얼굴은 그리 잘생기지 못했어. 이런 점들이 그를 왕따로 만들었을 거야. 게다가 가난한 환경 속에서 크고 작은 질병도 겪었다고 해. 그러던 그가 어느 방송 프로그램에 나와 노래를 부르게 되었어. 사람들은 못생긴 한 남자가 나와 노래를 부를 때 피식 웃었지. 그러나 진심을 다해 노래 부르는 그 모습에 기립 박수를 쳤어. 그는 그 프로그램의 우승자가 되었고, 명예와 부를 얻었어. 인생 역전을 이룬 거야. 우리나라에 와서도 공연한 적이 있어. 소년원을 방문해 공연하기도 했고, 큰 무대에서 공연하기도 했지. 꿈을 잃지 않으면 이루어지는 거야."

어떤 말도 그 아이에겐 위로가 되지 않았을 것이다. 그러나 삶의 길목 길목에서 그 아이는 자기를 진정으로 사랑해 줄 사람을 만나고, 성숙해 가면서 자신의 소중함을 알게 되고, 그 어느 순간 미미한 들풀이 아름다운 것임을 알게 될지도 모를 일이다.

문학의 역사 속에서 미미한 사람들이, 미미한 존재가 그 소중함을 알게 되는 순간이 있었다. 조선 후기의 고전 소설 주인공들이 그 소중한 순간을 우리에게 보여 주었다. 〈춘향전〉에서 춘향은 기생의 딸로 태어나 그 자신도 기생으로 살았지만 인생 역전의 모습을 보여 준다. 가진 것이라고는 몸뚱이 하나밖에 없이 줄줄이 달린 식구들과 하층민의 삶을 살아야 했던 흥부. 그러나 그는 제비의 다리를 고쳐 주고 인생 역전을 이룬다. 봉사의 딸로 태어난 지 이레 만에 어머니를 잃고 동냥젖을 먹으며 자라난 비운의 심청. 아버지의 눈을 뜨게 할 수 있다는 말에 자기 몸을 팔아 인당수에 뛰어들었던 심청도 인생 역전을 이룬다. 〈토끼전〉의 토끼는 어떠한가. 맹수들이 우글거리는 숲 속에서 자기 몸 하나 지키기 힘든 미물이었다. 〈장끼전〉에서 까투리는 암컷이기에 무시당하다가 홀로된 힘없는 존재였다. 〈까치전〉의 까치 부인은 억울하게 남편이 죽고 말았다. 이들 미미한 존재는 어떻게 자신을 지키고, 새롭게 발견하고, 억울함을 풀어 갈 수 있었을까?

〈평양도〉
판소리 명창 모흥갑이 평양 대동강 능라도에서 소리하는 장면이다. 판소리 명창들은 당대의 대중적인 스타였다. 판소리는 양반, 평민들이 두루 즐긴 공연 예술이기에 주제나 표현 면에서 이중적인 면모를 보이기도 한다.

〈춘향전〉, 〈심청전〉, 〈흥부전〉, 〈토끼전〉은 18세기 판소리에서 싹이 튼 판소리계 소설이다. 〈장끼전〉, 〈까치전〉은 동물에 빗대어 인간의 삶을 풍자한 우화 소설이다. 모두 조선 후기 소설의 흐름에서 각각의 자리를 차지하며 오랜 세월을 건너 우리에게 의미를 전하는 작품이다.

판소리계 소설의 얼굴을 내밀다

18세기에 접어들면서 '판소리'라는 예술 양식이 나타났다. 판소리는 전문적인 직업 소리꾼인 광대가 북장단에 맞추어 긴 이야기를 몸짓과 함께 부르는 형태이며 음악적 요소와 연극적 요소, 문학적 요소를 두루 갖춘 예술이다.

판소리가 무엇에 뿌리를 두고 발생한 것인지 말하기는 쉽지 않다. 노래를 부르는 방식으로는 무가에 뿌리를 두고 있다고 보며, 그 내용은 설화에서 비롯하였다고 본다. 판소리는 조선 후기 민중의 입장, 당대 사회상을 생생하게 보여 주면서 음악과 우리말의 아름다움이 두루 조화된 예술 양식으로 발전하였다.

설화는 입에서 입으로 전하는 구비 전승의 문학이다. 민간에서 전하던 설화는 자연히 민중의 의식 세계를 담고 있었으며, 이 설화에 뿌리를 두며 공연되던 판소리 역시 구비 전승되면서 민중의 의식을 담아낼 수밖에 없었다. 이것이 소설로 정착된 판소리계 소설이 당대 사회상과 민중의 공동 창작이라 할 만큼 민중의 의식을 담고 있음은 당연한 귀결일 것이다.

지금까지 알려진 판소리계 소설은 〈춘향전〉, 〈심청전〉, 〈흥부전〉, 〈토끼전〉, 〈변강쇠전〉, 〈배비장전〉, 〈옹고집전〉, 〈장끼전〉이다. 이들 작품의 모태가 되는 판소리 중 〈춘향가〉, 〈심청가〉, 〈흥부가〉, 〈수궁가〉, 〈적벽가〉, 〈가루지기타령〉을 여섯 마당이라고 부르는데 〈가루지기타령〉은 곡조는 전하지 않고 가사만 전한다.

판소리계 소설에는 초인적 능력을 가진 영웅이 등장하지 않는다. 〈홍길동전〉이나 〈전우치전〉, 《금오신화》 같은 소설에서 보이는 고전 소설의 특징인 '전기성(傳奇性, 기이하고 비현실적 특성)'은 거의 없으며 사실적 내용이 대부분이다.

판소리계 소설들은 대부분 이야기의 뿌리가 되는 설화를 갖고 있다. 〈춘향전〉은 오래전부터 민중 속에서 전승되어 오던 설화, 특히 춘향과 관련된 설화들을 토대로 한 작품이다. 이런 설화들뿐 아니라 〈견우와 직녀 설화〉, 〈박문수 어사 설화〉 등에서도 유래를 찾을 수 있다. 이렇게 근원 설화를 바탕으로 여러 사람을 거쳐 오랜 세월 동안 형성되었기에 작품마다 여러 이본이 있다.

판소리계 소설은 판소리 사설의 영향이 강하게 남아 있어 대체로 4음보의 율문체로 되어 있다. 문장에는 한시구나 고사가 널리 동원되고, 일상적인 구어체 문장에는 반복, 과장, 언어유희, 욕설 등을 써서 민중 문학의 특성을 잘 드러내고 있다.

또한 다른 고전 소설들이 대부분 중국을 배경으로 하는 데 비해, 판소리계 소설은 우리나라의 한 지방을 배경으로 하여 민속과 생활상들을 비교적 잘 표현하고 있다. 주제에 면에서는 표면적으로 유교 덕목을 강조하고 있지만, 그 이면을 살펴보면 성장된 민중 의식을 드러내면서 저항 정신과 새로운 세계를 지향하는 측면을 보여 주고 있다.

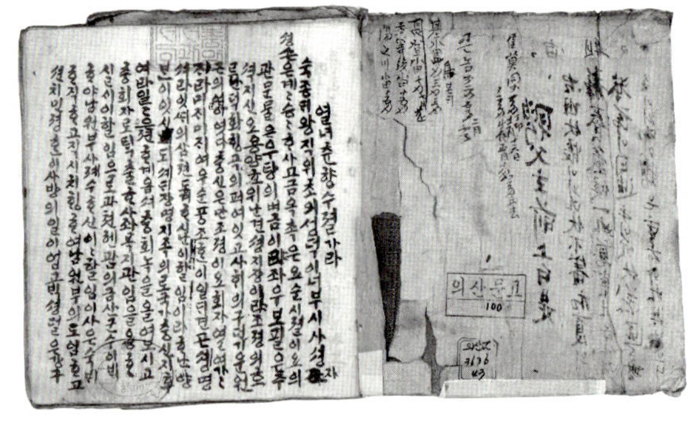

〈춘향전〉
판소리 열두 마당 중 하나인 〈춘향가〉의 판소리계 소설. 작자가 누구인지, 언제 쓰였는지는 알 수 없다.

우리나라의 대표 사랑 이야기 – 〈춘향전〉

〈춘향전〉은 오래전부터 우리 민중 속에 널리 알려진 고전 소설이다. 〈춘향전〉을 읽지 않았다고 해도 그 내용을 모르는 사람은 없다. 영화, 드라마, 만화, 연극 등 다양한 장르로 각색되었기 때문이다. 이 작품을 언제, 누가 창작했는지는 알 수 없다. 조선 영조와 정조 전후의 작품으로 추측할 뿐이다. 〈춘향전〉은 다른 판소리계 소설들처럼 먼저 판소리로 불리다가 나중에 소설로 정착되었다.

오작교가 바라보이는 남원 광한루에서 이몽룡은 그네를 뛰는 성춘향을 만나게 된다. 춘향은 성 참판과 기생이던 월매 사이에서 태어난 딸이다. 그의 어머니 월매는 기생이었다가 성 참판의 첩이 되었고, 마흔 살에 선녀가 자기에게 오는 꿈을 꾸고 춘향을 낳았다. 이몽룡은 이한림이라는 양반의 아들이다. 이한림은 후에 남원 부사가 되어 어진 정치를 편다.

몽룡은 훌륭한 풍채에 바다같이 넓은 도량을 지닌 지혜로운 젊은이로 성장하여 어느덧 열여섯 살이 되었다. 오월 단옷날 오작교가 바라보이는 남원 광한루에서 봄 경치를 즐기던 몽룡은 그네를 뛰고 있는 춘향을 발견한다.

세상 사람 같지 않은 아름다운 모습, 봄 제비가 날아갔다 날아오는 것 같은 그 모습에 이몽룡은 정신이 아찔할 정도였다.

"만년을 함께 즐겨 보자."는 이몽룡의 말에 춘향은 "충신은 두 임금을 섬기지 않으며, 열녀는 두 남편을 섬기지 않는다."면서 한때의 장난기로 만나는 것이라면 응하지 않겠다는 결심을 밝힌다. 그날 밤 둘은 백년가약을 맺는다.

행복한 나날을 보내던 중 남원 부사 이 한림이 내직으로 서울에 가게 되자 몽룡도 남원을 떠나게 되었다. 이 사실을 알고 춘향은 첩으로라도 따라가겠노라 말한다. 몽룡은 그러고 싶지만 어머니의 꾸중도 있으니 헤어질 수밖에 없다는 약한 소리를 한다. 춘향은 슬픔으로 탄식하며 영원히 함께하자던 약속이 거짓이었나 야속해한다. 월매도 도령을 원망하며 아내를 그렇게 버리는 법이 어디 있냐며 따진다. 춘향의 강한 사랑과 절개에 몽룡도 마음을 다지고 훗날 꼭 데려가겠다는 약속을 하고 헤어진다.

얼마 뒤 남원에 신관 사또 변학도가 부

〈춘향전도〉

조선 시대에 그려진 그림으로 춘향과 어사가 된 몽룡이 만나는 장면이다.

임하면서 춘향은 괴로움과 서글픔 속에 수난을 겪게 된다. 부임하자마자 기생들부터 불러들여 인물을 살핀 변학도는 춘향의 미모가 대단하다는 소문을 들은지라 춘향을 불러들인다. 변학도는 이몽룡을 그리워하여 수척해진 춘향에게 수청 들 것을 강요한다. 이에 춘향은 "유부녀를 겁탈하려 하는 것은 죄가 아니냐."면서 변학도의 수청을 거절한다. 계속 절개를 지키며 저항하던 춘향은 수십 대의 곤장을 맞으며 피눈물을 흘리다가 옥에 갇힌다. 마을 사람들은 춘향이 겪는 고초를 보고 눈물을 흘리며 불쌍히 여긴다.

한편 서울로 간 이몽룡은 밤낮으로 공부에 힘써 과거에 장원 급제한 뒤 전라도 어사가 된다. 곳곳을 돌며 민심을 살피던 이몽룡은 춘향이 수청 들지 않아 옥에 갇혔다는 이야기를 듣게 되고, 자기에게 보낸 춘향의 편지를 읽기도 한다. 남원에 도착하여 월매를 만난 이 도령은 자신의 성공과 춘향의 안전을 비는 월매의 모습에 감동하지만, 비렁뱅이 행세를 하여 장모를 실망시킨다. 춘향은 옥에 갇힌 채 몽룡을 만나 변함없는 사랑으로 대한다. 그러나 몽룡의 가문이 몰락했다는 말을 듣고 그 초라한 행색에 슬퍼한다.

드디어 변학도의 생일날 가까운 고을의 수령들이 다 모여들었다. 어사 이몽룡은 구질구질한 선비 차림으로 잔치 자리에 끼어든다. 그는 백성들이 당하고 있는 고통을 아파하며 탐관오리의 행태를 꾸짖는 시를 쓰고 사라진다. 곧이어 암행어사 출두 소리가 땅을 진동시킨다. 어사 이몽룡은 억울하게 고초를 당하던 춘향을 구하고 월매, 향단과 함께 남원을 떠났다. 임무를 모두 마치고 서울에 올라오자 임금은 이몽룡에게 대사성 벼슬을 내리고, 춘향을 정렬부인으로 봉했다. 그 뒤 몽룡과 춘향은 오랜 세월 행복하게 잘살았다고 한다.

〈춘향전〉 줄거리

우리가 흔히 알고 있는 서양의 고전적 사랑 이야기인 〈로미오와 줄리엣〉, 〈젊은 베르테르의 슬픔〉 등이나 사랑을 주제로 한 외국 영화 〈사랑과 영혼〉, 〈타이타닉〉, 〈러브레터〉 등을 〈춘향전〉과 비교해 보면 〈춘향전〉의 위대함이 한결 빛난다. 연인들의 사랑을 가로막는 요소라 할 수 있는 죽음, 집안의 반대, 신분 차이, 재난 속에서도 사회 구조적인 모순을 이겨 낸 사랑 이야기는 〈춘향전〉밖에 없지 않은가. 춘향과 몽룡의 사랑을 방해하는 첫 번째 요소는 둘의 신분 차이다. 두 번째 요소는 변학도로 대표되는 탐관오리의 포악한 다스림이다. 〈춘향전〉은 이 두 장애를 모두 극복한다.

조선 후기의 사회는 갖가지 모순이 드러나 사회 변화가 요구되는 시기였다. 조선 사회를 지탱해 오던 신분 제도는 흔들리기 시작했으며, 유교적 질서 속에서 개인의 감정을 억누르던 사람들은 새로운 예술 형태를 통해 자신을 발산했다. 부패한 관리들을 향한 비판, 새로운 문물에 대한 동경 등 조선 후기 사회는 격동의 사회였고, 새로운 질서를 요구하던 사회였다.

변학도에게 매를 맞는 춘향의 모습은 한 남자를 사랑하여 그 사랑 때문에 고초를 받는 여성에서 멈추지 않는다. 양반이라는 이름으로 힘없는 민중을 괴롭히고 억압하고 수탈하는 지배층의 횡포. 그것을 고스란히 당하면서 의연히 이겨 내는 춘향에게서 민중은 자신의 모습을 보았는지도 모른다.

어사로 나타난 이몽룡이 각 고을 수령 앞에서 지어 간담을 서늘하게 만든 시는 바로 그러한 시대 민중의 원망을 그대로 표현한 것이다. 이 시는 성이성이라는 사람이 전라도 암행어사가 되어 벼슬아치를 징계하면서 지었다는 말도 있지만 정확하지는 않다.

금동이의 아름다운 술은 일만 백성의 피요 金樽美酒千人血

옥소반의 맛 좋은 안주는 일만 백성의 기름이라. 玉盤佳肴萬姓膏

촛불의 눈물이 떨어질 때 백성의 눈물이 떨어지고 燭淚落時民淚落

노랫소리 높은 곳에 원망 소리 높았더라. 歌聲高處怨聲高

짧은 한시 한 편에 당시의 사회 모순과 민중의 고통을 함축적으로 담아내고 있다. 금동이의 아름다운 술과 백성의 피를, 안주와 백성의 기름을 대조시켜 보여 준다. 휘황한 촛불의 눈물과 백성의 눈물을, 노랫소리와 원망 소리를 교차시키며 불평등한 사회 현실을 비판하는 것이다. 놀라운 비유이며 대조이다.

실제로 어사가 거지 행색을 하고 잔치 자리에 끼어들어 관리들을 비판하는 시를 읊고 바람처럼 사라지는 일이 그리 쉽지는 않았을 것이다. 그러나 민중은 그런 극적인 사건을 바랐고, 몽룡을 통해 자신의 바람을 이루었다.

어사출두와 함께 탐관오리들은 꽁무니를 빼며 달아나다 잡혀들며, 고난받는 민중의 상징이라 할 춘향은 구원받는다. 이런 장면을 함께 읽거나 들으며 조선 후기 민중은 집단적인 한이 풀리는 신명난 한마당을 경험했을 것이다.

조선 후기의 대표 하층민 흥부, 불우한 소녀 심청

〈흥부전〉의 줄거리를 모르는 사람은 없다. 형제간의 우애를 담아낸 고전소설로, 착하게 살면 복을 받는다는 권선징악의 주제를 담고 있다. 착하고 어수룩한 동생을 쫓아낸 탐욕스럽고 포악한 형. 착한 동생은 제비를 구해

주고 박씨를 받아 부자가 되고, 그 흉내를 내어 제비 다리를 부러뜨린 형은 박씨를 받고 온갖 재앙을 겪은 뒤 빈털터리가 된다.

어린 시절 동화로 각색된 〈흥부전〉을 읽으며 우리는 '착하게 살아야 복을 받는다.', '형제간에 서로 돕고 우애 있게 살아야 한다.' 등의 교훈을 얻었다. 흥부를 통해 자기를 핍박한 형을 사랑하고, 고통받는 작은 동물인 제비에게도 연민을 갖는 아름다운 마음을 읽어 낼 수도 있었다. 그러나 지금까지 〈흥부전〉에 대한 해석은 다양했고, 상반되기까지 했다. 어떤 사람은 〈흥부전〉을 통해 착한 마음이 승리하는 '권선징악'의 교훈을 강조했다. 또 어떤 이는 형에게 의지하려는 흥부는 자립심이 없으며 주변이 없고 게으르다는 평을 하기도 했다. 오히려 놀부야말로 근대 사회에 합당한 인물이며, 인정에 휘둘리지 않고 합리적인 사고를 하는 인물이라고 높이 평가하기도 했다. 그러나 〈흥부전〉을 꼼꼼하게 읽어 보면 흥부는 게으른 인물도 아니며, 의존적 인물도 아니었음을 알게 된다. 흥부는 아무리 애를 써도 입에 풀칠조차 하기 힘든 삶을 살아야 했던 당시 대다수 민중의 삶을 보여 주었다.

우리는 〈흥부전〉을 통해 어떻게 살아야 하는지 삶의 가치를 찾아낼 뿐 아니라 조선 후기 사회의 모순이 무엇이었으며, 그 모순 속에서 민중은 어떤 세상을 꿈꾸었는지 읽어 낼 수 있다.

먼저 흥부와 놀부의 마음가짐을 보자. 흥부는 착한 사람이다. 불쌍한 것에 연민을 갖고 다른 이의 아픔을 헤아리는 마음은 어떤 시대, 어떤 상황 속에서도 올바른 것이다. 놀부는 어떠한가? 그는 자기 욕심만 차리고 마을을 휘젓고 다니며 나쁜 행동을 저지르는 못된 인물이다.

다 된 밥에 흙 퍼붓기, 패는 곡식 이삭 빼기, 논두렁에 구멍 뚫기, 애호박에 말뚝 박기, 곱사등이 엎어 놓고 밟아 주기, 똥 누는 놈 주저앉히기, 앉은뱅이 턱살 치기, 옹기장수 작대기 치기, 면례(무덤을 옮겨 장사를 다시 지내는 것)하는데 뼈 감추기, 남의 부부 잠자는데 소리 지르기, 수절 과부 겁탈하기, 통혼한 데 간혼하기, 만경창파에 배 뚫기, 달리는 말에 앞발 차기, 목욕하는데 흙 뿌리기, 담 붙은 놈 코침 주기, 얼굴에 종기 난 놈 쥐어박기, 눈 앓는 놈 눈에 고춧가루 넣기, 이 앓는 놈 뺨치기, 어린아이 꼬집기, 다 된 흥정 깨 버리기, 중을 보면 대테(대를 쪼개어 만든 테. 나무통이나 오지그릇 따위를 메우는 데 쓴다) 메기, 남의 제사에 닭 울리기, 한길에 허방 파기, 비 오는 날에 장독 열기 등이었다.

이놈의 심사가 이렇듯 모과나무같이 뒤틀리고 동풍 안개 속에 수숫잎같이 꼬여 그 흉악함을 헤아릴 수 없었다. 그러나 흥부는 충실, 온후, 인자하였으니, 형이 하는 짓을 탄식하고 때로는 간할 마음을 가져 보았으나 말해 보아야 쓸데없으므로 말없이 주면 먹고 시키는 일이나 공손히 하였다.

<흥부전> 일부

흥부와 놀부는 형제로 설정되어 있지만 두 사람의 경제적 처지는 사뭇 다르다. 놀부는 땅을 차지한 부농이며 흥부는 몸을 움직여 일해야 먹고살 수 있는 땅 없는 하층 농민이다. 흥부는 결코 게으르지 않았다. 자신이 할 수 있는 일은 다 찾아서 온 힘을 다해 일했지만 그래도 먹고살기가 힘들었다. 다른 사람 대신 매 맞는 일까지 하려 했다. 이는 바로 조선 후기 하층 농민의 현실이었다.

이런 극한의 고통 속에서 흥부는 다리가 부러진 제비를 도와 박씨를 얻어 복을 받는다. 이는 당시 민중의 소망이었으며, 가난하고 착한 흥부가 그런 복을 받도록 만든 것은 고통스러운 민중에 대한 위안이었으리라.

아무리 애를 써도 솟아날 구멍이 없기는 〈심청전〉의 심청도 마찬가지였다. 어머니는 일찍 돌아가시고 아버지는 장님이다. 집안이 윤택할 리 없다. 요즘 말로 하면 심청은 소녀 가장이나 다름없었다. 앞뒤 재지 못한 아버지의 약속 때문에 심청은 뱃사람들에게 자기 몸을 제물로 팔기까지 한다. 완전히 절망적인 상황이지만, 소설 속 심청은 연꽃에 몸을 숨기고 뭍으로 나와 왕비가 된다. 앞부분이 비극적인 소녀의 고통스러운 현실이라면, 뒷부분은 민중의 소망이 비현실적 방법으로 이루어지는 내용이다.

〈토끼전〉도 마찬가지다. 맹수들이 우글거리는 숲 속에서 날쌘 다리로 자기 한 몸 지탱해 가던 토끼가 자라의 꾐에 빠져 용궁으로 가게 된다. 토끼 간이 용왕의 병에 명약이기 때문이다. 토끼의 생명은 토끼에겐 절대적인 것이지만, 권력자의 생명을 연장하기 위해서는 몇 번이고 희생되어도 좋은 하찮은 것이었다. 동물인 토끼가 주인공이지만 인간 사회도 마찬가지이다. 그러나 토끼는 재치 있게 그 위험을 모면하고 자기 삶터로 돌아온다.

〈춘향전〉, 〈흥부전〉, 〈심청전〉, 〈토끼전〉은 묘하게도 공통적이다. 하찮은 존재들의 인생 역전을 다룬다는 점도 그렇고, 시련은 비장하고 현실적이나 그 극복 방법은 비현실적이고 환상적인 요소가 강하다는 점이다. 이들 작품 중 〈춘향전〉이 돋보이는 이유는 극복 방법이 상당히 사실적이며 실현 가능하기 때문이다.

공통점은 또 있다. 겉으로 드러나는 주제와 그 속에 감춰진 주제가 나란히 존재한다는 점이다. 〈춘향전〉의 표면적 주제가 여성의 절개라면, 이면적 주제는 탐관오리를 응징함으로써 인간 해방을 이룬다는 혁신적 내용이다. 〈흥부전〉의 표면적 주제가 형제간의 우애라면, 이면적 주제는 하층민의 인생 역전과 탐욕스러운 부자의 몰락이다. 〈심청전〉은 효성이 표면적 주제이지만, 그 이면에는 한 소녀를 희생시키는 무능하고 잔인한 사회에 대한 비판이 담겨 있다. 〈토끼전〉은 판본에 따라 자라의 충성이나 경거망동에 대한 경계를 표면적 주제로 삼고 있지만, 이면적 주제는 민중을 하찮게 여기는 권력자에 대한 비판이다.

판소리계 소설이기에 공통적으로 지니는 형식상의 특성도 있다. 판소리로 불렀기 때문에 4·4조의 운문체이며, 판소리의 판에 따라 조금씩 다르게 불렀기에 다양한 이본이 있다. 여러 사람 앞에서 판소리로 부르다 보니 관객의 흥미를 이끌어 내기 위해 해학적 요소가 강하다. 물론 고통과 슬픔을 웃음으로 극복해 온 우리 고유의 정서가 녹아 있기 때문이기도 할 것이다.

사물을 통해 인간을 풍자한 우화 소설－〈장끼전〉, 〈까치전〉

조선 후기 소설의 새로운 움직임 중 하나는 동물을 주인공으로 등장시킨 우화 소설이 다수 나타났다는 점이다. 우화 소설은 동물을 의인화한 것과 식물을 의인화한 것, 무생물을 의인화한 것으로 나눌 수 있다. 특히 동물을 사람에 빗대어 쓴 소설은 동물의 특성을 사람처럼 표현해서 더욱 흥미를 준다. 우화 소설은 사물을 통해 인간을 이야기하고 있기에 그 속에는 날카로운 비판 정신이 감춰져 있고, 그 비판을 에둘러 표현하기에 웃음도 담고 있다. 그야말로 풍자가 두드러진다.

〈토끼전〉과 함께 우화 소설로 널리 알려진 〈장끼전〉은 꿩을 의인화한 작품이고, 〈서동지전〉은 쥐가 주인공이다. 까치가 주인공인 〈까치전〉, 두꺼비가 등장하는 〈두껍전〉 등 다양한 우화 소설이 있다.

〈장끼전〉은 지어진 연대를 정확히 알 수 없으나 작품의 내용과 문체로 보아 18세기경에 창작된 것으로 보인다. 〈장끼전〉은 판소리로 불리던 사설이 소설로 정착했는데, 판소리 열두 마당에는 〈장끼전〉도 포함된다. 이 작품은 판소리계 소설 중에서 판소리의 흔적이 가장 많이 남아 있는 작품으로 3·4조 또는 4·4조의 운문체이며, 어떤 대목은 민요나 가사를 그대로 옮겨 놓은 듯한 느낌도 준다.

이 이야기는 가부장적 가족 제도가 지배하는 봉건 사회의 불합리성을 풍자, 비판하고 있다. 전반부와 후반부에 각각 중요한 사건이 나타난다. 소설의 전반부에 나오는 장끼(수꿩)는 봉건 사회 가부장의 권위를 여실히 보여 준다. 그는 남자이며 가장이라는 이유로 아내의 옳은 말을 무시하고 고집을 부리다가 죽게 된다. 가부장적 사회에서 여자는 남자에게 종속된 존재처럼 여겨졌다. 여필종부(女必從夫, 여자는 반드시 남편을 따른다)는 당시 여성들의 위치를 단적으로 드러내는 말이다.

후반부는 까투리(암꿩)의 재혼을 다룬다. 혼자 된 까투리에게 부엉이, 물오리, 장끼 등이 찾아들어 혼인을 권한다. 까투리는 장끼와 재혼을 한다. 남편이 죽으면 따라 죽은 여성에게 열녀문을 내리던 사회에서 대뜸 재혼을 하는 까투리의 모습은 청춘과부의 재가를 가로막던 봉건적 가족 윤리의 불합리성을 거부하는 것이기도 하다.

〈서동지전〉은 '송사 소설'이라 불린다. 송사란 분쟁이 있을 때 재판을 하는 일이다. 서대주(쥐)는 배은망덕한 다람쥐의 모함으로 소송을 당한다. 백호산군은 현명한 재판을 통해 서대주의 무죄를 밝혀내고 다람쥐를 귀양 보내나, 서대주는 다람쥐를 내보내 달라고 간청한다. 이에 다람쥐도 자신의 잘못을 뉘우친다는 내용이다. 우화 소설 중 이 같은 송사 소설로 〈까치전〉과 〈황새결송〉 등이 있다. 억울한 누명을 쓰고 고난을 당하는 이가 많았던 당시 불공정한 사회에 대한 비판이라고 볼 수 있다. 그만큼 관리들의 부정부패가 많았던 모양이다.

여우와 토끼, 두꺼비의 자리다툼을 소재로 한 〈두껍전〉은 〈쟁년 설화〉에 뿌리를 둔 소설이다. 이 설화는 나이를 두고 다투는 이야기이다. 〈두껍전〉에서 두꺼비는 외모도 못나고 가장 약하지만, 여우와 토끼를 물리치고 승리하는 모습을 보여 준다.

변화를 열망하는 새 시대의 의식들

판소리계 소설과 우화 소설에서 우리는 새로운 시대정신을 발견하며, 당시의 시대상에 대한 비판 정신과 민중의 바람을 읽어 낸다. 한마디로 '역전'의 통쾌함을 그려 낸 소설들이다. 천민이 귀한 자리에 나아가고, 불운한 사람이 행복을 얻고, 못난 자가 승리하는 그것은 조선 후기 사회에 일어난 변화의 모습이었고, 힘없는 민중이 바라던 세상이었다. 그러나 그것을 사실적으로 그려 내기는 힘들었고, 그 주제만을 담아내지도 못했다. 바라는 것들이 현실화되기엔 아직 시대적 한계가 있었기 때문일 것이다.

위에서 이야기한 작품 중 가장 사실적이라 할 수 있는 〈춘향전〉을 보자. 신분 제도와 사회의 부패를 비판하며 그것을 극복하여 새로운 세계관을 보여 주었지만, 작품 곳곳에서 시대적 한계를 드러내고 있다. 작품 앞부분에는 두 주인공의 탄생과 관련된 태몽이 소개된다. 월매는 선녀가 자기에게 찾아와 받아들여 달라고 인사한 꿈을 꾼 뒤 춘향을 낳는다. 이전의 고대 소설에서 주인공이 전생에 천상의 누구누구였다는 것과 비슷한 내용이다. 그 이전 고대 소설의 비현실적 요소를 아직 극복하지 못하고 있는 것이다. 또한 강인하고 의지적인 주인공 춘향에게서 봉건적 의식이 종종 발견된다. 여자이기 때문에 남편의 뜻에 무조건 순종하겠노라는 여필종부 사상이 드리워 있으며, 낡은 처첩 제도를 당연시 여기는 대목도 있다.

변학도의 포악한 행동을 해결할 수 있었던 것도 어사또의 등장 때문이다. 위로부터의 개혁인 셈이다. 실제 곳곳에서 민란이 일어나고 잘못된 사회 구조를 바꾸려는 움직임들이 있었지만, 그것이 소설 속에 담겨질 수 있는 여건은 아직 성숙되지 않았던 것이다. 그러나 우리는 이들 소설에서 역동적인 변화와 새로운 사회에 대한 갈망을 분명하게 읽어 낼 수 있다.

1 고전 소설 작품들은 천한 사람이, 불행한 사람이 그 처지를 극복한 '역전의 순간'을 보여 주기도 한다. 우리 주변에서 그런 역전의 순간들을 발견할 수 있다면 어떤 경우인가?

2 새로운 의식을 보여 주는 고전 소설 작품들에도 분명 그 시대의 한계는 보인다. 그 한계가 어떤 것들인지 각자의 생각을 정리해 보자.

〈옹고집전〉

판소리계 소설로서 판소리 사설은 없으나 소설로 남아 있는 작품으로 〈옹고집전〉과 〈배비장전〉이 있다.

〈옹고집전〉은 옹진 고을에 사는 옹고집이 주인공이다. 그는 〈장자못 설화〉의 장자 첨지처럼 심술궂은 인물이다. 그는 거지나 중이 오면 때려서 쫓아내곤 했다. 도사가 학 대사를 시켜 옹고집을 벌주려 했으나 학 대사도 매만 맞고 돌아왔다. 도사는 가짜 옹고집을 만들어 진짜 옹고집과 다투게 한다. 송사에서 진 옹고집은 집에서 쫓겨나 거지가 되어 비관 자살하려다가 도사의 용서를 받고 개과천선하여 착한 일을 많이 하고 독실한 불교 신자가 된다.

〈배비장전〉은 〈배비장타령〉을 소설화한 작품이다. 애랑에게 놀아나는 정비장을 비웃던 배비장이 자신도 애랑에게 빠져 이까지 뽑아 주고 뒤주 속에 갇히어 망신당한다는 이야기로, 인간의 이중성을 폭로하는 해학적인 작품이다.

〈황새결송〉

18세기에서 19세기 사이에 창작된 것으로 추정되는 국문 송사 소설로, 이야기 속에 또 다른 이야기가 곁들인 작품이다. 옛날 경상도 땅에 한 부자가 살았는데, 어느 날 패악 무도한 친척이 찾아와 재산의 반을 달라고 협박한다. 부자는 서울에 올라와 형조에 사건을 의뢰한다. 부자는 자신의 옳음만 믿고 무작정 재판에 임하지만, 친척은 뇌물로 재판관을 매수해 재판에서 이긴다. 이에 부자는 다음과 같은 이야기에 빗대어 자신의 억울함을 호소한다.

꾀꼬리, 뻐꾸기, 따오기 세 짐승이 서로 제 울음소리가 가장 좋다고 다투다가 결판을 얻지 못해 관장군(鸛將軍) 황새를 찾아가 송사한다. 따오기는 황새가 좋아하는 여러 곤충을 잡아 바치고 결국 가장 좋은 소리라는 판결을 얻어 낸다.

부자가 황새 이야기를 빗대어 뇌물을 받아 그릇된 판결을 내린 판관들을 비꼬니, 형조 관원들이 대답할 말이 없어 부끄러워하였다.

사랑에, 남성에, 사회에 새롭게 맞서다

삼종지도와 칠거지악

옛날 어느 가난한 집에 갓 시집 온 새악시가 있었단다. 어느 날 저녁밥을 하다가 불이 시원치 않아 밥이 잘 익었는지를 확인하기 위하여 솥뚜껑을 열고 밥알 하나를 집어 입에 막 넣으려는 순간, 하필이면 그때 독살스러운 시어머니가 그걸 보아 버렸단다. 아니, 밥을 하다 밥을 다 혼자 돌라(훔쳐) 먹다니, 시어머니는 며느리를 그 길로 쫓아내 버렸단다. 며느리는 죽어 길가에 꽃이 되어 밥풀을 물고 있는데, 사람들은 그 꽃을 며느리밥풀꽃이라는 슬픈 이름으로 부르게 되었단다.

김용택의 《섬진강 이야기》 중에서

조선 시대 여인들을 생각하면 떠오르는 이야기 하나, 며느리밥풀꽃에 얽힌 전설이다. 꽃잎에 밥알처럼 흰 무늬가 도드라져 있는 며느리밥풀꽃. 그 꽃을 보며 우리네 조상들은 가난과 시집살이에 시달리다 죽어 간 한 새

색시를 떠올렸다.

또 어떤 모습이 있을까? 규방을 벗어나지 못하고 담장 너머 하늘을 바라보며 한숨을 쉬는 안쓰러운 모습, 때로 거리에 나가더라도 행여 누가 볼까 장옷을 둘러쓴 모습? 신랑 될 사람의 얼굴도 못 본 채 시집가서 부녀자가 지켜야 할 도리를 다하며 마음속의 감정이나 울분을 꼭꼭 처매 두고 살아야 하는 모습? 매서운 시집살이에, 바람피우는 남편에, 올망졸망 매달린 자식들에, 해도 해도 끝없는 집안일에 시달리며 사는 모습?

조선 여인네들의 서러운 모습은 이런 것들만이 아니다. '삼종지도(三從之道)', '칠거지악(七去之惡)' 같은 말은 또 어떤가. 삼종지도란 여자가 지켜야 할 세 가지 도리를 말한다. 곧 어려서는 아버지를 따르고, 시집가서는 남편을 따르고, 남편이 죽으면 아들을 따른다는 뜻이다. 시집가기 전 처녀 때는 아버지의 명령과 지시와 뜻을 따르고, 남의 집으로 시집을 가면 남편의 뜻에, 남편이 죽은 뒤에는 아들에게 모든 것을 맡겨야 한다는 의미이다. 여성의 자주적인 생각과 실천이 무시된 말처럼 들린다. 일곱 가지 악행이라는 뜻의 칠거지악은 남편이 아내를 쫓아낼 수 있는 요건을 말한다. 이 일곱 가지 외에 아내를 쫓아내면 안 된다는 단서가 있지만, 굳이 여성에게 칠거지악의 굴레를 씌워야만 했을까. 그 칠거지악은 시부모에게 순종하지 않는 것, 자식을 낳지 못하는 것, 음탕한 것, 질투하는 것, 나쁜 질병이 있는 것, 수다스러운 것, 도둑질하는 것이다. 객관적으로 판단하기 쉽지 않은 내용들이다.

이렇게 조선 시대 여성들은 남성 우위의 사회 분위기 속에서 자신을 표현하기 쉽지 않았고, 설움과 인고의 세월을 살아야 했다. 이는 인간다움의 상실이며 시대의 모순이었다.

216

문학은 그 시대 삶의 모습을 반영하지만 그것을 무조건 옳게 받아들이지만은 않는다. 우리는 고전 소설에서 당시 여성상과는 다른 모습을 간혹 만나곤 한다. 지금 인습이라 불릴 만한 시대의 모순에서 완전히 자유롭지는 못했으나 다른 모습, 또 다른 출구를 찾고 있는 모습, 어떤 면에서는 지금도 '파격'이라 부를 만한 삶을 살았던 여인들의 모습을 발견한다.

사랑에 모든 것을 걸다 – 〈운영전〉

목숨까지 바친 사랑 이야기 하면 우리는 〈로미오와 줄리엣〉을 떠올린다. 원수 집안에서 태어났으나 첫눈에 서로에게 반한 로미오와 줄리엣! 그들이 처음 만난 곳은 가면 무도회였다. 이후 그들은 닷새 사이에 사랑을 하고, 결혼을 하고, 죽음에 이른다. 그리고 그들의 죽음은 원수였던 두 가문을 화해하게 만든다. 영원불멸한 사랑의 고전인 셰익스피어의 희곡 〈로미오와 줄리엣〉에 견줄 만한 우리나라 작품으로는 무엇이 있을까? 바로 1601년에서 1626년 사이에 창작된 한문 소설 〈운영전〉이다. 가로막혔기에 더욱 절절하며, 만남이 죽음으로 이어질 수도 있건만 만나지 못하면 죽을 것 같기에 그 만남에 모든 것을 거는 사랑 이야기를 만나 보자.

가난한 선비 유영은 임진왜란 후 안평 대군의 궁궐이던 수성궁에 가서 술을 마시다 잠이 들었다. 꿈속에서 유영은 안평 대군의 궁녀였던 운영과 그의 연인 김 진사의 원혼을 만나 비극적인 사랑이야기를 듣는다.

안평 대군에게는 열 명의 궁녀가 있었다. 그들은 시를 잘 짓고 꽃처럼 아름다운 여인들이었다. 안평 대군은 그들을 아끼며 다른 이들에게는 그 모습을 보여 주지 않는다. 어느 날, 궁녀들이 쓴 시를 읽던 안평 대군은 운영의 시를 보고 나무란다. 시 속에 누군가를 향한 그리움이 담겨 있다는 것이었다. 시는 마음에서 나오는 거라 속일 수 없지만 운영의 재주를 아끼기에 덮어 둔다는 말도 덧붙였다.

운영의 수척해 가는 모습을 본 궁녀 자란은 그 까닭을 캐물었고, 운영은 김 진사를 처음 만난 날 그의 붓끝에서 먹물이 자기 손가락에 튀었던 사연을 말하며 첫눈에 서로에게 반해 마음 앓이를 한다는 고백을 했다. 이후 운영과 김 진사는 궁녀들의 도움으로 어렵사리 만나 사랑을 이어 간다. 그러나 둘의 사랑은 결코 순탄할 수 없었다. 궁녀는 평생 혼자 늙어 가거나 왕족의 사랑을 받아야 하는 신분이므로 법으로 금지된 사랑에 빠진 셈이다. 둘은 뜨거운 사랑 속에서도 번민한다.

두 사람은 결국 도망치기로 결심하고, 김 진사는 하인 특에게 두 사람이 도망할 것과 운영이 지닌 재물을 옮겨야 하는 일 등을 의논한다. 하지만 재물에 욕심이 생긴 특은 나중에 김 진사를 죽이고 자신이 운영을 차지할 흉계를 꾸몄다. 한편 운영이 궁궐에서 도망치려 하자 자란은 운영을 말리며 다른 사람에게도 화가 미칠 거라고 염려한다. 조금 참고 기다리면서 김 진사와 다시 만날 기회를 얻으라고 충고하기도 했다.

그러던 중 재물을 차지하려는 특의 간계로 운영과 김 진사의 관계가 드러나고 만다. 궁녀들은 자신들도 여자이고 사랑하고픈 마음이 있는 사람이라는 걸 간곡하게 호소하며 운영을 변호한다. 별당에 갇힌 운영은 스스로 목을 매 죽고 만다. 김 진사는 특을 시켜 운영을 위해 제를 지내고 오게 하지만, 특은 자기 욕심만 채울 뿐이었다. 나중에 그 사실을 알게 된 김 진사는 운영과 자신의 인연을 이어 주고 사악한 특을 지옥에 보내 달라는 바람

등을 빌며 백배를 채우고 돌아온다. 특은 우물에 빠져 죽어 있었다. 이런 일들을 겪은 뒤 김 진사는 아무것도 먹지 못하다가 역시 세상을 떠난다.

두 사람은 인간 세상의 괴로움을 한 차례 겪고 옥황상제가 있는 삼청궁으로 가는 길에 이곳을 들렀다며 자신들의 이야기를 세상에 전해 달라고 부탁한다. 유영이 깜박 잠이 들었다가 깨니 두 사람의 자취는 사라지고 없었다. 유영은 둘의 이야기를 담은 책을 거두어 숨겨 두고 때로 꺼내 읽곤 했다. 그 뒤로 명산을 두루 찾아다녔는데 그 자취 역시 알 길이 없다.

〈운영전〉 줄거리

법으로 금지된 사랑에 목숨을 걸었던 궁녀 운영. 운영은 김 진사를 만난 뒤 누워도 잠을 자지 못하고, 먹어도 밥맛이 없고 마음이 괴로워서 어쩔 줄을 몰랐다. 매일 멍하니 창문을 보고 작은 소리에도 마음이 두근거렸던 운영. 이는 김 진사도 마찬가지였다. 안 되는 일임을 알면서도 걷잡을 수 없는 운명적 사랑 앞에서 두 사람은 속수무책이었다. 결국 사랑을 택한 두 사람 앞에 또 다른 비운이 다가왔다. 법을 뛰어넘어 사랑을 이루려 했으나 다른 사람의 탐욕이 그들을 또 가로막았다. 이렇게 해서 그들은 죽음에까지 이른 것이다.

로미오와 줄리엣이 원수 가문에서 태어났기에 사랑이 금지되었다면, 운영과 김 진사의 경우는 '궁녀는 임금 아닌 다른 이를 사랑할 수 없다.'는 당시의 규범 때문에 사랑이 금지되었다. 로미오와 줄리엣이 시도했던 사랑의 도피가 친구의 실수로 허사가 되었다면, 운영과 김 진사의 도피는 탐욕 때문에 빚어진 흉계로 허사가 된다. 〈운영전〉의 비극적 사랑이 더욱 절절하며 안타까운 이유는 사회적 상황, 인간관계, 인간의 탐욕 등이 복잡하게 얽혀 있기 때문이다. 이 탄탄한 이야기 구조가 놀라울 뿐이다. 우리에게도 이토록 비극적인 사랑 이야기가 있음을 우리는 왜 잘 모르는 것일까.

추녀, 그러나 구국의 영웅이었던 박씨 부인 – 〈박씨부인전〉

고전 소설의 인물들을 생각하면 '전형적'이라는 말이 떠오른다. 주인공은 그야말로 '주인공스러운' 인물이고, 주인공을 시련에 빠뜨리는 인물은 더할 나위 없는 악한이다. 남자 주인공은 요즘 꽃미남 배우들 뺨치게 멋진 외모를 지닌 인물이고, 글도 잘하고, 무예도 뛰어나고……. 뭐 하나 나무랄 데가 없다. 여주인공은 또 어떤가? 달나라 선녀같이 고운 얼굴, 날렵한 자태, 꿰맨 자리를 찾을 수 없을 정도의 바느질 솜씨, 게다가 시도 잘 짓고 지혜로우며 현숙하다. 악한의 경우 성격이 포악함은 물론 얼굴도 못생겨서 그 얼굴을 보면 모두 토악질을 할 정도이다. 퉁방울눈에 주먹코, 입술은 썰어 놓으면 세 접시가 나올 정도의 추녀나 추남이다.

이렇게 판에 박은 인물과 달리 여주인공이면서도 못생긴 인물이 있으니 〈박씨부인전〉의 박씨 부인이다. 도저히 얼굴을 드러낼 수 없을 정도의 추녀! 키는 거의 칠 척(1척은 현재 30센티미터. 예전에는 23센티미터 정도를 1척이라고도 했음), 허리는 열 아름은 되고, 이마는 튀어나오고, 한쪽 다리를 절며, 코는 무척이나 높은 기괴한 용모였다. 그러나 나라를 구할 만한 능력과 지혜를 갖춘 빼어난 여인이다. 〈박씨부인전〉의 내용은 다음과 같다.

조선 인조 때 이득춘이라는 사람이 있었다. 결혼한 지 40년이 되어도 자식이 없었으나, 금강산에서 이레 기도를 드린 뒤 사내아이를 낳아 이름을 시백이라 지었다. 이득춘이 강원 감사로 부임했을 때, 금강산에 사는 박 처사가 와서 이득춘에게 청혼을 하여 처사의 딸과 시백을 혼인시켰다. 그러나 박 처사의 딸은 보기 흉한 추녀였기에 첫날밤부터 남편에게 소박을 당해 별당을 짓고 혼자서 지내게 되었다. 얼굴은 못생겼으나 지혜로운 박씨는 비루먹은 말을 싼값에 사서 크게 키워 팔아 백배의 이윤을 남기고, 꿈에서 본 백옥 연적으로 남편이 과거에 장원 급제하도록 하는 등 빼어난 능력을 발휘한다.

이와 함께 외모도 달라진다. 박씨가 구름을 타고 아버지를 만나러 가자, 박 처사는 때가 되었다며 딸의 추한 허물을 벗겨 주었다. 허물을 벗은 박씨 부인은 절세미인이었다. 그는 비로소 시백과 동침을 하고, 시백은 아내의 내조를 받아 평안 감사가 되었다.

호왕이 조선을 침략하려 하나 감히 덤비지 못하다가, 호국 공주 기룡대가 이시백과 임경업을 없애고 오겠다며 기생 설중매로 변장하고 이시백의 집에 나타난다. 박씨 부인은 기룡대를 유인하여 정체를 밝혀 내고, 이어 닥칠 전쟁을 예상하여 왕을 광주산성에 피난토록 한다. 호왕은 용골대와 용홀대 형제를 앞세워 쳐들어오고, 박씨 부인은 도술로 용홀대의 목을 베고 이어 나타난 용골대도 무릎을 꿇게 한다.

시백은 우의정에까지 오르고 부부는 두 아들을 두고 80세까지 행복하게 살다가 세상을 떠난다.

〈박씨부인전〉 줄거리

이 소설은 1636년에 일어난 병자호란을 배경으로 하며, 임경업이나 이시백, 용골대 등 실존 인물들을 등장시키고 있다. 병자호란은 임진왜란과 함께 조선의 치욕이 되었다. 우리의 왕(인조)이 청 태종의 주둔지에서 무릎을 꿇고 세 번 절하고 아홉 번 머리를 조아리며 신하 나라로서의 예를 다하겠다는 굴욕적인 약속으로 마무리된 전쟁이 아닌가. 쓰러져 가는 명나라에 대한 의리만을 고집하는 일부 집권층의 사대 의식도 문제였으나, 청나라가 우리를 그토록 함부로 대한 것은 우리가 힘없는 약소국이기 때문이다.

전쟁을 겪으며 모진 수모를 당한 옛사람들은 소설 속에서라도 그 치욕을 딛고 자존심을 회복해야 했다. 임진왜란의 고통과 치욕을 앙갚음한 소설이 〈임진록〉이라면, 병자호란으로 구겨진 민족의 자존심과 고통을 이겨 내려 한 소설이 〈박씨부인전〉이다. 민족 자존심의 회복이라는 의미와 함께 〈박씨부인전〉의 주인공이 여성으로 설정되었음을 되새겨 볼 필요가 있다. 유교 이념이 지배하는 조선 사회에서 빼어난 한 여성이 가문을 일으킴은 물론 나라를 위태로운 운명에서 구한 구국의 영웅으로 그려져 있다. 여성의 능력에 대한 재발견이며, 남자에게 순종만 하는 인고의 여인상을 극복한 새로운 여성의 창조이다. 여성들은 이 소설을 읽으면서 또는 들으면서 억눌려 살아온 자신의 삶을 한순간에 보상받는 듯 통쾌하였을 것이다. 그 통쾌함은 무엇 때문일까?

우선 박씨 부인이 남성보다 뛰어난 능력을 가졌다는 점, 그러면서 여성의 고운 외모만 탐내는 남성들의 어리석음을 꾸짖었다는 점이 통쾌함의 첫 번째 이유였을 것이다.

박씨 부인이 덕과 능력을 두루 갖추었음에도 추한 인물이라 하여 가까이하지 않던 남편 이시백은 부인이 허물을 벗고 나서야 자신의 잘못을 뉘우치고 부인에게 사죄한다. 그때 박씨 부인은 조목조목 남편의 잘못을 지

적하며 꾸짖는다. 예의 나라 조선에서 자기 부인이 못생겼다 하여 삼사 년
을 천대하였으니, '부부유별'을 저버렸다는 것이다. 미색만 탐하고 부부간
오륜을 모르는데 어찌 덕을 알고, 여자의 깊고 얕음을 모르는 사람이 어찌
나라를 지키고 백성을 편안하게 할 수 있으며 효와 충을 알겠는가 질책한
다. "첩은 비록 아녀자이나 낭군 같은 남자는 부러워 아니하나이다."라는
말은 통쾌함의 절정일 것이다.

또 한 가지 통쾌한 이유는 박씨 부인이 한 가정을 지키는 현숙한 여인의
범주를 넘어 한 나라를 구한 영웅으로 그려져 있기 때문일 것이다. 웬만한
사내대장부도 못다 한 일을, 더구나 유교적 질서 속에서 숨죽인 채 살아가
야 했던 시대에 한 여인이 이뤄 냈다는 점은 빼어난 기상과 능력을 갖추고
도 담장 안에 갇혀 지내야 했던 여인들의 맺힌 한을 쑥 내려가게 만든 통
쾌함이었을 것이다. 그리고 그 통쾌함은 여성만의 것이 아니라 우리 민족
전체의 것이기도 했다.

남장을 한 채 살다 간 여성 이야기 - 〈홍계월전〉, 〈방한림전〉

고전 소설 속에는 그 시대에 여성으로는 도저히 빼어난 능력을 발휘할 수
없어 남장으로 살았던 여인들이 있어 눈길을 끈다.

〈홍계월전〉은 지은이와 창작 연대를 알 수 없는 조선 후기의 고전 소설
이다. 홍계월이라는 여자가 부모와 난리 중에 이별하여 남장을 한 채 과거
에도 급제하고, 나라를 위해 공을 세우는 등 빼어난 능력을 발휘하는 이야
기다. 병이 나서 진맥을 받던 중 여자인 것이 밝혀졌지만, 계월의 능력을
아끼는 중국의 천자는 함께 자란 보국과 계월을 결혼시키고 벼슬도 내린

다. 계월은 여자로 밝혀진 뒤에도 그 지위를 유지하고 결혼하여 남편과 갈등을 겪기도 하지만, 남편이 계월의 능력을 인정하고 존중하면서 해소해 간다.

남성이 아니고서는 능력을 인정받을 수도 없으며 여성이 권력을 통해 자신의 뜻을 펼칠 수도 없는 사회였기에, 남장을 하고 자신의 능력을 최대한 발휘했던 홍계월이라는 인물은 고전 소설의 빼어난 여인들 중 한층 발전된 모습을 보여 준다.

〈방한림전〉의 주인공은 아예 남장을 한 채 평생을 살아간다. 주인공 방관주는 여자로 태어났지만 스스로 남자 옷을 입고 남자처럼 지낸다. 영혜빙이라는 여자와 결혼했지만, 아내도 방관주의 뜻을 이해하고 평생 부부로 살아간다. 방관주가 병이 들어 천자가 방문했을 때 그는 자신이 여자였음을 밝히고 죽지만, 천자는 그를 국상으로 장례 지내게 했고, 모든 의식을 남장으로 진행했다.

똑같이 남장을 했지만 홍계월과 방관주는 조금 다른 모습을 보여 준다. 홍계월은 남장을 했으며 자신이 여자로 태어난 것을 한탄했지만, 자신의 여성성을 부정하지는 않았다. 여성임을 밝히고 여성의 신분으로 자신의 지위를 지키면서 능력을 발휘하였다.

반면에 방관주는 평생 남장을 유지했고, 그의 성적 지향은 남성이었던 것 같다. 요즘 우리 주변에서 남자로 태어났으나 여자이길 바라고, 여자로 태어났으나 남자이길 바라 성전환을 하는 '트랜스젠더'와 비슷했던 것 같다. '방관주가 남자였는데 태을(太乙)의 장난으로 여자로 태어나는 벌을 받게 되었다고 하며, 저승에서는 부부로 화락한다.'는 꿈 이야기로 끝을 맺는 소설의 내용을 미루어 짐작할 수 있다.

우리나라 고전 소설의 여주인공은 참으로 빼어나다. 운영, 박씨 부인, 홍계월, 방관주 등을 통해 우리는 자유롭지 못한 시대에 빼어난 능력을 가졌던 여성들의 활약을 살펴보았다. 이들 고전 소설의 주인공들은 인고와 순종, 침묵이 강요되던 가부장제 사회 속의 여느 조선 시대 여성들과는 다르다. 그리고 그들이 자신의 능력을 보여 주는 양상도 조금씩 변화를 보인다.

이 같은 강인한 모습은 김시습의 《금오신화》 속 여러 여주인공들에서도 발견할 수 있었다. 〈만복사저포기〉의 아가씨는 왜구가 침입했을 때 정절을 지키며 죽어 갔으며, 〈이생규장전〉의 최 처녀 역시 도적에게 잡혀간 상황에서도 당당한 태도로 그들의 잘못을 꾸짖었다.

〈운영전〉에서 작가는 운영을 비롯한 다른 궁녀들의 입을 통해 궁녀 역시 인간이기에 남자를 향한 사랑의 감정을 지니고 있으며, 그것을 억누를 이유가 무엇이냐고 항변한다. 여성이 아니었다면 자신이 지닌 재주를 펼쳐 보일 수 있었을 거라는 한탄도 한다: 그리고 당시의 규범에 순응하기보다 그것에서 벗어나려는 의지를 보여 주었다. 비극적인 운명 속에서 그 의지가 좌절되긴 하지만 말이다.

박씨 부인은 한 단계 더 나아가 외적인 아름다움만 바라보는 남성을 꾸짖으며 자신의 능력으로 집안을 일으켰을 뿐 아니라, 나라를 위기에서 구하는 영웅적 면모를 보여 준다. 물론 이 역시 도술과 환상으로 가능하다는 한계가 있긴 하지만 말이다.

홍계월은 남성을 돕는 여성의 역할에서 벗어나 스스로 능력을 발휘하고 지위를 얻는 적극적인 모습을 보여 주었다. 방관주는 여성이라는 자신의 성적 정체성마저 부정하는 모습을 보여 준다. 21세기를 사는 우리도 가치관의 혼란을 겪고 있는데, 이미 19세기에 그 같은 소설이 있었다니 참으로 놀랍다.

그러나 현실의 장벽을 깨달아 갈수록, 가야 할 곳과 현재 서 있는 길을 알수록 마음속의 비애가 커진다. 여성의 현실과 여성에게 둘러쳐진 벽의 높이를 알수록, 도술과 남장한 모습으로 그것을 극복하려고 하나 비현실적이고 힘겨운 것임을 알수록 고전 소설을 읽는 독자들은 마음이 무거워짐을 느낀다. 그럼에도 빼어난 여인을 등장시켜서 때로 사랑에 뛰어들게 하고, 때로 도술을 사용하며, 때로 남장한 모습으로, 때로 비현실적인 설정으로 그 시대의 한계를 뛰어넘고자 했던 고전 소설은 우리에게 문학이 추구하는 것이 무엇인지를 생각해 보게 한다.

문학은 그 시대를 반영하며 동시에 그 시대의 가치관을 뛰어넘는다. 소설을 읽으며 우리는 '아하, 이 시대는 이랬구나. 그러나 사람들은 이 시대의 가치관에 무조건 순응하며 살았던 것은 아니구나.' 하고 생각할 것이다. 소설은 시대를 반영하면서 그 시대 속에서 제대로 된 참세상을 그리며 사는 '문제적 주인공'을 그려 내고 있기 때문이다.

사랑을 담아낸 고전 소설들

남녀 간의 사랑을 다룬 고전 소설을 '염정 소설(艶情小說)'이라 부르는데, 100여 편에 달하는 소설들이 이에 속한다. 〈숙향전〉, 〈숙영낭자전〉, 〈백학선전〉, 〈채봉감별곡〉, 〈윤지경전〉, 〈심생전〉 등의 작품이 그렇다.

남녀 주인공들은 인물이 아름답고 재주가 빼어나다. 그들은 우연히 만나서 첫눈에 반해 먹고 마시지 못할 만큼 서로 그리워하다가 우여곡절 끝에 사랑을 이루기도 하고, 사랑을 이루지 못해 죽음에 이르기도 한다.

〈숙향전〉은 하늘에서 벌을 받아 인간으로 태어난 숙향과 이선의 사랑 이야기이다. 숙향은 부모와 헤어지는 등 우여곡절을 겪다가 우연히 이선을 만나 하늘의 기억을 더듬어 인연을 맺게 되지만, 온갖 흉계와 모함 속에서 시련을 겪고 난 뒤 행복을 누리다가 하늘로 돌아간다.

〈숙영낭자전〉 역시 〈숙향전〉처럼 하늘에서 쫓겨난 두 남녀가 사랑을 맺고 다른 이의 모함으로 여주인공이 죽지만 다시 태어나 부부의 연을 맺어 행복하게 살다가 하늘로 돌아간다는 내용이다.

〈백학선전〉도 이와 비슷하다. 하늘에서 죄를 지은 선관 백로와 선녀 은하가 이 세상에서 만나 온갖 어려움 끝에 사랑을 이루고 부귀영화를 누리다가 천상으로 돌아가는 과정을 그렸다.

〈채봉감별곡〉은 위의 작품들과 성격이 조금 다르다. 김 진사의 딸 채봉과 선천부사의 아들 강필성이 우연히 만나 사랑하게 되고 온갖 시련을 겪고 나서 사랑을 성취한다는 기본 얼개는 같지만, 속물적인 부모의 명령을 거역하면서 진실한 사랑을 이루는 진취적인 여성상이 그려지고 조선 후기 부패한 관리들의 실상을 보여 준다는 점에서 근대성을 지닌 작품이다.

〈윤지경전〉은 사랑 이야기와 함께 부당한 권력에 대한 저항이 그려진 작품이다. 윤지경은 연화와 만나 백년가약을 맺고 예식까지 치르지만, 부마로 간택되어 경빈 박씨의 딸 연성 옹주와 억지 혼인을 한다. 그러나 연화에 대한 사랑을 저버리지 않고 임금에게 곧은 소리를 하다가 귀양살이를 가기도 한다. 윤지경은 경빈 박씨의 몰락 후 귀양살이에서 벗어나고 연화를 두 번째 아내로 맞이한다. 연성 옹주도 개과천선하여 윤지경과 두 부인은 화목하게 살며 부귀공명을 누린다.

〈심생전〉은 이옥이 쓴 한문 소설이다. 이옥은 그의 소설에 다양한 신분의 사람들을 등장시켜 근대 사회의 싹이 트는 18세기 후반의 조선 사회를 잘 반영하고 있다. 〈심생전〉에서 심생이 사랑하는 처녀는 중인 계급으로, 사랑의 시련에 신분 문제가 끼어든다는 점이 새롭다. 선비 집안의 아들 심생이 종로 거리에서 임금님의 행차를 구경하고 돌아오던 길에 여종에게 업혀 가는 한 처녀를 우연히 만난다. 심생은 그 뒤를 쫓아가 처녀의 집과 내력을 알아내고는 그날부터 매일같이 그 처녀의 방 바깥에서 밤을 새우고 새벽녘이 되어서야 집으로 돌아가곤 했다. 20일째 되던 날, 그 처녀는 문득 방에서 나와 심생을 만나 주었고, 그로부터 열흘이 지난 뒤에는 심생을 방으로 불러들였다. 부모님께 자신은 심생을 따를 것이라는 결심을 말하기도 한다. 둘 사이를 인정한 처녀의 부모님과 달리 심생의 부모는 반대하면서 심생을 절에 보낸다. 얼마 뒤 심생은 병이 들어 죽게 된 처녀의 편지를 받는다. 심생은 이후 벼슬길에 오르지만 처녀의 죽음을 슬퍼하다가 역시 일찍 죽고 만다.

　사랑을 주제로 다양하게 전개되는 여러 편의 고전 소설들을 보며 남녀 간의 사랑이란 시대와 지역을 초월한 보편적인 주제임을 다시금 깨닫는다. 지금 우리도 영원하고 아름다운 사랑을 꿈꾸고 있지 않은가.

현실에 대한 비판과 극복

그는 이런 사람이었다

그는 높은 관직에 나아갈 만한 실력이 있었지만 과거에 응시하지 않았다. 어쩌다 시험을 보러 갔으나 시험지를 구기고 나왔다. 가난에 등 떠밀려 과거 시험을 본 그는 시험관들이 원하는 답안을 써서 1등을 했지만, 2차 시험에 응하지 않았다. 그는 쌀이 없으면 사흘도 굶으며 지냈으나 자신의 처지를 비관하지 않았다.

그는 거지의 의로움을 칭송했고, 똥 푸는 사람의 어진 덕을 예찬했다. 크나큰 학문이 있었으나 벽에 낙서나 하며 자기 뜻을 세웠던 익살과 재기 넘치는 노인을 기렸으며, 미치광이 말 거간꾼에게서 날카로운 진실을 보았다. 그러면서 그는 양반을 비웃었다. 그 자신이 양반이었으나 겉으로 점잖은 척 엄숙함을 내세우는 양반을 똥통에 빠뜨렸다. 껍데기만 남아 우쭐거리는 양반들의 허위를 비웃었다. 스스로 생활을 꾸려 갈 능력이 없는 양반을 한 푼어치도 안 되는 존재라며 웃음거리로 만들었다.

그는 누구인가? 1737년(영조 13)부터 1805년(순조 5)까지 살았던 실학자이자 문학가인 연암 박지원이다. 하층민이나 어리석은 양반을 주인공으로 한 한문 소설을 통해 당시의 사회와 양반들을 통렬히 비판했던 그는 자기가 사는 사회를 거리를 두고 바라보았으며, 그런 관찰 속에서 풍자 정신을 발휘해 냈다.

박지원보다 조금 늦게 태어난 당대의 천재 한 사람이 있었다. 그는 사상가였고, 정치가였으며, 경제학자였다. 의료인이기도 했으며 언어학자였고, 과학자이며 건축가이기도 했다. 그는 학자이며 개혁적인 왕이던 정조를 만나 바른 정치를 펴려고 했으나, 한때 천주교를 가까이 했다는 이유로 정조의 총애에도 불구하고 늘 몸가짐에 조심해야 했다.

왕의 갑작스러운 죽음은 그와 그의 집안을 죽음의 공포 속으로 몰아넣

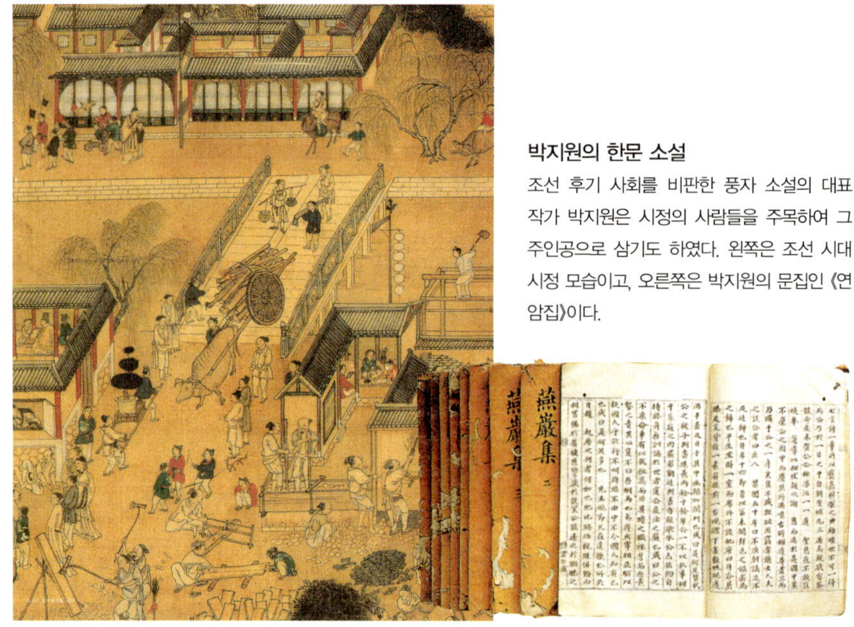

박지원의 한문 소설
조선 후기 사회를 비판한 풍자 소설의 대표 작가 박지원은 시정의 사람들을 주목하여 그 주인공으로 삼기도 하였다. 왼쪽은 조선 시대 시정 모습이고, 오른쪽은 박지원의 문집인 《연암집》이다.

고 말았다. 한 형은 천주교도로 처형당하고, 그는 또 다른 형과 함께 귀양살이를 떠나 18년의 긴 세월을 바닷가 마을에서 한을 새겨야 했다. 한 나라를 다스릴 크나큰 뜻이 있었지만 때로 주막집 방 한 칸에서, 때로 남의 집 곁방이나 절에 딸린 암자에서, 그리고 자그마한 산채에서 학문에 몰두하며 살다 간 사람. 500권 책 속에서 자신의 뜻을 펼쳤던 비운의 천재. 그가 바로 다산 정약용이다. 1762년(영조 38)부터 1836년(헌종 2)까지 살았던 정약용은 한시를 통해 조선 후기의 농촌 사회를 보여 주었고, 자신의 삶을 그려 냈으며, 수많은 저서를 통해 자기 학문의 발자취를 오롯이 남겼다.

〈노상알현도〉
길에서 만난 양반을 향해 절하는 상민 부부의 모습을 담아냈다. 조선 시대 양반의 권위를 생생하게 보여 준다. 박지원은 〈양반전〉 등의 작품을 통해 무능하고 부패한 양반을 매섭게 꾸짖었다. 김득신 그림.

벼슬길을 외면했던 박지원

박지원은 1737년(영조 13)에 태어났다. 그의 할아버지는 경기도 관찰사를 지냈지만 청렴하여 집안이 그리 넉넉하지 않았다. 아버지 박시유는 벼슬 길에 뜻이 없고 세상 돌아가는 데 관심이 없어 거의 집에만 있었다. 박지원은 장인 이보천에 이어 아내의 작은아버지 이군문에게 가르침을 받으며 다양한 학문 세계를 알게 되었다. 경전만이 아니라 실용적인 책들도 열심히 읽었으며, 평소 학문은 실제 생활에 도움을 줄 수 있어야 한다고 생각했다.

스승 이군문의 죽음 이후 박지원은 우울증을 앓았는데, 재미있는 이야기를 들으며 병을 치료하고자 한 적이 있다. 자신도 여러 편의 소설을 써서 힘든 시기를 이기려 했다. 이 이야기들은 《방경각외전》에 실려 있다. 〈마장전〉, 〈예덕선생전〉, 〈민옹전〉, 〈양반전〉, 〈김신선전〉, 〈우상전〉 등이 그것이다.

박지원의 문장 실력은 사람들에게 널리 알려졌으나, 그는 과거에 응시할 생각이 없었다. 그야말로 죽은 학문의 경시장이라는 생각 때문이었을 것이다. 물론 그도 처음에는 과거 준비를 했다. 농사도 짓지 않고 장사를 하는 것도 아닌 양반이 먹고살기 위해 할 일은 벼슬길에 나가는 것뿐이다. 마음에 없지만 과거 시험장에 가서 억지 답안을 썼다가 결국 답안지를 구기고 말았다. 그림을 그려 놓고 나온 일도 있었다.

박지원은 서울의 삼청동에 살면서 이미 친분이 두터웠던 홍대용 외에도 이덕무, 유득공, 박제가, 이서구 같은 사람과 사귀었다. 이들은 발전된 청나라의 문물을 적극 수용하자는 입장이었고, 상업과 수공업의 발달에 관심을 갖고 있었다. 이들을 두고 '북학파', '중상주의 실학자'라 일컫는다.

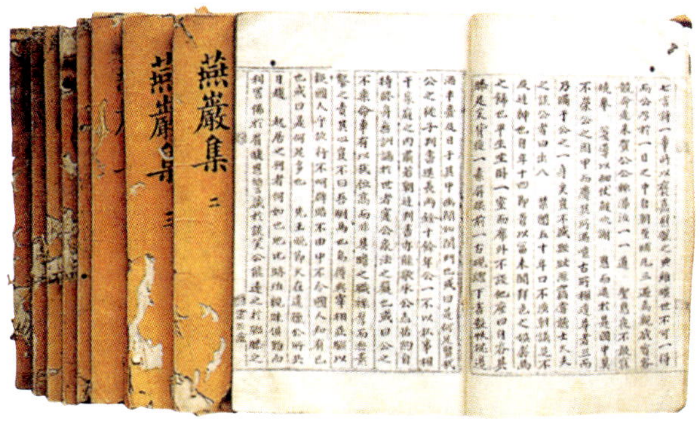

〈열하일기〉

《연암집》에 수록된 〈열하일기〉. 박지원은 44세 때 청나라 사절단이 된 삼종형 박명원의 개인 수행원 자격으로 청나라에 가게 된다. 〈열하일기〉는 이때 보고 들은 것을 바탕으로 남긴 여행의 기록이며, 이 책을 통해 실학 북학파의 사상을 펼쳤다.

1770년 박지원은 가난에 등 떠밀려 마지막 과거를 보았다. 그는 과거 시험에서 합격할 만한 글을 써 냈고, 초시에서 1등으로 합격했다. 영조에게서 직접 칭찬을 듣기도 했다. 그러나 박지원은 2차 시험을 보지 않았다. 벼슬길을 포기한 것이다.

그는 중국의 시와 경전에서 벗어나 시대에 맞는 글을 써야 한다는 주장을 폈다. 그리고 대상을 제대로 표현하기 위해 온 힘을 기울여야 한다고 힘주어 말했다. 글의 표현과 관련한 그의 생각을 잠깐 들어 보자.

어린이가 나비를 잡는 것을 본 적이 있는가? 어린이는 나비 한 마리를 잡기 위해 혼신의 힘을 기울인다네. 숨을 죽이고 주의를 기울여 한 발 한 발 나비에게 접근하는 것이지. 글을 짓는 작가도 그러해야 하네. 나타내려고 하는 사물의 참다운 모습을 그려 내기 위해서 혼신의 힘을 기울일 때 정확한 표현을 할 수 있는 거라네.

박지원은 마흔두 살에 전에 머문 적이 있던 황해도 연암골로 들어간다. 당파 싸움의 소용돌이 속에서 자신에게도 그 불똥이 튈 우려가 있었기 때문이다. 평소 박지원은 곧은 성품으로 인해 홍국영을 비판하는 글을 쓰는 등 그의 심기를 불편하게 만들었는데, 궁벽한 시골에 들어가 삶으로써 홍국영의 제거 대상에서 벗어날 수 있었다고 한다.

홍국영이 몰락한 뒤 박지원은 다시 한양으로 돌아온다. 그리고 그토록 원하던 청나라 문물을 견학할 기회를 갖게 되었다. 그리고 대작 〈열하일기〉를 썼다. 이 작품은 5개월 동안 중국 여러 지방을 여행한 것을 박지원 특유의 관찰력과 재기 발랄한 문장으로 담아낸 기행문이다. 그의 대표 소설 〈호질〉과 〈허생전〉도 이 책에 실려 있다.

그로부터 얼마 뒤 박지원은 인재이면서도 벼슬을 안 하는 사람을 두루 찾던 정조의 도움으로 낮은 벼슬자리를 지내게 된다. 몇 자리를 거친 뒤 안의 현감을 지내며 능력을 발휘한다. 이 즈음 박지원의 〈열하일기〉는 젊은이들 사이에 널리 퍼져 '연암체'라는 새로운 문체의 흐름을 만들어 낼 정도로 주목받았다. 정조는 고문을 본받지 않고 기품 없는 문장을 쓴다고 여겨지는 북학파들에게 고문체의 글을 쓰게 했고, 박지원에게도 반성하는 글 '자송문'을 짓게 한다. 빼어난 학자 임금인 정조이지만 새로운 시대의 흐름을 미처 간파하지 못한 것이다.

안의 현감을 지내며 박지원은 〈열녀 함양 박씨전〉을 짓는다. 이는 인습 속에서 죽어 간 여인에 대한 이야기로, 남다른 그의 비판 정신이 숨어 있는 작품이다. 이후 그는 면천 군수를 지내고 양양 부사에 부임했지만 곧 사임하고 연암골로 돌아간다. 3년 뒤 박지원은 "깨끗하게 씻어나 다오."라는 말을 남기고 눈을 감았다.

낮은 데로 눈 돌린 까닭은?

북학파의 우두머리라 일컬어지는 박지원은 문학 작품을 통해 실학 정신을 담아내고 당시 사회를 날카롭게 비판하면서 새로운 사회를 꿈꾸었다. 그는 자신이 양반이면서도 양반이 주인이 되어 다스리는 조선 사회의 모순을 파헤쳤다. 그가 어떤 방식으로 당시 사회를 비판하고 있는지 둘러보기로 하자.

그는 낮은 신분의 사람들, 보잘것없는 사람들을 작품에 등장시켜 양반들의 허세와 무능을 꼬집었다. 그가 쓴 첫 소설 〈마장전〉의 주인공은 말 거간 꾼이다. 세 사람의 주인공은 미치광이다. 이들은 진실하지 못하고 권세만 쫓으며 아첨하는 양반들을 꼬집는다. 천한 신분의 미치광이들에게 욕먹는 양반은 미치광이나 비렁뱅이보다 못한 것이다. 이렇게 빙 돌려 대상을 꼬집는 표현 방식이 풍자이다. 풍자는 박지원 소설의 일관된 표현 특징이다.

〈예덕선생전〉의 주인공 엄행수는 똥 푸는 사람이다. 이름난 학자인 선귤자가 엄행수와 사귀는 것을 보고 제자가 그 까닭을 물었다. 선귤자는 "벗을 이(利)로써 사귀면 오래가지 못한다. 마음과 덕으로써 사귀는 것이 도의지교(道義之交)인데, 엄행수는 천한 일을 싫어하지 않고 가난하면서도 원망하지 않는 훌륭한 태도가 가히 군자지도(君子之道)인즉, 그의 이름을 부르지 못하고 그를 예덕 선생이라 높인다."고 하였다. 양반들이 갖지 못한 신의와 덕을 똥 푸는 사람이 갖고 있다고 꼬집으면서 양반들의 허욕과 위선을 비판한 것이다.

박지원은 〈예덕선생전〉에 이런 서문을 썼다.

선비가 제 먹을 것에 집착하면
온갖 행실이 어그러지네.

엄행수는 똥을 져 날라 스스로 먹을 것 마련하니

하는 일은 더럽지만 입은 깨끗하지.

이에 〈예덕선생전〉을 쓴다.

〈예덕선생전〉 서문

익살이 넘치는 〈민옹전〉의 민옹은 기이한 뜻과 재주가 있지만 세상을 조롱하면서 평생을 지냈다. 〈광문자전〉의 광문은 거지이며 못난이지만 의로운 행동으로 사람들에게 명성을 얻었다. 명예를 추구하며 파벌 싸움만 일삼는 양반들을 풍자하고 있다.

양반들에 대한 구체적 비판과 호통은 〈양반전〉, 〈호질〉, 〈허생전〉 등에서 두드러진다. 〈양반전〉에서는 양반 증서를 산 부자에게 군수가 작성하여 내미는 매매 문서 속에서 양반의 실체를 비판한다. 처음에는 체면치레를 하는 점잖은 양반의 모습이 그려진다. 그 실속 없음에 기가 막힌 부자가 다른 것도 요구하자 군수는 양반의 부정적인 모습, 그러나 당시 양반의 실제적인 모습을 열거한다. 파벌 다툼이나 하고, 권력에 빌붙고, 백성들에게는 가혹한 도적 같은 모습이다.

〈호질〉에서는 허세 가득한 양반의 모습을 좀 더 직접적으로 비판한다. 겉으로는 점잖은 선비이지만, 과부의 집에 숨어드는 염치없는 짓이나 하다가 똥통에 빠지는 여우 같은 인간인 북곽 선생을 호랑이가 호통치는 방식으로.

〈허생전〉에서는 허생이라는 인물을 통해 당시 사회의 경제적 사회적 모순을 드러내며 위정자들의 무능을 질타한다. 허생이 엮어 가는 사건들은 바로 당시 사회의 모습을 드러내며 비판하는 과정이라고 볼 수 있다.

작품의 첫 번째 부분에서는 무능한 양반 허생이 날마다 글을 읽지만 글에서 쌀이나 돈이 나올 리 없음을 비판한다. 허생의 아내는 "과거는 안 보나?", "장인바치는?", "장사는?"이라 묻다가 "도둑질은 왜 못하나?" 하고 면박을 준다.

두 번째 부분은 당시 경제 구조에 대한 비판이다. 장안의 부자 변씨에게 일만 냥을 빌려 매점 매석으로 돈을 번 허생은 도둑들을 몰아 무인도에 가서 농사와 무역으로 돈을 불려서 돌아온다. 이 두 번째 단계를 통해 허생은 우리나라 경제 구조가 얼마나 취약한지, 그런 경제 구조가 어떻게 백성들의 삶을 몰락하게 하는지를 보여 주었다.

세 번째 부분은 당시 위정자들의 무능과 허세에 대한 비판이다. 박지원이 살던 시대는 영, 정조 때지만 작품 속에서는 북벌론을 외치는 효종 당시를 배경으로 삼아 인재 등용의 문제점, 명분을 따지는 사대부들의 허위의식, 북벌론의 허구를 매섭게 꾸짖는다. 청나라의 새로운 문물을 받아들여 부국강병에 힘쓰기는커녕 청을 오랑캐라 무시하며 거드름을 피우는 이 땅의 양반들이 정말 무능하고 한심했던 것이다.

이렇게 하층민에게서 진정한 덕을 찾고, 그 사회의 기득권층인 양반의 허세와 무능을 비판했던 박지원! 남성에 비해 약자였던 여성에 대해서는 어떤 태도를 보였을까? 여성이 주인공으로 나오는 작품으로 〈열녀 함양 박씨전〉이 있다. 열녀란 흔히 남편을 위해 온갖 노력을 기울이며 자신의 절개를 지키는 여인을 가리킨다. 왕의 회유에도 불구하고 자신의 정절을 지킨 〈도미 설화〉의 아랑이나, 변학도의 수청 요구에도 굴복하지 않았던 춘향 등이 열녀라고 일컬어진다. 조선 시대에 열녀의 개념은 점차 좁혀졌다. 남편이 죽은 뒤 수절을 한 여자, 스스로 목숨을 끊어 남편을 따른 여

자, 어려운 상황에서도 절개를 지키다 죽은 여자 등이 열녀의 반열에 들었
다. 서로 사랑하는 마음에서 지킨 정절은 아름답고 가치 있으나, 남성 중
심 사회에서 유교적 질서에 따라 강요된 정절은 비인간적이고 잔인하다.
〈열녀 함양 박씨전〉은 과부가 되어 힘겹게 자신의 욕망을 이겨 내며 살아
온 여인과 삼년상을 치른 뒤 남편을 따라 죽은 여인을 대비시키면서 여성
의 인간다운 삶을 억압하는 당시 사회를 은근히 비판한다.

이렇게 박지원의 소설 작품은 낮은 신분의 힘없는 사람들을 등장시켜
양반이 권력을 잡은 조선 사회의 문제점을 다각도로 비판한다. 즉 양반의
무능과 허세, 취약한 우리나라의 경제 구조를 비판한 것이다. 인간성을 말
살하는 억압적인 도덕의식, 위선과 모순에 가득한 양반 사회를 표현해 내
는 박지원의 방식은 풍자였다.

불운한 시대, 불운한 운명의 정약용

정약용은 '서양에 미켈란젤로가 있다면 우리나라에는 이 사람이 있다.'고
할 만한 사람이다. 미켈란젤로는 화가였고, 조각가였고, 건축가였고, 시인
이었으며, 해부학자이기도 했다. 그러나 정약용은 그보다 더 다양한 분야
에서 방대한 업적을 이루어 낸 조선 후기의 천재 학자였다.

정약용은 성호 이익에게서 직접 배우지는 않았으나 그의 사상을 흠모하
여 스승으로 삼아 스스로 공부하며 그의 학문을 이어받았다. 스물일곱에
대과에 급제하면서 벼슬길에 나아갔다가 물러나는 곡절이 있기는 했으나,
40세까지 중앙 관료와 지방관으로서 일하며 정조의 신임을 받았다. 배다
리를 설계하여 만들었고, 유네스코 문화유산인 수원 화성을 설계했다.

정약용의 관직 생활이 순탄치 않았던
것은 당시 권력을 잡고 있는 당파가 노론
이었기 때문이다. 노론은 개혁적 성향의
남인들을 눈엣가시처럼 여겼고, 정약용
은 남인에 속한 학자였다. 게다가 정약용
이 서학인 천주교를 믿었다는 사실이 중
요한 시기마다 그의 발목을 잡곤 했다.
결국 정조가 세상을 떠나자마자 정약용
에게는 시련의 날들이 시작되었다.

1801년(순조 1)에 천주교를 받아들였
다는 죄목으로 정약용의 삼 형제가 체포
되었고, 그중 형 정약종은 사형을 당한
다. 또 다른 형 정약전은 신지도로, 정약
용은 장기로 귀양살이를 떠나게 된다. 이
후 정약용은 황사영 백서 사건으로 다시
국문을 받고 강진으로 보내진다.

정약용

사상가였고, 정치가였으며, 경제학, 의학, 언어
학 등 다양한 분야에 통달했던 정약용. 그는
개혁적인 임금 정조를 만나 바른 정치를 펼치
려 했으나 뜻을 이루지 못하고 긴 유배 생활을
해야 했다. 그의 뜻은 방대한 저작으로 지금까
지 전하고 있다.

1818년(순조 18) 57세에 귀양이 풀려 고향으로 돌아올 때까지 그는 자
기 마음에 새겨진 못다 한 것들을 글로 풀어냈다. 사랑하는 사람들을 향한
그리움은 물론 자기가 펼쳐 보고자 했던 포부, 고통 속에서 살아가는 민중
에 대한 연민, 학정에 대한 질타……. 이 모든 것을 500여 권의 저술에 담
아낸 것이다.

정약용 연구가 위당 정인보는 "정약용에 대한 연구는 조선사의 연구요,
근세 사상의 연구이자 조선의 마음과 정신을 밝히는 것."이라고 했다.

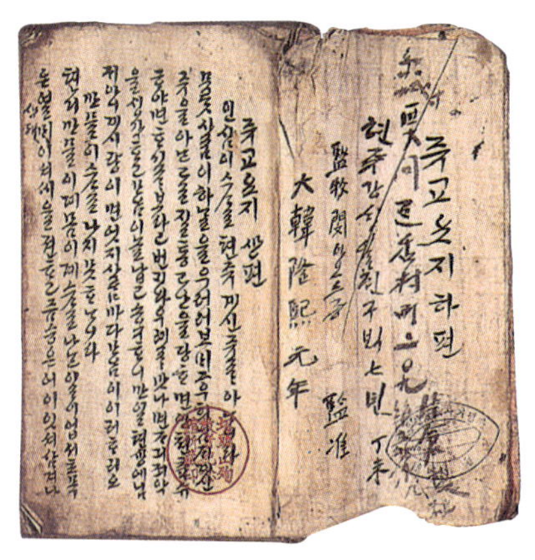

《주교요지》

정약용의 형 정약종이 지은 천주교 교리 해설서이다. 정약종은 유학의 한계를 극복하는 데 천주교가 도움이 될 수 있다고 생각하였다.

실천을 위한 문학

"시대에 대해 상심하거나 풍속에 대해서 분개하지 않는 것은 시가 아니다."

"나는 조선 사람이어서 조선 시를 즐겨 짓는다."

정약용의 문학관은 그가 말한 이 두 문장으로 정리해 볼 수 있다. 정약용은 시란 그 시대의 모순을 정확히 바라보고 비판할 수 있어야 한다고 보았다. 그러므로 당연히 중국 고사를 인용하거나 중국의 시를 모방하는 시는 쓰지 않았다. 정약용에게 시는 자신의 사상을 펼치는 하나의 매체이기도 했다. 그는 시 속에 당시 사회상을 담아냈고 문제점을 지적했다.

그의 시에는 농민들이 주체로 등장하며, 그들의 삶을 질곡에 빠뜨리는 현실에 대한 비판이 주를 이룬다. 33세에 그는 암행어사를 지내며 농촌의 실상과 관리들의 학정을 살필 기회가 있었다. 그 시절 적성촌을 지나며 썼던 그의 시에는 농촌의 참상이 고스란히 드러나 있다.

어깨 팔뚝 드러난 적삼 입은 어린 것들

한 번도 바지 버선 못 입었으리.

다섯 살 큰아이는 기병으로 올라 있고,

세 살 작은애도 군적에 올라 있네.

두 아이 군포로 500전을 바치고 나니

죽기나 바랄 뿐 옷이 무슨 소용이랴.

(중략)

지난봄에 꾸어 먹은 환곡이 닷 말인데

이 때문에 금년은 정말 못살겠네.

나졸들 사립문 밖 닥칠까 겁날 뿐.

〈적성촌의 한 집에서〉

조선 후기 사회의 큰 문제였던 삼정의 문란을 고스란히 담아낸 시이다. 삼정이란 토지세에 해당하는 전정, 국방세에 해당하는 군포(군정), 곡식을 빌려 주는 제도인 환곡(환정)을 가리킨다. 지배층의 수탈은 농민들의 삶을 옥죄고 그들의 삶을 비참하게 만들었다.

군포의 문제점을 충격적으로 전해 주고 있는 정약용의 시로 〈애절양〉을 들 수 있다. 이 작품은 그가 강진에서 귀양살이를 할 때 실제 목격한 이야기를 바탕으로 지어진 시이다. '애절양(哀絶陽)'이란 '양'을 자른다는 뜻인데, '양'은 남자의 생식기를 가리킨다. 《목민심서》에는 1803년 강진 유배 시절 지은 이 시와 연관된 이야기가 실려 있다. 갈대밭 마을에 사는 한 백성이 낳은 아기는 사흘 만에 군보(軍保, 병역을 면제받은 사람에게 병역 나간 집안의 농사일을 돕게 한 것)에 등록되었고, 관가에서는 못 바친 군포 대신

〈소작료 납입〉
조선 후기의 풍속화로, 곰방
대를 물고 거만하게 앉아
소작료를 받는 양반 지주와
땀 흘리는 소작농의 모습이
대조적이다.

소를 빼앗아 갔다. 그는 비통하여 자신의 생식기가 이런 결과를 만들어 냈
다며 칼을 뽑아 베어 버렸다. 아내는 피가 뚝뚝 떨어지는 생식기를 가지고
관가로 가서 울며 호소했지만 문지기가 앞을 막았다. 군포로 인한 백성들
의 고통과 울분을 단적으로 보여 주는 시이다.

갈밭마을 젊은 아내 울음소리 길기도 해.
군청의 문을 향해 울다 하늘에 부르짖네.
수자리 살러 간 지아비 못 돌아옴 있었으나
옛날 이래 사내가 남근 자른다는 건 잘 못 들었네.
시아버지 상복에 갓난애 배냇물도 마르지 않았는데
아버지, 아들, 손자 삼대의 이름이 군직에 올랐네.
가서 호소하고 싶지만 관청 문지기 호랑이 같고
이정이 으르렁대며 진즉에 소 끌어갔네.
칼 갈아 방에 드니 흘린 피 자리에 흥건하고

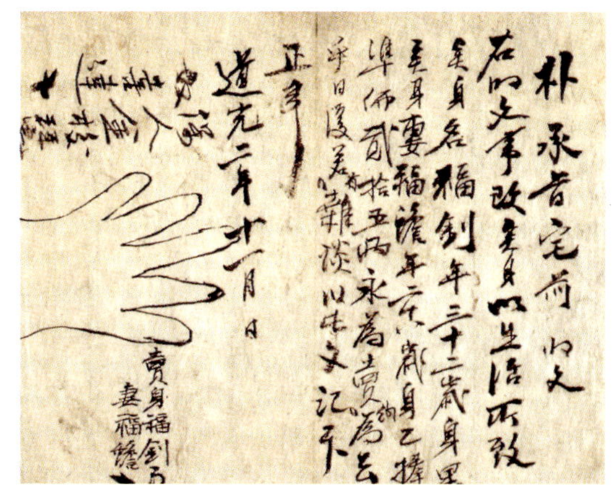

노비 문서

복쇠라는 사람이 생활고를 이유로 자신을 노비로 판 매매 문서이다. 스스로 노비가 될 수밖에 없었던 복쇠의 사연이 〈애절양〉의 이야기와 닮아 있다.

혼자 한탄하길 애 낳은 죄로 군색한 액운 당했다네.

누에 치던 방에서 불알 까던 형벌도 억울한데

민(閩)의 거세 풍습은 참으로 비통했네.

자식 낳고 살아가는 이치, 하늘이 주시는 일

천도는 아들 주고 곤도는 딸을 주지.

말이나 돼지 거세도 가엾다 말하거늘

하물며 우리 백성 자손 잇는 길임에랴.

부호들은 일 년 내내 풍악 울려 즐기지만

쌀 한 톨 비단 한 치 바치는 일 없더구나.

너나 나나 한 백성인데 어찌하여 후하고 박한 거냐.

나그네 방에서 거듭거듭 시구 편을 외우네.

〈애절양〉 일부

이 작품에서 방에서 거듭거듭 시를 외고 있는 이는 어쩌면 정약용 자신일 것이다. 그는 학자로서 조선의 비참한 현실을 시를 통해 고발했다. 자신의 생식기를 잘라야만 할 정도로 고통스러운 민중의 현실, 그리고 그것을 관찰하는 지식인. 그의 관심은 이 현실을 어떻게 개혁해야 할 것인가의 문제였을 것이다.

농민들의 울분, 농민들이 건강한 삶

15수로 구성된 〈탐진촌요〉도 당시 농촌의 정경, 농민들의 비참한 삶과 울분을 담아낸 사실주의적 시들이다. 〈탐진촌요〉는 〈탐진농가〉, 〈탐진어가〉와 더불어 3부작을 이루고 있다. 탐진은 강진의 옛 지명으로 이 시들은 정약용이 유배지인 강진에서 지은 것들이다. 〈탐진촌요〉의 한 수를 보기로 하자. 힘겹게 무명을 짰는데 관리가 빼앗아 간다. 삼정의 문란을 여실히 보여 주는 대목일 것이다.

> 새로 짜낸 무명이 눈처럼 희고 고왔는데
> 이방 줄 돈이라고 황두가 빼앗아 가네.
> 누전 세금의 독촉이 성화같이 급하구나.
> 삼월 중순에 세곡선(稅穀船)이 서울로 떠난다.

〈탐진촌요〉 일부

내 삶을 풍요롭게 하기 위해 일할 때, 또 내 가족들을 위해 일할 때, 정당한 대가를 받고 일할 때 그 일은 삶의 보람이다. 그러나 힘겹게 일하고 나서 그 일의 결실을 고스란히 빼앗긴다면, 그 허탈감과 분노는 이루 말할 수 없을 것이다. 목화를 심어 실을 잣고 무명을 짰는데, 그 희고 고운 무명을 고을의 아전들이 빼앗아 간다. 때는 삼월 중순, 아름다운 봄날이건만 세금 실은 배를 보며 민중은 뼈아픈 자기 삶을 돌아보았을 것이다.

　이렇게 고통스러운 현실이지만 농민의 삶은 건강하고 성실하다. 나날의 노동 속에 삶의 활력이 있다. 한시가 이렇게 생동감 넘칠 수도 있구나 생각하게 하는 작품으로 〈보리타작〉이 있다. 한시가 생동감 넘치는 이유는 농민들 삶 자체가 활기 넘치며, 노동의 참된 의미를 깨달은 생동감 있는 시선 때문일 것이다.

　　　새로 거른 막걸리 젖빛처럼 뿌옇고

　　　큰 사발에 보리밥, 높기가 한 자로세.

　　　밥 먹자 도리깨 잡고 마당에 나서니

　　　검게 탄 두 어깨 햇볕 받아 번쩍이네.

　　　옹헤야 소리 내며 발맞추어 두드리니

　　　삽시간에 보리 낟알 온 마당에 가득하네.

　　　주고받는 노랫가락 점점 높아지는데

　　　보이느니 지붕 위에 보리 티끌뿐이로다.

　　　그 기색 살펴보니 즐겁기 짝이 없어

　　　마음이 몸의 노예 되지 않았네.

　　　낙원이 먼 곳에 있는 게 아닌데

　　　무엇하러 벼슬길에 헤매고 있으리오.

〈보리타작〉

　이 시는 〈보리타작〉이다. 행(行)이란 한시의 한 형식이다. 보리타작하는 농민들의 건강한 모습을 생동감 있게 그려 냈다. 이 시를 동영상으로 제작한다면 어떤 작품이 나올까? 뿌연 막걸리 한 사발을 들이켜고 수북하게 담은 보리밥을 거뜬히 해치우는 건강한 사내들의 모습이 화면에 나올 것이다. 도리깨 들고 보리타작하러 나오는 그들의 얼굴과 몸은 검게 그을려 있다. 이어지는 장면은 보리를 타작하는 모습이다. 혼자 일하는 것이 아니라 함께 노랫가락에 맞춰 일한다. 노랫소리는 점점 높아지고 보리 낟알도 쌓여 간다. 그런데 이를 바라보는 한 사람이 있다. 정약용처럼 느껴지는 화자이다. 그는 어떤 표정일까? 건강한 삶에 대한 긍정과 경탄, 그러나 씁쓸한 기운이 그의 얼굴에 감돈다. 모순된 표정일 수도 있다. 이같이 활기 넘치는 노동의 삶이야말로 진정한 삶이라고 긍정하면서도 자신의 뜻을 펼칠 수 없는 세상에 대한 안타까움, 그리고 그 같은 미련을 갖고 있는 자신에 대한 반성이 묘하게 얽혀 있는 표정일 것이다.

정약용은 농민의 삶을 다각도로 바라보았다. 수탈당하는 민중의 현실을 보여 주었고, 그것이 무엇 때문인가를 날카롭게 파헤쳤다. 또한 농민들의 삶을 한시의 형식을 빌리긴 했지만 생동감 있게 표현했다.

그의 문학은 한시에 멈추지 않았다. 그는 자식들에게 준 편지를 통해 바람직한 사대부의 삶의 모습을 가르쳤다. 폐족으로서 어떻게 살아가야 할지 절절하게 말했고, 공부하는 방법을 논했으며, 생활의 지혜를 가르쳤고, 농사짓는 법도 알려 주었다. 그가 유배지에서 아들들에게 보낸 편지를 읽으며 우리는 아버지의 세심한 자식 사랑, 삶을 살아가는 방법을 일깨우는 자상함도 함께 읽어 가게 된다.

시 몇 편이나 편지 몇 신으로 정약용의 드넓은 사상을 어찌 다 말할 수 있으랴. 목민관의 자세를 담은 《목민심서》는 우리나라 역대 대통령들이 즐겨 읽는 책이며, 500여 권이나 되는 방대한 저술은 정치, 경제, 종교 철학, 의학, 역사, 건축학 등 다양한 분야에 걸쳐 있다. 때문에 그의 작품 몇 편, 책 몇 권을 봤다고 해도 그를 다 안다고 말할 수는 없으리라. 우울한 시대와 개인의 불운을 딛고 저술에 몸 바쳤던 그의 삶은 그토록 드넓고 드높은 것이었다.

저술을 통해 자신의 뜻을 펼치다

박지원은 세상과 거리를 두고 세상 속에 뛰어들어 무엇인가를 바꾸려고 하지는 않았다. 그는 거리를 두고 자기가 사는 세상을 바라보았으며, 심지어 자기의 삶까지도 거리를 두고 바라보았다.

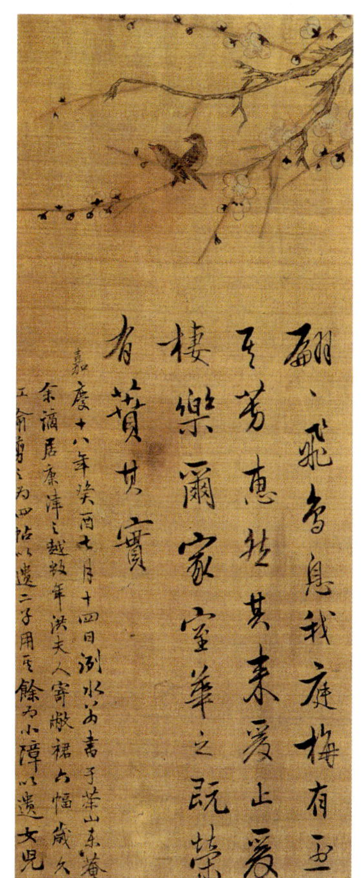

〈매조도〉
정약용이 강진에서 귀양살이를 할 때 부인이 보낸 치마 위에 그린 그림과 시이다. '새들이 우리 집 마당 매화가지에 날아들었네. 그 진한 향기를 따라 찾아왔겠지. 여기 깃들고 머물러 즐거운 가정을 꾸려다오. 꽃이 이렇게 좋으니 그 열매도 가득하겠지.' 라고 시를 적어 넣었다. 가족에 대한 간절한 그리움이 느껴진다.

글 속에서 이상을 세웠고, 사회가 나아갈 방향을 찾았다. 반면에 정약용은 세상에 참여하며 개혁을 이루려 했으나 세상이 그를 거부했다. 개혁 군주 정조와 함께 새 시대를 꿈꾸었으나, 정조는 그 뜻을 채 펼치지 못하고 세상을 떠났다. 정조의 죽음 이후, 시절은 개혁을 거스르며 구시대로 역행하고 말았다. 정약용은 저술을 통해 자신의 뜻을 펼칠 수밖에는 없었다.

박지원과 정약용 모두 새로운 시대로 넘어가는 길목에 섰던 출중한 사람들이었으나, 그 시대는 출중한 천재들에게 현실 참여의 길을 터 주지 않았다. 그들의 나라는 문학 속에, 저술 속에서 숨 쉬었다. 그들이 꿈꾸던 이상적인 국가의 건설은 미완성이지만 책 속에 남아 후세에 큰 귀감이 되기에 여전히 지속되고 있는 것이다.

생각의 갈피를 찾는 물음

1 〈모죽지랑가〉, 〈찬기파랑가〉, 〈제망매가〉는 각각 무엇을 향한 그리움을 노래하고 있는가?

2 정약용이 그의 문학에서 관심을 갖고 다룬 것은 무엇인가? 어떤 방식으로 그 관심사를 담아냈는지 구체적인 작품을 예로 들어 생각해 보자.

3 지금 21세기를 사는 우리에게 박지원이나 정약용 같은 사람이 필요하다면 그 까닭은 무엇일까?

정약용의 고시

제비 한 마리 처음 날아와

지지배배 그 소리 그치지 않네.

말하는 뜻 분명히 알 수 없지만

집 없는 서러움을 호소하는 듯

"느릅나무 회나무 묵어 구멍 많은데

어찌하여 그곳에 깃들지 않니?"

제비 다시 지저귀며

사람에게 말하듯

"느릅나무 구멍은 황새가 쪼고

회나무 구멍은 뱀이 와서 뒤진다오."

　이 시는 정약용이 쓴 고시 27수 중 여덟째 수이다. 조선 후기의 시대상을 우의적 수법으로 풍자했다. 이 작품에서 제비는 수탈당하는 백성이며, 황새와 뱀은 백성을 괴롭히는 관리라고 볼 수 있다.

문학이 마당으로, 거리로, 삶의 현장으로

가면극과 인형극 - 봉산 탈춤, 꼭두각시놀음

그가 가면을 써야 하는 까닭

한 왕자가 있었다. 그는 매우 수줍은 사람이었다. 사람들 앞에서, 특히 여자들 앞에서는 얼굴이 벌게지고 말까지 더듬거렸다. 따뜻한 성품과 유머 감각, 풍부한 지식을 가진 매력 많은 사람이었으나 그것을 드러낼 기회가 없었다. 그런데 어느 날, 가면을 쓰고 사람들 앞에 나타나자 말이 술술 나오는 거였다. 이제 가면은 그에게 힘이 되었다.

이웃 나라의 공주가 왕자의 나라를 방문했다. 왕자는 공식적인 자리에서 가면을 쓸 수 없었다. 당연히 말을 더듬었다. 공주를 똑바로 쳐다보지도 못했다. 그러면서 흘낏 공주를 바라본 왕자. 무엇 때문인지 가슴에서 쿵쾅거리는 소리가 났다. 공주 역시 왕자에게 첫눈에 반했다. 그러나 왕자는 공주를 피하기만 했다. 더듬거리고 벌게지는 자신이 부끄러웠기 때문이다.

그날 밤, 가면무도회에서 왕자는 공주에게 다가갔다. 말할 수 있었다. 세상에 대해, 자신에 대해, 마음속 이야기도……. 두 사람은 가까워졌다.

공주는 꾀를 냈다. 왕자가 가면을 벗고도 이야기할 수 있도록. 어느 날, 공주는 왕자에게 가면을 씌우는 척하고 나서 가면을 숨겼다. 왕자는 자신이 가면을 쓴 줄 알고 이야기를 시작했다. 흐르는 물처럼 마음속 이야기가 흘러나왔다. 공주는 그 왕자를 데리고 거울 앞으로 갔다.

"보세요! 당신은 가면을 쓰지 않았어요. 하지만 말할 수 있잖아요!"

어릴 적 보았던 어떤 동화를 조금 각색해 보았다. 가면, 이제 탈이라고 말을 바꾸자. 탈을 쓰고 친구들 앞에 나가 보자. 우스갯소리 하나 못하던 내가 친구들을 웃기기도 한다. 거친 소리 한 번 못하던 내 입에서 별 말이 다 나온다.

우리 문학 중에 '민속극'이라 불리는 분야가 있다. 무당굿놀이, 탈춤, 꼭두각시놀음은 연극의 모습을 갖고 있는 민속극이라 할 수 있다. 무당굿놀이는 무당의 굿에 포함되어 있는 연극이며, 인형극은 사당패들이 인형을 통해 공연하던 연극이었고, 탈춤은 탈을 쓰고 행해지던 연극이다. 그 기원은 신라와 고려 시대까지 이르겠지만, 탈춤과 꼭두각시놀음은 조선 후기 당당히 자리를 잡아 민중의 비판 정신과 해학성을 보여 주었다.

조선 후기 상업의 발달과 함께

탈춤은 가면을 쓰고 하는 연극이다. 가면극인 셈이다. 언제부터 탈을 쓰고 춤을 추는 탈춤이 시작되었을까? 탈춤의 연원은 팔관회로부터 시작되었다고 보고 있다. 팔관회는 통일 신라와 고려 시대에 해마다 음력 10월 15일은 개경에서, 11월 15일은 서경에서 토속 신에게 제사를 지내던 의식이다. 술, 다과, 놀이로써 즐기고 나라와 왕실의 안녕을 비는 예식이었다. 이

때 가면을 쓰고 춤을 추는 의식도 있었다고 한다.

조선 후기 여러 지역에서 마을 굿 형태로 탈춤이 공연되었다. 그러다가 18세기 중엽 이후 새로운 상업 도시가 등장하면서 그 도시의 주민과 상인, 관리들이 주축이 되어 도시 탈춤으로 변모한다. 탈춤은 지역에 따라 여러 명칭으로 불리는데 봉산 탈춤, 북청 사자놀음, 고성 오광대, 수영 야유 등이 있다. 모두 공연되던 지역의 이름을 따르고 있다.

봉산 탈춤은 황해도 봉산 지역에서 공연되던 탈춤이다. 봉산은 서울에서 평양으로 가는 육로 교통의 중요한 지점이었으므로, 사람이 많이 모여들었다. 장터에 모인 사람들은 양반이나 승려 등 자신과 다른 집단을 우스꽝스럽게 표현한 탈춤을 보며 자신들의 동질성을 확대해 갔고, 비판 의식을 키워 갔다. 봉산 외에도 같은 황해도의 재령, 해주, 강령 등이 다 교통의 요지였으며 탈춤이 공연되었던 지역이다.

이들 탈춤 중 가장 짜임새 있다는 봉산 탈춤은 어떤 내용일까? 봉산 탈춤은 모두 일곱 과장으로 이루어진 옴니버스 구성의 탈춤이다. 옴니버스 구성이란 서로 다른 별개의 이야기가 하나의 제목 아래 병렬적으로 이어진 구성을 말한다. 1과장 사상좌춤, 2과장 팔목중춤, 3과장 사당춤, 4과장 노장춤, 5과장 사자춤, 6과장 양반춤, 7과장 미얄춤이다.

1과장은 네 명의 상좌가 나와 탈춤놀이의 시작을 알리고 구경 온 관객의 안녕과 복을 빌며 공연을 잘 마칠 수 있게 해 달라는 기원으로 동서남북 사방 신에게 제를 올리는 의식무이다. 2과장에는 파계하여 술을 마시고 춤추기를 즐기는 여덟 목중이 차례로 나와 춤 자랑을 하는 내용이다. 목중은 먹중과 같은 말로 승려의 의복인 먹장삼을 입은 중을 가리킨다.

3과장은 사당과 창기(娼妓)를 데리고 돌아다니면서 춤과 노래를 팔아 돈을 벌던 사람 거사 등이 등장하고, 4과장은 불도에 정진하는 노승을 파계시키는 소무(작은 무당), 신장수, 원숭이가 등장한다. 승려들을 우스꽝스럽게 표현한 것이다.

5과장은 사자가 나타나 여덟 목중과 취발이 노장 스님 등을 벌주고 화해하는 내용을 담고 있다. 6과장은 가장 널리 알려진 내용으로 양반 삼 형제를 보잘것없는 천민인 말뚝이가 조롱하면서 무능한 양반을 풍자한다. 7과장은 봉건 사회 속에서 일부다처제로 고통받는 여성의 모습을 그려 내고 있다. 애첩에게 빠져 있는 영감을 찾아 나선 미얄할미는 애첩과 싸우다가 영감에게 떠밀려 죽는다. 영감은 후회를 하고 할멈을 살리려고 하지만 효험이 없고, 이어 무당이 나타나 미얄할미의 혼을 달래는 굿을 한다. 이 굿은 놀이판을 마무리 짓는 부분으로 탈을 태우는 의식도 한다.

모두가 일그러진 삶

봉산 탈춤에 등장하는 인물들은 하나같이 우스꽝스럽게 그려지거나 일그러진 삶을 살아간다.

일그러진 삶 첫 번째! 2과장에 등장하는 중들이다. 그들은 부처님의 제자로서 불도를 닦는 데 마음을 다해야 하건만, 술을 마시고 춤추며 노는 일에만 열중이다.

일그러진 삶 두 번째! 사당과 거사는 사당패의 구성원이다. 사당패는 조선 후기에 각 지방을 돌면서 놀이판을 벌이던 떠돌이 연예인 집단이다. 이들의 삶은 뿌리 뽑힌 삶이라 할 수 있다. 사당패의 책임자는 모갑이며 그 밑에 거사와 사당이 있었다. 사당은 여기저기 떠돌며 놀거나 몸을 팔아야 했다. 3과장에는 사당과 거사들이 흥겹게 노는 내용이 나온다.

일그러진 삶 네 번째! 4과장에서 살아 있는 부처라고 존경받던 노승이 소무의 유혹에 넘어간다. 이 노승과 대거리를 하는 인물은 신발 장수와 원숭이다. 종교계의 지도자라 할 노승이 기껏 원숭이의 상대자인 셈이다. 가장 경건하고 엄숙한 척하는 인물이 여자 꽁무니를 쫓고 원숭이와 싸운다.

일그러진 삶 다섯 번째! 6과장에 등장하는 양반이다. 봉산 탈춤에서 가장 우습게 그려지는 인물은 양반이다. 조선 사회를 호령했던 가장 높은 신분이지만 가장 바보스럽게 그려져 있다.

일그러진 삶 여섯 번째! 가부장제 사회 속에서 갈등을 겪어야 하는 인

〈팔탈판〉
19세기 조선의 민중 생활상을 기록한 김준근의 풍속화 가운데 탈춤을 추는 팔광대의 모습이다. 말뚝이, 영감, 할미, 양반, 목중, 여사당과 악사 등이 등장한다.

물들이다. 횡포를 부리는 남성과 그의 처 및 첩이다. 미얄은 전란 중 남편을 잃어버렸다. 고생 고생하다 다시 찾은 남편은 첩을 두고 있다. 이들 모두 봉건적 가족 관계로 인해 일그러진 삶을 살지만, 미얄할미의 삶이 가장 비참하다. 전쟁으로 떠돌고, 온갖 고생하고, 남편에게 버림받고 죽기까지 하니 말이다.

아무런 연관도 없이 옴니버스 구성으로 나열된 듯하지만, 속내를 들여다보면 뭔가 맥락이 있다. 상업의 요충지이기에 사람들이 몰려들었고, 그렇기에 조금은 경제적으로 여유도 있었을 것이다. 사람들이 모인 곳에는 흥겨운 놀이가 생기게 마련이다. 그리고 사람들을 그 놀이에 공감하게 하려면 공감의 요소가 있어야 한다. 예나 지금이나 변함없는 공감의 요소는 우리네 삶 속에서 빚어지는 이야기 속에서 찾아지며, 나와 네가 한편이 되어 그 누군가를 흉볼 때 생겨난다. 또한 나와 너를 힘들게 하는 어떤 사람을 비판할 때 강한 공감대가 형성된다. 봉산 탈춤의 내용은 바로 이런 공감의 요소를 담아내고 있다.

우스꽝스럽게 그려진 양반

봉산 탈춤은 양반을 비롯하여 사당패나 목중, 노승 등 상인이나 농민층을 제외하고 두루 비판하고 있다. 신분을 정확히 알 수는 없으나 가부장제 사회의 가장으로 첩을 들이고 본처를 박대하는 영감도 비판의 대상이 되고 있다. 조선 후기 새로운 사회정신 속에서 민중을 억압하는 세력이나 건강하지 못한 삶을 살아가는 사람들은 두루 비판의 대상이 된 것이다. 그리고 이들 중 가장 날을 세워 비판했던 대상은 양반이다.

봉산 탈춤 탈

봉산 탈춤의 탈은 종이를 잘 활용하여 색채와 조형 감각이 뛰어나고 상징성도 풍부하다고 평가된다. 각 탈들은 사실적인 탈, 익살스럽거나 우스꽝스럽게 만들어진 탈 등, 그것의 성격이나 상징하는 바에 따라 다양하다.

양반은 오랜 세월 민중 위에 군림하면서 일하지도 않고 부를 누렸으며, 모든 권력을 차지했다. 그렇다고 해서 양반을 제외한 민중의 삶이 더 나아진 것도 아니었다. 임진왜란과 병자호란을 겪으며 민중은 양반의 무능함과 위선을 정확하게 꿰뚫어 볼 수 있었다. 서로 무리지어 싸우고 온갖 예법을 들먹이며 입씨름을 하지만, 나라가 위기에 처했을 때는 아무런 실제적인 힘을 발휘하지 못했다. 위기 속에서도 자신들의 권력을 챙기기에만 급급했다.

이런 양반들의 문제를 꿰뚫어 볼 수 있었던 것은 조선 후기 사회의 변화 때문이기도 하다. 대체 어떤 변화가 있었기에 평민들의 비판 의식이 성장할 수 있었던 것일까? 조선 후기의 변화에 대해 배우고 있는 국사 수업 시간을 들여다보자.

학생 : 조선 후기 탈춤은 당시 사회의 변화를 담고 있다고 하는데요? 어떤 변화를 말하는 건가요?

선생님 : 음, 조선 후기 사회는 농업과 상업 등 여러 면에서 변화를 보이고 있어. 일단 못자리의 모를 논에 옮겨 심는 이앙법을 들 수 있지. 이 농사법은 김을 매는 횟수를 줄여 주니까 일손을 많이 줄이고, 논에서 벼가 자라는 기간을 짧게 해서 이모작이 가능하도록 만들었지. 노동력이 줄고 생산량이 더 많아지면 어떤 현상이 생길 것 같아?

학생 : 땅은 한정되어 있는데 노동력이 줄면 농사짓는 사람이 줄어들 수밖에 없지 않을까요?

선생님 : 그렇지. 한편으로는 농사를 많이 짓는 부농이 생기고, 여기서 낙오된 사람은 빈농이 되거나 땅을 잃고 떠도는 유랑민이 되기도 하겠

지. 그저 자기 먹고살기 위한 자급자족의 농사에서 이윤이 남는 농사를 짓다 보면 뭔가 필요한 것들을 사려는 욕구가 생길 거고.

학생 : 아하, 그러다 보면 상업도 발전할 것 같네요.

선생님 : 맞아. 농업 생산력의 발전이 바탕이 되어 상품을 사고파는 일이 활발해졌어. 상업이 발달하면 돈을 버는 부자가 많이 생기겠지. 당연히 신분제에 변화가 일어나게 돼. 조선 후기에 재정난으로 시달린 조정과 화폐 부족에 허덕이던 양반 계층은 돈을 내면 천민 신분을 면하게 해 주는 제도를 만들었고, 돈으로 양반 족보를 사고파는 일도 성행했지.

학생 : 양반을 만만히 볼 수 있는 여러 조건이 마련된 셈이군요.

선생님 : 봉건적 신분제가 동요하면서 평민들의 의식도 변했어. 봐, 이미 임진왜란과 병자호란을 겪으면서 서민들은 양반에 대해 울분을 갖게 되었지. 자기 백성을 제대로 지키지 못하는 왕족이나 양반이 뭐 대단한 거냐 하는 비판 의식이 싹텄지. 여기다가 양반을 우습게 볼 수밖에 없는 여러 사회적 상황이 마련되었고.

학생 : 모두 살 만해졌다면 불만이나 비판이 별로 없었을 텐데요.

선생님 : 좋은 지적이야. 농업과 상업의 발달과 함께 잘사는 사람도 생겨

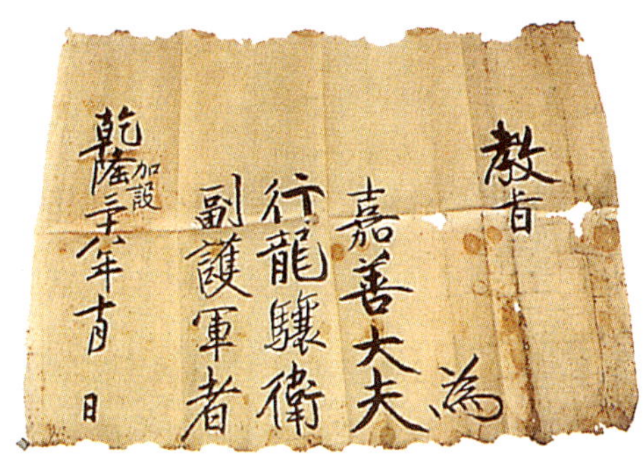

공명첩
평민과 노비에게 대가를 받고 양반 신분을 인정하는 문서. 17~18세기, 전통적인 신분 구조가 무너지면서 특권층이라 할 양반의 수가 크게 늘었고 신분제의 의미는 약화되었다.

낮지만, 정반대로 헐벗은 사람도 많아졌지. 양반 귀족들의 수탈 또한
점점 심해졌고.

학생 : 예, 이제 조금 이해가 되네요. 농업과 상업의 발달 등으로 사회적
조건들이 변했고 평민들의 의식도 성장했는데, 양반들의 수탈은 멈추
지 않고 사회는 여러 면에서 혼란을 겪고요. 많은 사람이 오고 가는 상
업의 중심지에서 공연된 탈춤에는 그 같은 사회상과 평민들의 의식이
반영되었겠지요. 그래야 공감대를 형성할 수 있었을 테니 말이에요.

이런 사회적 배경에서 봉산 탈춤 속 양반의 권위는 여지없이 무너져 내
렸다. 양반의 권위를 무너뜨리는 첫 번째 방법은 우스꽝스럽게 만들기이
다. 두려운 대상을 우스꽝스럽게 만들 때 두려움은 사라진다. 〈해리포터〉
에는 '리디큘러스(ridiculous)'라는 주문이 나온다. 자신의 적이 되는 두려
운 대상에게 마법을 걸 때 그 주문을 외치는 것이다. 그 뜻은 '우스꽝스러
운' 또는 '조롱하는'이다. 그 주문을 외치면 무서운 상대방은 하찮은 생쥐
로 변하는 등 우스꽝스러운 모습으로 변한다. 이것이 바로 '희화화', 즉 우
스꽝스럽게 만들기이다.

머리부터 발끝까지 하찮은 존재

양반을 비판하고 조롱하는 것이 봉산 탈춤 6과장의 내용이며 목적이다.
그런 대상이 되는 양반이기에 봉산 탈춤 속의 양반은 머리부터 발끝까지
하찮은 존재이다. 외모도 그렇고 하는 행동도 그렇다. 글깨나 읽어 유식한
가 하면 그것도 아니다. 글을 배운 적 없는 천민층이 오히려 양반의 지적

수준을 조롱하는 정도이다.

6과장이 열리면 등장하는 양반 삼 형제! 일단 그들은 행색부터 웃음을 준다. 점잖고 근엄한 양반의 모습이 아니라, 입이 찢어진 언청이에 방정맞은 벙어리다. 장애인을 웃음거리로 만든다는 문제점이 있긴 하지만, 양반이 이렇게 모자랐다는 당시 사람들의 비판과 조롱으로 보아 두기로 하자.

또한 양반들은 어리석다. 천민 말뚝이의 조롱에 호통을 치다가도 그의 그럴싸한 변명에 또 그냥 시시덕거리는 모자란 인물들이다. 양반 과장의 첫 부분을 보기로 하자.

말뚝이 : (벙거지를 쓰고 채찍을 들었다. 굿거리장단에 맞추어 양반 삼 형제를 인도하여 등장.)

양반 삼 형제 : 〔말뚝이 뒤를 따라 굿거리장단에 맞추어 점잔을 피우나, 어색하게 춤을 추며 등장. 양반 삼 형제 맏이는 샌님(生員), 둘째는 서방님(書房), 막내는 도련님(道令)이다. 샌님과 서방님은 흰 창옷에 관을 썼다. 도련님은 남색 쾌자에 복건을 썼다. 샌님과 서방님은 언청이며(샌님은 언청이 두 줄, 서방님은 한 줄이다) 부채와 장죽을 가지고 있고, 도련님은 입이 삐뚤어졌고 부채만 가졌다. 도련님은 일체 대사는 없으며, 형들과 동작을 같이하면서 형들의 면상을 부채로 때리며 방정맞게 군다.〕

말뚝이 : (가운데쯤에 나와서) 쉬이. (음악과 춤 멈춘다.) 양반 나오신다아! 양반이라고 하니까 노론, 소론, 호조, 병조, 옥당을 다 지내고 삼정승, 육판서를 다 지낸 퇴로 재상으로 계신 양반인 줄 알지 마시오. 개잘량이라는 '양' 자에 개다리소반이라는 '반' 자 쓰는 양반이 나오신다는 말이오.

양반들 : 야아, 이놈, 뭐야아!

말뚝이 : 아, 이 양반들, 어찌 듣는지 모르갔소. 노론, 소론, 호조, 병조,
　　　　옥당을 다 지내고 삼정승, 육판서 다 지내고 퇴로 재상으로 계신 이 생
　　　　원네 삼 형제분이 나오신다고 그리하였소.

양반들 : (합창) 이 생원이라네. (굿거리장단으로 모두 춤을 춘다. 도령은 때때
　　　　로 형들의 면상을 치며 논다. 끝까지 그런 행동을 한다.)

봉산 탈춤 양반 과장

처음에는 "양반 나오신다." 하며 양반의 위엄을 한껏 올려 주는 것 같으나, 이어지는 양반에 대한 뜻풀이는 양반을 조롱하는 것이다. '문반'과 '무반'으로 나뉘어 양반이라 불리는 것을, 개잘량(개가죽 방석) 양에 다리 셋 달린 개다리소반 반이라는 글자라고 비꼬며 웃음을 준다. 이에 양반이 호통을 치자 말뚝이는 양반을 안심시키듯 변명을 하고, 양반들은 이에 속아 넘어가 안심한다. 그야말로 천민 말뚝이가 한없이 높은 신분인 양반을 갖고 노는 것이다.

이 같은 재담 구조는 '양반의 위엄─양반의 위엄을 무시하는 말뚝이의 조롱─말뚝이를 꾸짖는 양반의 호령(질책)─양반을 안심시키려는 말뚝이의 변명─양반의 안심'으로 반복된다. 양반의 어리석음과 허세를 계속 반복적으로 비판하면서, 동시에 공연을 보는 사람들이 쉽게 그 내용을 이해할 수 있도록 만드는 구조인 셈이다.

봉산 탈춤 속의 양반은 지적인 면에서도 하찮다. 한시나 시조를 짓는 수준이 말뚝이가 민요 부르는 수준이거나 동네 아이들 수수께끼 수준이다. 한시를 짓는답시고 운을 맞출 글자를 제시하면서 학식깨나 있는 양반 행

세를 하지만 '총'이나 '못' 등의 운자를 내는 것도 그렇고, "집세기 앞총은 헝겊총 하니, 나막신 뒤축에 거멀못이라." 하는 식의 말장난을 한시라고 읊는 모습도 우스꽝스럽다.

이렇게 봉산 탈춤은 양반의 무능과 무식함, 어리석음을 폭로하기 위해 인물을 우습게 만들기(희화화), 언어유희, 과장, 열거, 반어 등의 다양한 방법을 동원한다. 이를 통해 공연자나 관객 모두가 자신들을 내리누르는 양반층, 당시 사회의 모순을 만들어 낸 양반층을 마음껏 야유하고 조롱하며 시원한 카타르시스를 맛본 것이리라.

탈춤은 봉산 지역뿐 아니라 곳곳에서 공연되었다. 그리고 공연되는 지역에 따라 이름도 조금씩 다르다. 함경도 북청 지방의 북청 사자놀음, 부산의 동래 탈놀음, 양주 별산대, 통영 오광대, 수영 야유 등 여러 이름으로 불렸지만 그 내용은 비슷하다. 파계한 승려, 무능한 양반, 축첩하는 봉건 가장 등에 대한 풍자가 주요 내용이다.

더욱 적나라하게 펼쳐지는 세태 풍자

탈춤과 함께 조선 후기 민중의 마음을 후련하게 만들었던 공연 예술로 인형극 꼭두각시놀음이 있다. 탈춤은 공연 주체가 상인층인 데 비해 꼭두각시놀음은 유랑 연예인 집단이라 할 수 있는 남사당패들이 공연했다. 하층민인 유랑 광대들의 공연인 것이다. 이는 덜미, 박첨지놀음, 홍동지놀음 등으로 불린다.

2마당 8막으로 구성되어 있는데(공연 예술이며 구전 문학이므로 막의 구성이 조금씩 달라지기도 한다), 봉산 탈춤의 각 과장이 서로 연결된 이야기가 아닌 옴니버스 구성인 것처럼 꼭두각시놀음 각 막의 이야기도 서로 연관성이 없다.

인형극 하면 예쁜 인형들이 등장하여 동화 같은 이야기를 펼칠 것만 같다. 그러나 꼭두각시놀음은 그런 인형극이 아니다. 벌거숭이 남자가 등장하는가 하면 파계한 승려가 나오고, 첩을 두고 본처를 괄시하는 영감이 등장하고, 험한 욕설이 난무한다. 때로 "너무 야하다!"라는 말이 튀어나오기도 한다.

이 작품의 바탕에는 어떤 생각들이 깔려 있을까? 봉산 탈춤이 보여 주는 사회 비판 의식을 이 작품도 고스란히 담고 있다. 즉 민중의 반대편에 서 있는 인물들에 대한 비판이 이어지는 것이다. 제멋대로 놀아나는 승려, 평안 감사로 대표되는 양반, 고생하며 늙은 본부인을 몰아내고 첩과 알콩달콩 즐거움을 누리는 한 집안의 가장을 비판함으로써 민중의 불만과 여성들의 한을 유들유들한 웃음 속에 녹여내는 것이다.

거리로, 마당으로 영역을 넓혀 가는 문학

우리 문학의 시작을 이야기할 때 노래와 춤과 문학이 어우러진 원시 종합 예술을 말하곤 한다. 그리고 그것은 풍성한 수확을 기원하는 제사 때 불리거나 노동의 고달픔을 잊기 위한 노동요의 형태로 불려졌다. 문학 또한 우리 삶 속에, 삶의 현장 속에서 비롯한 말일 것이다. 그러다가 역사의 굽이길을 거치며 점차 지식인들의 서재 속으로 자리를 좁혀 갔다. 시조, 가사, 소설 등 내로라하는 문학 작품이 모두 사대부들의 소유물이었다. 창작자도 즐기는 이도 지식인층이었다.

조선 후기에 이르러 큰 변화가 일어났다. 양반의 전유물이라 여겨졌던 시조와 가사에 평민 작가들이 나타났고, 평민들의 삶의 애환을 담아낸 작품들이 쏟아졌다. 작자 미상의 소설 작품이 탄생하고, 그 소설을 전하는 이야기꾼이 생겼다. 그리고 판소리, 탈춤 등의 공연 예술이 성행하면서 문학은 더 이상 책상 주변의 예술이 아니었다. 공유하는 문학, 현장의 문학으로 그 모습을 바꾼 것이다. 거기에는 사회 비판이 있고, 공동체 의식이 있었고, 낡은 사회에 대한 저항 의식과 새로운 시대를 향한 염원이 함께하고 있었다.

별산대

쇠뚝이 : 애, 얘, 농담은 그만두고 대관절 너 옹색한 일이나 있느냐?

말뚝이 : 너 여기서 만나 보기를 천만다행이다.

쇠뚝이 : 그래, 요사이 옹색한 일이 있구나.

말뚝이 : 내가 디름이 아니라 우리 댁 샌님, 서방님, 도련님 모시고 과거를 보러 가는데, 산대굿 구경을 하다가 해 가는 줄 모르고 있다가 의막(依幕)을 못 정했다. 나는 여기 아는 사람 없고, 천만 의외로 너를 여기서 만났으니 의막 하나 정해다우.

쇠뚝이 : 염려 마라, 정해 주마.

(장단에 맞춰 장내를 돌다가 의막을 정해 놓고 말뚝이의 얼굴을 탁 친다. 삼현 그친다.)

애, 의막을 정해 놓고 왔다. 혹시 그놈들이 담배질을 하더라도 아래윗간은 분명해야 하지 않겠느냐.

말뚝이 : 영락없지!

쇠뚝이 : 그래서 말뚝을 뺑뺑 돌려서 박고, 띠를 두르고, 문은 하늘로 냈다.

말뚝이 : 그것 고래 등 같은 기와집이로구나.

쇠뚝이 : 영락없지!

말뚝이 : 얘, 너하고 나하고 사귄 것이 불찰이지. 자, 우리 댁 샌님을 들어
　모시자.

쇠뚝이 : 내야 무슨 상관이 있느냐. 대관절 너는 그 댁의 뭐냐?

말뚝이 : 나는 그 댁의 청지기일세.

쇠뚝이 : 청지기면 패양이 갓을 써.

말뚝이 : 청지기가 아니라 겸노(傔奴)일세.

쇠뚝이 : 옳겠다. 그러면 그 양반들이 어데 있느냐?

말뚝이 : 저기들 있으니 들어 모시자.

　(샌님 일행을 돼지 몰아넣듯 ‘두두’ 한다. 삼현 그친다.)

샌님 : 말뚝아.

말뚝이 : 네이.

샌님 : 이 의막을 누가 정했느냐?

말뚝이 : 아는 친구 쇠뚝이가 정해 줬소. (쇠뚝이에게 가서) 얘, 우리 댁 샌
　님의 의막을 누가 정했느냐 하기에 네가 정했다고 했다. 그러하니 우
　리 댁 샌님을 한번 봬라.

쇠뚝이 : 내가 그러한 양반을 왜 뵙느냐?

말뚝이 : 그렇지 않다. 이다음 우리 댁 샌님이 벼슬이라도 하면 너 괜찮
　다. 혹시 청편지(請片紙) 한 장 쓰더라도 괜찮다.

쇠뚝이 : 그러면 네 말대로 뵙고 오마.

　(장단에 맞춰 샌님 일행을 둘러보고 와서 말뚝이의 얼굴을 탁 친다. 삼현 그친
　다.)

말뚝이 : 뵙고 왔느냐?

쇠뚝이 : 내가 샌님 일행을 뵈니 그게 무슨 양반의 자식들이냐. 한량의
　　　　 자식들이지.

말뚝이 : 그렇지 않다. 분명한 양반이시다.

쇠뚝이 : 내가 뵈니 샌님이란 작자는 도포는 입었으나 전대띠로 매고 두
　　　　 부 보자기로 쓰고 화선(花扇)을 들었으니, 그게 무슨 양반의 자식이냐.
　　　　 바닥의 아들놈이지.

　　양주 별산대 제7과장 '샌님 춤' 한 부분이다. 봉산 탈춤의 '새처 정하기'
재담과 비슷한 내용이다. 샌님이 말뚝이와 함께 놀이판에 나와 의막(依幕,
임시로 거처하는 곳)을 정하라고 명령한다. 쇠뚝이가 장내를 한 바퀴 돌고
난 뒤 의막을 정하는데, '말뚝을 뺑뺑 돌려서 박고 띠를 두르고 문은 하늘
로 낸' 돼지우리였다. 쇠뚝이는 양반들을 돼지 몰 듯 몰아댄다. 양반은 돼
지와 동급이 되고, '한량의 자식', '바닥의 아들놈'이라 불린다. 봉산 탈춤
'새처 정하기' 재담의 내용보다 더욱 직설적으로 양반을 비판하고 있다.

청소년을 위한 이야기 한국 문학사 2

1판 1쇄 발행일 2012년 5월 14일
1판 3쇄 발행일 2021년 5월 31일

지은이 강혜원 계득성

발행인 김학원
발행처 (주)휴머니스트출판그룹
출판등록 제313-2007-000007호(2007년 1월 5일)
주소 (03991) 서울시 마포구 동교로23길 76(연남동)
전화 02-335-4422 **팩스** 02-334-3427
저자·독자 서비스 humanist@humanistbooks.com
홈페이지 www.humanistbooks.com
유튜브 youtube.com/user/humanistma **포스트** post.naver.com/hmcv
페이스북 facebook.com/hmcv2001 **인스타그램** @human_kids

편집 정미영 정은미 **디자인** 김태형 유주현 **일러스트레이션** 이지은
용지 화인페이퍼 **인쇄** 청아디앤피 **제본** 정민문화사